FEDERHERZ
VERLAG

PATRICIA
CHRISTINA

CEO
of Second Chances

BABY VOM BOSS

CEO OF SECOND CHANCES
Baby vom Boss

Bildmaterial: Shutterstock, Freepik
Korrektorat: Eva Schremser

ISBN: 978-3-98595-395-0

WIRmachenDRUCK GmbH
Mühlbachstr. 7
71522 Backnang
Deutschland

Federherz Verlag
Süntelstraße 70
31848 Bad Münder
www.federherzverlag.de
Instagram: @federherz.verlag

Für alle Frauen da draußen, die nie aufgehört haben, an die wahre Liebe zu glauben.

Für euch ist diese Geschichte von Mavie und Jason. Genießt sie mit all den wundervollen Facetten, die ihre Liebe für euch bereithält. Auf prickelnde Stunden und noch mehr schöne Momente
– Deine Patricia Christina

PROLOG

MAVIE, 2011

In meinem geborgten Ballkleid fühle ich mich beinahe wie eine Prinzessin. Das cremefarbige Kleid ist mit hunderten Strasssteinchen bestickt und mit einer wunderschönen Spitze verziert. Ich drehe mich vor dem Spiegel hin und her und betrachte das Kleid, das bodentief an mir herabfällt. Ein aufgeregtes Gefühl macht sich in mir breit und ich hoffe, dass ich Jason mit meinem Auftreten gerecht werde. Immerhin ist er der beliebteste Junge der Schule und ich bin so etwas wie die Außenseiterin. Zumindest war ich das, bis mich Jason bat ihm Nachhilfe zu geben und er sich plötzlich für mich zu interessieren begann. Beim Gedanken an Jason huscht ein Lächeln über meine Lippen. Ich kann es kaum erwarten ihn zu sehen. Mein Blick fällt auf meine Uhr, die neben meinem New York Poster hängt. Wenn alles nach Plan läuft, wird Jason in weniger als zehn Minuten hier auftauchen und mich abholen. Ich drehe mich noch einmal vor dem Spiegel und schließe für einen Moment meine

Augen. Vielleicht können Märchen tatsächlich wahr werden. Jason ist mein Highschool Prinz und ich bin seine Cinderella. Mein Herz beginnt bei diesem Gedanken noch schneller zu schlagen und unzählige Schmetterlinge wirbeln in meinem Bauch wild umher. Ich werde ihm heute Nacht näher sein, als ich es je einem anderen Jungen war. Seit drei Monaten sind wir ein Paar, doch diesen ganz besonderen Moment wollten wir uns für die Ballnacht aufheben. Ich kann es kaum erwarten Jason alles von mir zu geben. Er ist der Richtige, das spüre ich.

»Mavie, bist du bereit?«, höre ich die Stimme meines Dads aus dem Wohnzimmer.

»Das bin ich«, sage ich und werfe einen letzten Blick in den Spiegel.

Nervös gehe ich ins Wohnzimmer, wo mein Vater in einem alten Schaukelstuhl sitzt und in seine Zeitung vertieft ist.

»Dad«, sage ich und räuspere mich, als ich vor ihm stehe. »Wie findest du mich?«

Er hebt seinen Blick, legt seine Zeitung zur Seite und blickt an mir auf und ab, ehe er mit Tränen in den Augen nickt. »Meine kleine Prinzessin, wann bist du nur so groß geworden? Du bist wunderschön!«

»Danke«, bringe ich mit belegter Stimme heraus.

»Hast du noch eine letzte Umarmung für mich?«, fragt er und steht aus seinem Sessel auf.

»Ich habe dich so lieb«, sage ich und schiebe mich in seine Arme.

»Ich bin so stolz auf dich, meine Kleine.«

Gerührt wische ich eine Träne aus meinem Augenwinkel und löse mich wieder aus unserer Umarmung.

»Mavie, genieß den Abend und mach dir eine schöne Zeit. Dieser Junge scheint dich sehr zu mögen und ich habe ein gutes Gefühl bei ihm.«

»Danke, das bedeutet mir sehr viel und, Dad, du brauchst heute Nacht nicht auf mich warten, ich werde bei ihm schlafen«, erinnere ich ihn.

Nickend bestätigt er unsere Abmachung.

Das Läuten an der Tür unterbricht unser Gespräch. Mein Herz macht beinahe einen Salto, nur um danach doppelt so schnell zu schlagen: Das muss Jason sein!

Aufgeregt öffne ich die Tür. Jason steht in einem perfekt sitzenden Smoking vor mir und könnte nicht attraktiver sein. Seine stahlblauen Augen beginnen zu leuchten und seine Grübchen kommen zum Vorschein. Er fährt sich durch seine dunklen Haare und legt seinen Kopf leicht schief. Fast macht es den Anschein, der souveräne Captain der Footballmannschaft wäre in diesem Moment genauso aufgeregt, wie ich es bin.

»Du siehst toll aus, Mavie«, sagt er und kommt einen Schritt näher auf mich zu.

Vorsichtig beugt er sich noch näher und blickt mir tief in meine Augen. Unsere Lippen begegnen sich langsam zu einem Kuss, während in meinem Bauch unzählige Schmetterlinge unterwegs sind. Ich schließe meine Augen und spüre seine Lippen auf meinen und atme dabei seinen ganz eigenen Duft ein, der mich komplett einhüllt und mich für ein paar Sekunden alles um mich herum vergessen lässt.

Plötzlich höre ich hinter uns das Räuspern meines Dads. Abrupt lässt Jason von mir ab und begrüßt ganz gentlemanlike meinen Vater mit einem Händeschütteln.

»Sir, ich danke Ihnen für Ihr Vertrauen, ich werde heute Abend gut auf Mavie aufpassen«, verspricht er meinem Vater.

»Da bin ich mir sicher, mein Junge. Ich wünsche euch einen schönen Abend«, erwidert mein Vater und lächelt stolz.

Die Aula unserer Highschool ist perfekt geschmückt und lässt das Motto *»elegance«* in einem ganz neuen Licht erscheinen. Jason wurde vor dreißig Minuten zum Prom King ernannt und seine beste Freundin Catherine zur Queen. Nach einem kleinen Fotoshooting führt mich Jason nun auf die Tanzfläche.

»Jason, ich habe das Gefühl, dass uns alle hier anstarren«, flüstere ich ihm zu.

»Bestimmt, weil du so schön bist«, sagt er mit einem Grinsen und legt seine Hände um meine Taille.

»Ja, klar.« Schmunzelnd verdrehe ich meine Augen.

»Mavie, ich mein das ernst. Ich bin heute Abend der glücklichste Typ.«

Ein Blick in seine Augen lässt mich alles um mich herum vergessen. In diesem Moment gibt es nur Jason und mich. Im Hintergrund spielt auf einmal unser Lieblingslied und Jason beginnt uns über der Tanzfläche zu führen.

»Ist es Zufall, dass genau jetzt unser Lied spielt?«

»Ich überlasse gar nichts dem Zufall«, sagt er und lenkt mich in eine Drehung, nur um mich Sekunden später wieder in seinen Armen landen zu lassen.

»Küssen, küssen, küssen«, erklingen im Hintergrund die Rufe seiner Freunde als Aufforderung an uns beide.

»Ich will sie nicht enttäuschen«, sagt er und beugt sich zu mir. Nur wenige Herzschläge später küsst er mich unter Beifall zärtlich, während *I won't let you go von James Morrison* gespielt wird.

Dieser Abend reiht sich wohl in die schönsten Tage meines Lebens ein. Ich habe das Gefühl, seine Freunde mögen mich. Sogar Jasons beste Freundin Catherine, die mir die letzten Jahre meiner Highschoolzeit zu einer Quälerei gemacht hat, spricht plötzlich freundlich mit mir. Auch wenn ich nicht weiß, woher ihr Sinneswandel rührt, bin ich froh, dass sie mich nun an Jasons Seite akzeptiert. Die Stimmung ist ausgelassen und wir albern alle zusammen auf der Tanzfläche herum, als mich Jason ein Stück zur Seite zieht.

»Komm, lass uns zu mir fahren, ich möchte dich für mich alleine haben.«

Jason öffnet mir die Tür zu seinem Schlafzimmer. Ich bin bereit für den nächsten Schritt und ich kann mir nichts Schöneres vorstellen, als diesen Moment mit Jason zu teilen.

Vor seinem Bett bleibe ich stehen und spüre, wie schnell mein Herz klopft.

»Mavie, du bist so schön.«

Jason beginnt mich zu küssen und arbeitet sich langsam von meinen Lippen zu meinem Nacken weiter. Eine Gänsehaut huscht über meinen Körper und lässt mich erschaudern.

»Bist du sicher, dass du es willst?«, fragt er ein weiteres Mal, obwohl ich es ihm die letzten Tage schon so oft bestätigt habe.

»Ich bin mir ganz sicher«, sage ich erneut. Vorsichtig öffne ich sein Hemd und spüre, wie sich die Lust in meinem Körper immer weiter steigert. Ich weiß, dass es beim ersten Mal schmerzhaft sein kann, aber ich will ihn unbedingt in mir spüren.

»Ich will dich so sehr«, haucht er und öffnet den Reißverschluss meines Kleides. Lautlos fällt es auf den Boden und ich bleibe nur in meiner Unterwäsche vor ihm stehen. Sein lüsterner Blick macht mich noch mehr an und versetzt mir ein weiteres Kribbeln in meiner Magengegend.

Binnen weniger Sekunden sind wir beide komplett nackt. Jason reicht mir seine Hand und zieht mich auf sein Bett. Mein Herz schlägt vor Aufregung noch schneller in meiner Brust. Ich lasse ihn keine Sekunde aus meinen Augen und beobachte ihn, während er sich das Kondom auf seine harte Erektion zieht. Zärtlich legt er eine Haarsträhne hinter mein Ohr und beugt sich mit seinem ganzen Körper über mich.

»Du bist meine Prinzessin, ich liebe dich«, sagt er sanft und platziert seinen Schwanz an meiner sensibelsten Stelle.

»Ich liebe dich auch und jetzt würde ich dich so gerne in mir spüren«, sage ich fast flehend.

Jason nickt mit einem spitzbübischen Grinsen und dringt vorsichtig in mich ein. Zentimeter für Zentimeter gleitet er so langsam in mich, dass ich genug Zeit habe, mich an ihn und seine Größe zu gewöhnen. Es schmerzt und gleichzeitig ist es ein Gefühl von Vollkommenheit. Als er ganz in mich eingedrungen ist, gibt er mir noch einmal Zeit, mich an das neue Gefühl zu gewöhnen. In diesem Moment bin ich froh, dass er erfahrener ist, als ich es bin. Es fühlt sich gut an, ihm die Führung zu überlassen. Unsere Lippen begegnen sich gierig und unsere Zungen steigen in ein heißes Spiel ein, während er sich in mir zu bewegen beginnt. Vorsichtig schiebt er sich immer wieder ein Stück aus mir heraus und dringt im nächsten Moment wieder in mich ein. Dieses Spiel aus Geben und Nehmen bringt mich beinahe um meinen Verstand. Immer wieder gleitet er in mich und dringt noch tiefer ein. Ich stöhne in unseren Kuss hinein und spüre, wie sich mein erster richtiger Orgasmus an mich heranpirscht und schließlich wie eine Druckwelle über mich fegt. Nur Sekunden später schließt sich auch Jason mit einem tiefen Stöhnen an. Sein Zucken in mir zu spüren, feuert meinen eigenen Höhepunkt nur noch weiter an und lässt ihn erst Sekunden später erlöschen.

Jason zieht sich langsam aus mir heraus, verknotet das Kondom und wirft es in einen Mülleimer in seinem

Zimmer. Danach legt er sich wieder zu mir und zieht mich in seine Arme.

»Ich liebe dich, Mavie«, sagt er und küsst mich auf meine Stirn.

»Ich liebe dich auch«, hauche ich und schmiege mich an seinen nackten Körper.

Morgens werde ich durch das Vibrieren meines Handys geweckt. Fünf Nachrichten sind darauf zu sehen, alle von Catherines Nummer.

Neugierig öffne ich sie und spüre, wie das Blut beinahe in meinen Adern gefriert. Mein Traum, mein Märchen, all das zerplatzt binnen weniger Sekunden. Wie konnte er mich nur so täuschen?

EINS

MAVIE, 2021

Ein vertrautes Gefühl schleicht durch meinen Körper als ich mich entspannt im Bett umdrehe. Plötzlich spüre ich neben mir einen unglaublich muskulösen Oberkörper. Meine Hand geht auf Erkundungstour, tastet weiter hinunter zu feinen Härchen und einem harten, nackten Schwanz.

»Fuck«, stöhne ich erschrocken, als mir bewusst wird, was hier vor sich geht und sich Erinnerungsfetzen an die wohl heißeste Nacht meines Lebens in mein Bewusstsein schieben.

Mein Schädel dröhnt, doch ich bin binnen Sekunden hellwach.

»So ein Mist«, fluche ich vor mich hin und spüre, wie mein Herz in einer Geschwindigkeit jenseits von Gut und Böse schlägt.

Das darf alles nicht wahr sein, wie konnte ich mich nur auf ihn einlassen? Wie es dazu gekommen ist, weiß ich viel zu gut. Ich wollte standhaft bleiben und ihm nie wieder nahe sein. Als ich Jason gestern in der Bar wiedersah, traute ich meinen Augen kaum. So viele Jahre sind vergangen, aber dieses Kribbeln in meinem Bauch war sofort wieder da. Mein Herz klopfte im selben Rhythmus wie damals.

Jason hatte sich verändert. Nicht, dass der Prom King nicht damals schon verdammt attraktiv war, das wäre gelogen, doch er ist noch männlicher und zu meinem Bedauern noch heißer geworden. Er trägt seine dunklen, braunen Haare nach hinten gelegt, hat einen Dreitagebart und ist gut trainiert. Im Anzug wirkte er fremd, doch ein Blick in seine stahlblauen Augen und all die verdrängten Erinnerungen waren zurück. All die Gefühle und all der Schmerz von damals fluteten wie ein Wasserfall über mich.

Stella, meine beste Freundin, warnte mich vor ihm. Ich hätte gestern Abend auf sie hören sollen. Sie wollte, dass wir die Bar zusammen verlassen. Stella weiß, wozu Jason fähig ist, immerhin hat sie damals mitbekommen, wie hundeelend es mir nach seiner miesen Aktion ging. Ohne Stella an meiner Seite, wäre ich nicht so schnell wieder aus diesem Loch herausgekommen.

Mein Verstand dachte, ich könne diesem Mistkerl widerstehen. Ich war mir sicher, dass mein Herz nach all dem Schmerz und Verrat nicht mehr auf ihn hereinfallen würde. Ich wollte nicht auf Stella hören, ich wollte mir beweisen, dass ich immun gegen seinen Charme bin, aber vor allem wollte ich mir selbst die Bestätigung geben, dass ich über ihn hinweg bin.

Hat ja wirklich super geklappt, Mavie, wirklich ganz große Klasse. Plötzlich zieht er mich in seine

Arme und ich spanne meinen ganzen Körper an. Gefühlvoll streichelt er über meinen nackten Körper und ohne es verhindern zu können, legt sich eine Gänsehaut darüber. Seine Berührungen sind wie Feuer und Eis, fast zu viel für mein Herz. Ich wollte mich schützen, doch mein Herz war vom ersten Moment gefangen und hatte nie eine Chance, weder in der Vergangenheit noch in der Gegenwart. Ich war ihm damals schon verfallen, und das, obwohl wir in unterschiedlichen Ligen spielten. Er, der erfolgreiche Schüler und Footballspieler und ich, die Außenseiterin. Wir waren mein gelebtes Märchen, von Cinderella und ihrem Prinzen. Niemand hat an unsere Liebe geglaubt und sie alle behielten recht. Beinahe hätte es wie im Märchen sein können, nur dass hier der Prinz eben nicht der Retter auf dem weißen Pferd war, sondern ein verdammter Arsch, der ... Daran will ich mich gar nicht erinnern, denke ich kopfschüttelnd. Wir haben damals schon in unterschiedlichen Welten gelebt und wir tun es heute noch immer.

Ich muss hier verschwinden, bevor er meinem Herzen noch gefährlicher wird. Beim Betrachten seines Gesichtes setzt es Hunderte Schmetterlinge in meinem Bauch frei. Mindestens 99 Schmetterlinge zu viel, denn für Jason will ich nie wieder etwas fühlen.

Mavie, reiß dich zusammen, ermahne ich mich und versuche mich aus seiner Umarmung zu befreien. Gar nicht so einfach, denn Jason schmiegt sich so selbstverständlich an meinen Körper, dass ich mich ziemlich anstrengen muss. Als ich es endlich geschafft habe, fühle ich mich wie eine Ninja-Kämpferin. Vorsichtig bahne ich mir mithilfe der zarten Sonnenstrahlen, die durch die Gardinen fallen, den Weg zur Tür. Auf Zehenspitzen schleiche ich voran und sammle meine Kleidungsstücke vom Boden zusammen. Bei jedem Knarren des Holzbodens zucke ich zusammen und schicke ein ›Danke‹ an den Himmel, als ich es bis zur Tür geschafft habe.

»Lass ihn nicht aufwachen, lass mich hier unbemerkt verschwinden«, flehe ich zum Universum.

Vorsichtig öffne ich die Tür, mein Herz schlägt gerade bis an meine Kehle und tatsächlich, ich habe es geschafft. Ich spüre die Tür an meinem nackten Körper und atme angespannt aus. Auf einmal höre ich ein Räuspern und zucke zusammen.

»Guten Morgen, Miss!«

Mein erschrockener Blick fällt zum offenen Wohnbereich. Eine ältere Dame lehnt an der Küchenanrichte und lächelt freundlich.

»Das ist mir wirklich unangenehm«, sage ich und verhasple mich fast an meinen eigenen Worten. Mein Gesicht läuft knallrot an und ich würde am liebsten im Erdboden versinken. Obwohl die Gute bestimmt schon alles an meinem Körper gesehen hat, verdecke ich notgedrungen meine Brüste mit meinem Kleid.

»Nichts, wofür man sich schämen muss«, sagt sie mit einer freundlichen Stimme und hat mir inzwischen den Rücken zugedreht.

So locker wie ihre Reaktion war, deutet das wohl darauf, dass ich nicht der erste Überraschungsbesuch in diesem Penthouse bin. Das hätte ich auch wirklich nicht erwartet, Männer wie Jason sammeln Frauen wie

Trophäen und verdammt, ich bin ihm ins Netz gegangen.

Eilig schlüpfe ich in meine Unterwäsche, mein Herzschlag gleicht inzwischen dem eines Marathonläufers. »Ich, ich will mich nur anziehen«, stammle ich, während ich in das Kleid schlüpfe. »Dann bin ich weg«, setze ich nach und schließe meinen Reißverschluss.

»Kein Problem, ich kümmere mich um die Wäsche, dann kannst du dich hier in Ruhe anziehen. Kaffee kannst du dir gerne nehmen, ich kann dir später auch welchen zubereiten oder möchtest du ein Frühstück?« Wieder klingt ihre Stimme so gütig und geduldig. Ich fühle mich so beschämt und komplett fehl am Platz.

»Danke, das ist ganz lieb, aber ich muss dringend los. Danke für das Angebot«, setze ich nach und husche in Windeseile zur Eingangstür. Kurz bevor ich an der Wohnungstür bin, sehe ich noch einmal zurück. Was habe ich mir nur dabei gedacht? Das war der dümmste Fehler meines Lebens! Am liebsten würde ich es ungeschehen machen, doch dafür ist es jetzt zu spät.

ZWEI

MAVIE

»Mavie, wo steckst du? Ich habe dich heute schon zwei Mal angerufen. Ich habe mir große Sorgen gemacht. Geht es dir gut? Ich meine, nachdem du Jason gestern wiedergesehen hast«, erklingt die besorgte Stimme meiner besten Freundin Stella aus meinem Handy.

Ich lasse mich auf einen der freien Sitzplätze in der Metro sinken und atme angestrengt aus. Aus meiner Tasche hole ich die Kopfhörer, stecke sie in mein Ohr und verbinde mein Handy damit. Das verschafft mir ein paar Sekunden, um das Chaos in meinem Herzen ein bisschen zu sortieren, bevor ich Stella alles erzählen werde.

»Stella, das willst du gar nicht wissen.« Frustriert schüttle ich meinen Kopf und suche nach einem kleinen Spiegel in meiner Tasche, um mein Aussehen zu kontrollieren. Ich sehe bestimmt genauso furchtbar aus, wie ich mich gerade fühle.

»Mavie, was ist passiert? Sag mir nicht, dass du noch viel länger in der Bar geblieben bist.«

»Ich könnte dir erzählen, dass ich gleich nach dir zusammen mit Ava nach Hause gefahren bin, aber ich, ich ...«

Stella fällt mir ins Wort und ihre Stimme überschlägt sich beinahe: »Nein, Mavie! Erzähl mir bitte nicht, dass du *bei* ihm geschlafen hast!«

»Wenn es nur das wäre«, sage ich und mache eine kleine Pause. »Ich habe es echt komplett vermasselt. Ich, ich habe mit *ihm* geschlafen.«

Eine ältere Frau in der Metro sieht mich entrüstet an und schüttelt ihren Kopf. Genervt verdrehe ich meine Augen und krame weiter nach dem Taschenspiegel. Manchmal kommt mir meine Handtasche wie eine geheime Welt vor, die Hunderte versteckte Tunnel besitzt.

»Du hast *mit* Jason geschlafen? Mavie, nein. Du weißt doch, wie so etwas endet.«

»Das endet in gar nichts, ich habe mich aus seiner Wohnung geschlichen, noch bevor er wach war.«

Stellas Vorwürfe kann ich nun wirklich nicht gebrauchen, ich bin selbst alles andere als stolz auf meinen One-Night-Stand mit Jason.

Der Ausdruck der älteren Dame ist nun komplett entsetzt, ich zucke nur mit meinen Schultern und konzentriere mich wieder auf Stella, deren hektische Worte sich zu einem Strudel aus »Nein-Mavie-wie-konntest-du-nur-Sex-haben-mit-ihm« zusammensetzen.

An der nächsten Haltestelle drängen sich immer mehr Menschenmassen dicht an dicht in die enge Metro. Die Menschenmenge schützt mich wenigstens vor den überheblichen Blicken der älteren Dame. Die Zeiten haben sich eben geändert und man schreibt sich keine romantischen Liebesbriefe mehr, bevor man zusammen im Bett landet. Vielleicht wäre es klüger, wenn man genau das täte, aber mein Brief an Jason wäre alles andere als ein Liebesbrief gewesen. Ich hasse diesen Mann über alles!

»Ich weiß, es war bescheuert und ich hätte mich nicht auf ihn einlassen sollen, aber weißt du nach den Cocktails und ...«

»Du bist ihm erneut verfallen, ich weiß«, stöhnt Stella und ich weiß genau, dass sie sich in diesem Moment durch ihre blonden Haare fährt. Sie war damals für mich da, als ich Jason nachtrauerte und war mein Anker, als mein Dad vor drei Monaten starb. Sie ist einer dieser guten Menschen, die dich immer wieder auffangen, egal wie dreckig es dir geht.

»Das mit Jason ist Geschichte, das hat keine Bedeutung mehr. Mein Leben verläuft jetzt endlich in den richtigen Bahnen und morgen an meinem ersten Arbeitstag werde ich versuchen alle von mir zu überzeugen. Alkohol werde ich definitiv vorerst aus meinem Leben streichen.«

»Pass einfach auf dich auf, Mavie. Es macht mir Angst, dass Jason wieder in deinem Leben aufgetaucht ist. Ich will nicht, dass du dein Herz erneut an ihn verschwendest.«

»Das werde ich nicht, versprochen. Ich werde Jason nicht wiedersehen, das war eine einmalige Sache. In New York leben über 8 Millionen Menschen, die Chance ihm noch einmal über den Weg zu laufen gleicht der auf den Jackpot. Wir sehen uns später, meine Beste«, damit lege ich auf und stecke meine Kopfhörer in meine Tasche zurück.

Im kleinen Spiegel kontrolliere ich mein Aussehen, und ich sehe wie erwartet ziemlich mitgenommen aus. Meine dunklen, braunen, leicht welligen Haare sind zerzaust, also bringe ich sie mit meinen Fingern in einen vorzeigbaren Look. Zu meinem Glück wirkt meine Haut immer leicht gebräunt, sodass ich mit etwas Lippenstift sofort gestylt aussehe. Meine dunklen Augen wirken etwas müde, sehen aber dank meiner dichten Wimpern immer ein bisschen getuscht aus. Ich lege meine Haare zur Seite und entdecke einen Knutschfleck.

Wirklich toll. Immer dann, wenn ich denke am Tiefpunkt angelangt zu sein, meint das Schicksal einen draufsetzen zu müssen. Hastig lege ich meine Haare wieder über besagte Stelle und schüttle über meine eigene Dummheit den Kopf.

Ich hätte gestern zu Hause bleiben sollen, doch stattdessen wollte ich am Abend feiern. Einen Job hier in New York zu ergattern war großes Glück, noch dazu ohne abgeschlossenes Studium. Das war ein Hauptgewinn. Ich konnte mit meinem Auftreten vor zwei Wochen so gut überzeugen, dass ich als persönliche Assistentin des Inhabers eingestellt wurde. Während meines Studiums arbeitete ich nebenbei in einem kleinen Steuerbüro. Jeden Samstag kümmerte ich mich dort um den Papierkram. Doch nach zwei Jahren meldete sich die Steuerbehörde und teilte mir mit, ich hätte etwa 300 Dollar zu viel verdient und man müsse mir deshalb das Stipendium streichen. Ich musste nebenbei arbeiten gehen, um mich und meinen Dad über Wasser zu halten. Sein Einkommen reichte nicht aus, um unser beider Leben zu finanzieren. Also verließ ich die Universität und hielt mich danach mit Gelegenheitsjobs über Wasser. Für mich brach eine Welt zusammen, doch ich wollte meinem Dad nicht zeigen, wie dreckig es mir ging. Vor zwei Jahren erkrankte mein Vater an Krebs. Zuerst konnte er noch ein bisschen arbeiten, doch von Monat zu Monat wurde sein gesundheitlicher Zustand schlechter und die Behandlungskosten im Krankenhaus immer höher. Wir mussten eine Hypothek auf unser kleines Haus in Carlson aufnehmen und irgendwann konnte ich mit meinen Nebenjobs den Kredit nicht mehr bezahlen. Wir verloren unser Haus und zogen in ein kleines Motel, in dem ich mich um ihn kümmerte und ihn pflegte. So gut es ging hielt ich uns mit Putzjobs und Aushilfsjobs in Bars weiter über Wasser. Es ging ihm irgendwann so schlecht, dass ich ihn nicht mehr allein zu Hause lassen konnte. Das war eine harte Zeit, doch ich bin froh, dass ich für meinen Dad da war. Das bisschen Hab und Gut, das wir noch besaßen, musste ich nach seinem Tod verkaufen, um für alle Kosten aufkommen zu können. Nach dem Tod meines Dads hielt mich nichts mehr in meinem alten Zuhause in Carlson, ich zog zu Stella und versuchte in den nächsten beiden

Monaten so viel Geld zu verdienen, dass ich die Kaution für eine Wohnung beisammen hatte.

Das erste Mal seit Jahren habe ich das Gefühl, mein Leben verläuft in die richtige Richtung. Das wollte ich gestern mit meinen beiden Freundinnen feiern. Es sollte bei einem Getränk bleiben, doch dann begegnete ich ausgerechnet Jason. Wie der Abend endete, war alles andere als optimal, aber das kann ich jetzt auch nicht mehr ändern. Meinen Taschenspiegel stecke ich zurück und hänge meine Tasche um meine Schulter. Die Metro hält im nächsten Bahnhof und ich dränge mich durch die Menschenmassen nach draußen. Das helle Sonnenlicht lässt mich ein paar Mal blinzeln, ehe ich mich daran gewöhnt habe. Von hier sind es nur mehr wenige Minuten zu Fuß.

Auf dem Weg nach Hause halte ich noch schnell an einem kleinen Bäckerladen und kaufe für Stella und mich ein paar Brötchen zum Frühstück. Mit meinen Einkäufen mache ich mich auf den Heimweg. An Sonntagen kehrt so etwas wie Frieden ein in der Stadt, die niemals schläft. Familien tummeln sich in Parks und Cafés füllen sich mit Leben. Nicht ganz so friedlich und idyllisch wirkt die Wohngegend, die ich mein Zuhause nenne. Heruntergekommene Häuserblocks reihen sich dicht aneinander. Das hindert mich dennoch nicht, mich hier zu Hause zu fühlen. Vor mir erstreckt sich das Hochhaus, in dem ich lebe. Es ist grau verputzt und mit vielen bunten Graffitis beschmiert, die nicht nur freundliche Botschaften in die Welt schreien. Mit meinem Schlüssel sperre ich die Tür auf und fahre mit dem Aufzug in den 10. Stock. Genau gegenüber meiner Wohnung befindet sich die meiner besten Freundin Stella. Vor Kurzem wurde sie durch Zufall genau dann frei, als ich dringend eine Unterkunft suchte. Stella beschwor den Vermieter, mir die Wohnung zu überlassen und dank ihrer Überzeugungskraft, wurde ich stolze Mieterin dieses schicken $40m^2$ Heims. Auch wenn sie von außen keinen sonderlich guten Eindruck macht, habe ich versucht sie im Innenbereich so schön wie möglich zu gestalten.

Ich öffne die Tür zu meiner Wohnung und hänge meine Tasche im Eingangsbereich an einen der Haken. Auf meinem Handy starte ich meine Lieblingsplaylist und bewege mich zum Rhythmus der Musik, der ansteckend auf meinen ganzen Körper wirkt. Tanzen schaffte es schon immer alle trüben Gedanken aus meinem Leben zu verbannen. Mein Trägerkleid lasse ich von meinem Körper gleiten und befreie mich auch von meiner Unterwäsche. Splitterfasernackt tanze ich ins Badezimmer und drehe das Wasser der Dusche auf. Zuerst fühle ich mit einem Zeh vor und steige, als ich die Temperatur für angenehm befinde, mit meinem ganzen Körper darunter. Dabei schließe ich meine Augen und spüre das Wasser an mir herabrinnen. Tausende Bilder von Jason und mir tauchen in meiner Erinnerung auf. Jasons Lippen auf meinen und seine Hände an meinem erregten Körper, während er mich hart gegen die Wand seines Schlafzimmers nimmt. Die

Erinnerungsfetzen werden immer deutlicher und ich spüre ihn beinahe noch an mir. Ich will dieses Gefühl loswerden, das ich fühle, wenn ich daran denke, wie sanft und zärtlich er es mir danach in seinem Bett besorgt hat. Diese Nacht war auf so vielen Ebenen berührend. Sie ging viel zu tief. Mit dem Duschgel wasche ich die Erinnerungen von meiner Haut und versuche dadurch auch Ordnung in meinen Kopf zu bekommen. Das war eine einmalige Sache und ich werde ihn nie wiedersehen.

Ich seife meinen Körper weiter ein und möchte gerade meinen Talisman ertasten, als ich erschrocken feststelle, dass er verschwunden ist. Mein Herz springt mir beinahe aus meiner Brust. Nicht mein Talisman! Die Kette mit dem Anhänger in Form eines Ankers war die Kette meines Dads. Er schenkte sie mir kurz vor seinem Tod und seitdem gab es keinen Tag, an dem ich sie nicht trug. Diese Kette bedeutete alles für mich, einfach alles. Sie war das Letzte, das ich noch von meinem Dad hatte. Wo kann ich sie nur verloren haben? Verzweifelt schließe ich für einen Moment meine Augen und kann ein paar Tränen nicht stoppen. Ein Anflug von Panik steigt in mir auf, doch ich versuche sie zu unterdrücken. Auch wenn meine Kette weg ist, wird mein Dad immer ein Teil von mir sein, sage ich zu mir selbst und steige aus der Dusche.

Ich schlüpfe in ein bequemes Kleid, damit ich mit dem Frühstück meine beste Freundin überraschen kann. Ein bisschen Ablenkung wird mir bestimmt guttun und Schmollen bringt mir meine Kette jetzt auch nicht mehr zurück.

Ich läute an Stellas Tür und werde gleich darauf stürmisch von ihr begrüßt.

»Hey Süße«, sagt sie und fällt mir um den Hals. »Ich hoffe es geht dir gut?«, möchte sie wissen, während sie mich immer noch an sich drückt.

»Du erdrückst mich gleich.«

Stella lässt sofort von mir ab und blickt mit besorgter Miene in mein Gesicht.

»Stella, mir geht es gut. Es ist alles in Ordnung. Wenn du dich wegen Jason sorgst, ist das unnötig. Das war nur Sex.«

»Wirklich? Du hast ihn so lange nicht gesehen und dann hast du mit ihm geschlafen. Ich könnte mir vorstellen, dass du durcheinander bist.«

»Es ist alles in Ordnung, vertrau mir«, versuche ich sie ein weiteres Mal zu überzeugen und deute auf die Tüte mit den frischen Backwaren.

»Ich würde jetzt viel lieber etwas essen, als über Jason zu sprechen, also hast du Hunger?«

Sie blickt noch einen Moment abwartend, ehe sie schließlich nickt.

»Und das Thema Jason?«, fragt sie noch einmal, als sie den Tisch deckt.

»Das ist Geschichte, was jetzt zählt ist die Zukunft und ich kann es kaum abwarten, morgen bei *Neil Construction Holding* zu starten.«

Montagmorgen ist der Tag in der Woche, in der das hektische Treiben seinen Höhepunkt findet. Ab heute bin ich Teil dieser Menschenmasse, die ihrem geregelten Alltag nachgeht und einen gutbezahlten Job hat. Vor mir erstreckt sich das riesige Gebäude, das zur Neil Construction Holding gehört. Vor dem Eingang sitzen zwei Statuen mit dem imposanten Abbild eines Löwen, die nicht nur mächtig, sondern auch ein bisschen angsteinflößend wirken. Ich nehme all meinen Mut zusammen und schlucke meine Angst hinunter. Heute ist mein erster Arbeitstag und ich werde alles daran setzen, einen guten Eindruck zu machen. Ich trage mein bestes Businessoutfit und ich habe versucht rein äußerlich einen perfekten Eindruck zu machen, auch wenn ich innerlich nervös und angespannt bin. Ich gehe durch die große Eingangstüre zum Lift, die Türen des Aufzugs öffnen sich und ich steige ein.

Im Lift riecht es nach einem Duft, der mir seit gestern noch immer in meiner Nase liegt. Meine Sinne müssen mir einen Streich spielen. Der Aufzug fährt nach oben und mit jedem Millimeter, den er sich bewegt, nimmt meine Aufregung weiter zu.

Die Türen öffnen sich nach einem lauten ›Ping‹ und ich steige aus. Mit meinen High Heels stöckle ich zum Empfang und werde dort von einer jungen Dame empfangen. Grüne Augen mustern mich von oben bis unten, bis mich die Rothaarige schließlich mit einem Nicken begrüßt.

»Heute ist mein erster Tag«, lasse ich sie wissen und möchte mit etwas Small Talk diese unangenehme

Stille überwinden. Ich betrachte ihr Namensschild, Hannah ist ihr Name.

Wieder nickt sie und räuspert sich. »Mr Neils Büro ist ganz hinten, er möchte Sie gleich empfangen.«

Graziös läuft Hannah mir voran und bleibt schließlich vor dem Büro meines neuen Chefs stehen.

»Keine Ahnung, wie Sie es gleich auf die Chefetage geschafft haben, es muss wohl ein ganz übler Personalmangel herrschen«, sagt sie mit überheblicher Stimme und einem abwertenden Blick. »Wie dem auch sei, viel Glück. Keine hält es hier länger als zwei Wochen aus«, setzt sie mit einem süffisanten Grinsen nach und lässt mich allein vor dem Büro stehen.

Mavie, du wirst dich hier beweisen und die Leute werden dich lieben lernen, ermutige ich mich. Zwei Wochen? Die will mir doch nur Angst machen, denke ich und nehme einen tiefen Atemzug, besinne mich damit, bevor ich anklopfe.

Die Tür geht auf und beinahe glaube ich, mein Herz würde für einen Moment aufhören zu schlagen, ehe es danach doppelt so schnell in meiner Brust schlägt.

»Du«, ist das Einzige, was ich herausbringe. In der geöffneten Tür stehen wir uns gegenüber.

Jason.
Und.
Ich.

Jason, wird doch nicht mein neuer Boss sein?

Jason heißt doch Smith und mein neuer Boss ist Mr Neil!

Was soll das, was ist hier los?

Ist hier irgendwo eine versteckte Kamera? Will mich jemand auf den Arm nehmen?

»Mavie!«

DREI

JASON

»Mavie!«, bringe ich völlig überrascht über meine Lippen. Beinahe entgleiten mir alle Gesichtszüge, ehe ich ganz pokerfacelike meine Coolness wieder zurückbekomme und meine Krawatte eine Spur lockere. Tausend Gedanken gingen mir gestern durch den Kopf, als ich wach wurde und Mavie verschwunden war. Nie hätte ich es für möglich gehalten, sie je wiederzusehen. Bei keinem einzigen Klassentreffen war sie und auch meine gelegentlichen Nachforschungen gaben nichts über sie her. Irgendwann hakte ich das Thema Mavie ab und gab die Hoffnung auf, je Antworten auf meine Fragen zu bekommen. Die Geschichte mit Mavie prägte mich, ich wurde vorsichtiger und wähle meine Partnerinnen heute klüger aus. Die meisten von ihnen lasse ich Verschwiegenheitsklauseln unterschreiben, bevor ich sie in *mein Leben*, und damit meine ich in *mein Bett*, lasse. Mehr will ich von keiner Frau, der ganze Blümchenkram interessiert mich nicht. Mavie war die letzte Frau, für die ich mich so ins Zeug gelegt habe. Lächerlich, wenn ich daran denke, dass sie einfach aus meinem Leben verschwunden ist. Und dann stand sie da gestern in der Bar, für einen Moment glaubte ich, nicht bei Sinnen zu sein. Doch sie war es wahrhaftig und so schön wie eh und je. Ich haderte mit mir, wollte sie zur Rede stellen, wollte Antworten auf meine Fragen. Ethan und Mason meinten, ich solle Gleiches mit Gleichem vergelten, immerhin war es ein hartes Stück Arbeit der Jungs und Catherine mich damals wieder auf Kurs zu bringen. Kurz dachte ich tatsächlich über den Rat der Jungs nach, doch wenn ich ehrlich bin, wollte ich viel mehr von Mavie. Denn bevor ich mich versah, hatte mich diese Frau erneut in ihren Bann gezogen.

Mavie blickt entsetzt an mir auf und ab und bleibt schließlich an meinem Gesicht hängen. Ihre dunklen Augen tragen das pure Entsetzen wieder, während ich darin vor Kurzem noch ganz andere Dinge ablesen konnte. Sie war so verdammt erregt, als ich sie küsste und gegen die Wand meines Schlafzimmers drängte. Ihre Augen glühten Samstagnacht vor Lust und Verlangen, doch davon ist gerade nichts mehr übrig. Nervös kaut sie auf ihrer Unterlippe herum und legt ihr dunkles Haar hinter ihr Ohr. Eine verräterische Stelle blitzt hervor. Ich war tatsächlich nicht mehr Herr über meine Sinne, anders ist der Knutschfleck an ihrem Hals nicht zu erklären. Ich meine, ich bin nicht mehr 16, aber Mavie brachte mich völlig aus dem Konzept und ließ animalische Züge an mir frei.

»Jason, was, was machst du hier?«, stammelt sie

und senkt für einen Moment ihren Blick und sieht mir schließlich wieder in meine Augen.

»Was ich hier mache?«, frage ich kopfschüttelnd und stemme meine Arme in meine Hüften.

Ist das ihr Ernst? Die Frage ist, was sie hier bei mir *in meinem Büro – bei Neil Construction Holding* will. »Du bist doch bestimmt nicht zufällig hier?«, möchte ich von Mavie wissen und räuspere mich, um noch mehr Coolness über meine Stimme zu legen.

»Ja, ähm, ich, ich habe ein Treffen mit Mister Neil. Also hier, in diesem Büro«, sagt sie und erneut glühen ihre Wangen.

»Mit mir?« Der neun Uhr Termin kommt mir in den Sinn. Verdammt, nein! Mavie kann doch nicht die neue Assistentin sein, die Jasmine für mich eingestellt hat. Meine eigene Bequemlichkeit wird mir hier gerade zum Verhängnis, denn seit sich Mavie gestern Früh erneut aus meinem Bett schlich, konnte ich keinen klaren Gedanken mehr fassen. Das Gespräch mit meiner neuen Assistentin rückte komplett in den Hintergrund. Für den Bruchteil einer Sekunde überschlägt sich mein Herz beinahe beim Gedanken an Mavie, doch ich komme wieder zurück in die Rolle des CEO dieser Firma.

»Dann bist du hier genau richtig«, sage ich und deute zu meinem Schreibtisch. Mavie darf nicht erfahren, wie es mir wirklich geht. Ich setze ein undurchdringliches Lächeln auf und kremple die Ärmel meines Hemdes nach oben.

Große dunkle Augen blicken mich voller Unverständnis an und es dauert ein paar Sekunden, bis sie die Lage zu begreifen scheint.

»Du? Nein, du, nein, nein, Jason«, stammelt sie vor sich hin und betrachtet mich, als wäre ich der Teufel höchst persönlich. Dabei sollte ich sauer sein. Mavie hat sich gestern Früh das zweite Mal aus meinem Bett geschlichen. Genau wie damals, ist sie ohne jegliche Nachricht verschwunden. Doch dieses Mal werde ich sie nicht so einfach davonkommen lassen.

Ich schließe hinter ihr die Tür, streife dabei ihre Taille und bleibe dicht hinter ihr stehen.

»Sieht ganz so aus, als wäre ich dein neuer Boss«, hauche ich ihr ins Ohr. Sofort reagiert Mavies Körper mit einer Gänsehaut, die sich darüberlegt. Mavie atmet scharf ein und spannt ihren Körper an. Ich mag die Wirkung, die ich auf ihren Körper ausübe und werde es ihr genau so heimzahlen. Wenn sie mich schon einfach sitzen lässt, dann bringe ich sie eben mit meinen Neckereien um den Verstand.

Noch einmal atme ich ihren Duft ein und kann mich, so sehr ich mich auch bemühe, eines süffisanten Grinsens nicht enthalten.

Schließlich gehe ich zu meinem Schreibtisch, der vor einem bodentiefen Fenster steht. Dahinter ragt die Skyline New Yorks in den Himmel, die mir nach Jahren in dieser Stadt immer noch den Atem raubt. Abwartend betrachte ich Mavie, die wie angewurzelt stehen geblieben ist und keine Regung zeigt. Ihrer Reaktion abzulesen, geht ihr unsere Begegnung näher als sie jemals zugeben wird.

Ich deute auf den freien Platz vor meinem Schreibtisch und setze mich auf meinen pompösen Schreibtischsessel. Wie ein scheues Reh kommt Mavie näher an meinen Schreibtisch, richtet sich ihr dunkelblaues Kleid und nimmt vor mir Platz. Ich lehne mich lässig nach hinten, zumindest versuche ich das, denn in mir drinnen sieht es ganz anders aus. Verdammt, wie konnte sie nach dieser Nacht einfach gehen? Jede Frau dieser Metropole hätte gebettelt, dass ich sie am Morgen ein weiteres Mal hart nehme und richtig ficke. Doch Mavie bleibt ein Buch mit hundert offenen Fragen.

Als ich sie am Samstag sah wirkte sie zuerst abwesend, scheu, doch je später der Abend wurde, desto lockerer wurde sie. Aus einer belanglosen Unterhaltung unter zwei *alten Freunden*, wurde binnen weniger Minuten eine heiße Nummer auf der Toilette, deren krönender Abschluss in meiner Wohnung stattfand. Ich brachte sie so heftig zum Stöhnen, dass Mavie nicht nur einmal kam. Es liegt mir eben, eine Frau zum Kommen zu bringen, meinem King Size sei Dank, aber ich meine, wer will schon einen Small Size, wenn er auch einen King Size haben kann. Es ist ja nicht nur die Länge, die zählt, aber das ist eine andere Geschichte, jetzt fordert Mavie meine volle Aufmerksamkeit.

»Warum bist du einfach so verschwunden?« Damit durchbreche ich die Stille zwischen uns. Mavie blickt ertappt, schluckt schwer und tausend Gedanken scheinen ihr durch den Kopf zu schießen.

»Ich, ich, es tut mir leid, ich kann mich an nichts erinnern. Ich habe einen kompletten Filmriss.« Sie senkt ihren Blick und kaut nervös auf ihrer Lippe herum.

»Einen Filmriss?«, wiederhole ich und bin mir sicher, Mavie spielt ihren Blackout nur vor.

»Ich kann mich an nichts erinnern und dann ...«, abrupt stoppt sie mitten im Satz und blickt auf die Kette, die auf meinem Schreibtisch liegt. Ihre Kette. Ich habe sie gestern gefunden, als Mavie scheinbar Hals über Kopf meine Wohnung verlassen hat.

»Vermisst du etwas?«, möchte ich gespielt unschuldig von ihr wissen. Mavie betrachtet mich wieder und verneint meine Frage kopfschüttelnd.

»Sicher? Ich könnte schwören, diese Kette gehört dir.« Ich lasse die Kette mit dem kleinen Anhänger in meiner Hand hin und her rutschen und spiele damit vor ihrem Gesicht herum. Sie folgt meinen Bewegungen und scheint offensichtlich mit sich zu ringen.

»Ja, die Kette gehört mir«, platzt es auf einmal aus Mavie heraus.

»Also doch deine Kette, so so.« Meine Mundwinkel zucken nach oben, ich liebe es sie aus der Reserve zu locken, ich bekomme eben doch das zu hören, was ich will.

»Kann ich sie bitte wieder haben? Sie bedeutet mir sehr, sehr viel.« Ihr Ausdruck ist fast flehend, doch ich frage mich, was ihr diese simple Kette schon großartig bedeuten kann. Das Schmuckstück sieht nicht einmal besonders wertvoll oder teuer aus. Welchen Wert kann sie für Mavie haben?

»Du bekommst sie wieder, wenn du mir all das hier

erklären kannst«, sage ich und stecke die Kette in meine Hosentasche.

Es klopft an der Tür und wir werden bei unserem Gespräch unterbrochen.

»Herein.«, weise ich an und die Tür öffnet sich.

»Mr Neil, ein dringender Termin, es geht um ...«, möchte Hannah mir gerade mitteilen.

»Es ist mir egal, ich habe jetzt keine Zeit«, ungeduldig falle ich ihr ins Wort und ernte dafür einen schockierten Blick von Hannah.

»Natürlich Sir, ich werde versuchen den Termin auf später zu verlegen.«

Abwartend lasse ich mich erneut in meinem Sessel zurück und verschränke meine Arme vor meiner Brust.

»Mavie, du bist also meine neue Assistentin. Ich bin sehr gespannt auf unsere Zusammenarbeit, es klingt, als würde es bestimmt nicht langweilig werden, und ich weiß schon einige Dinge, für die ich dich gebrauchen kann.«

VIER

MAVIE

Seine stahlblauen Augen durchbohren mich. Sein Blick liegt auf mir, unverwandt und stechend, und sein süffisantes Grinsen lässt mich schwitzen. Nervös sitze ich vor ihm, rutsche auf dem glatten Ledersessel herum und spüre mein Herz hart in meiner Brust hämmern. Im immer gleichmäßigen schnellen Beat schlägt es mir bis an meine Kehle und macht mir meine Lage nur noch mehr bewusst. Er weiß es, dieser Mistkerl weiß natürlich, dass ich mich an die Nacht erinnern kann. Diese Nacht könnte ich nicht vergessen, viel zu tief haben sich seine Berührungen in meine Haut eingebrannt. Seine Blicke hinterließen Spuren auf meiner Seele. Ich wollte ihm nie wieder nah sein, nicht nach dem, was damals passiert ist. Nie werde ich den Schmerz und den Verrat vergessen, den ich durch Jason spürte. Tiefe Narben in meinem Herzen erinnern mich daran. Längst dachte ich, sie wären geglättet, doch auch Jahre später triefen sie vor Schmerz. Naiv dachte ich damals, ich würde ihm genügen. Ich dachte, er wäre mein wahrgewordenes Märchen. Dabei erinnere ich mich noch so genau an den Abend, als Jason mich von zu Hause abholte. Als er im Smoking vor mir stand und mein Herz vor Freude tanzte. Ich kam mir ein bisschen wie eine richtige Prinzessin vor mit meinem geliehenen Kleid. Er gab mir dieses Gefühl. Das Mauerblümchen und der Footballcaptain. Stolz marschierte ich mit ihm auf den Highschool Ball. Bis zu diesem Zeitpunkt war ich unsichtbar, aber an der Seite von Jason waren alle Blicke auf uns gerichtet. Nicht, dass ich nach Aufmerksamkeit schrie, doch es gefiel mir, gesehen zu werden. Diese zarte Verbindung zwischen uns hatte sich Monate vor dem Ball aufgebaut. Sie wurde immer tiefer, inniger, verbundener. Ich vertraute ihm, ich ließ ihn in mein Leben und dachte, ich wäre auch ein Teil seines Lebens. Als er mich vor all den anderen zum Tanzen aufforderte, war ich ihm komplett verfallen. Doch die Ernüchterung folgte am nächsten Morgen. Was ich für Liebe hielt, war für Jason wohl nichts weiter als eine dumme Wette. Eine Spielwette. Ein Spaß unter Freunden, als dessen Opfer sie mich auswählten.

Jason lässt sich selbstsicher auf seinem großen Chefsessel zurücksinken und fährt mit seiner Hand über seinen Bartschatten. Keine Sekunde wendet er sich von mir ab, ich spüre die Hitze auf meinen Wangen.

»Du weißt aber schon, dass das an sexuelle Nötigung grenzt, wenn du mich so betrachtest?«

Jason entkommt ein lautes, kehliges Lachen. So intensiv, dass es in meinem Körper vibriert. Ich kann nicht anders, als auf seinen Mund zu starren, dann in seine Augen und verliere mich fast darin.

»Wie betrachte ich dich denn, Mavie?«, möchte er wissen und lehnt sich näher zu mir. Erneut kommt mir eine volle Dröhnung Jason entgegen. Meine Sinne spielen verrückt und statt ihn zu hassen, tanzen Hunderte Schmetterlinge in meinem Bauch umher. Diese verdammten Pheromone, vielen Dank auch.

»Du weißt schon, so, so, ach, lass das einfach.« Meine Stimme klingt viel zu nervös und es kommen Worte aus mir heraus, die ich nicht steuern kann. Wo ist nur meine Coolness hin? Mein Panzer, den ich mir nach Jason zugelegt habe. Ich bin viel taffer als damals, und von einem Mann lasse ich mir seit Jahren nichts mehr gefallen, aber in seiner Gegenwart fühle ich mich klein und unsicher.

Jason steht auf, geht einmal um seinen Schreibtisch herum und bleibt vor mir stehen. Ich drehe mich mit meinem Sessel in seine Richtung und lasse ihn keine Sekunde aus den Augen. Jason ist gefährlich und ich werde mich nicht noch einmal an ihm verbrennen. Er beugt sich über mich, stemmt seine Hände an die Lehnen meines Sessels und berührt meine Wange mit seinem Gesicht. Ich möchte zurückweichen, doch ich spüre hinter mir die Kante des Schreibtisches an meinem Sessel. Sein Bartschatten kratzt an meiner Haut und setzt Erinnerungen an unsere Nacht frei. Unzählige Bilder tauchen vor meinem inneren Auge auf. Jasons Lippen auf meinen, während er mich hart gegen die Wand fickt. Ich muss schwer schlucken im Versuch ihm zu widerstehen.

»Ich bin kein Unmensch, Mavie. Und schon gar nicht nachtragend. Warum auch immer du dich gestern aus meinem Bett geschlichen hast, hier hast du deine Kette«, haucht er und löst sich ein paar Zentimeter von mir. Aus seiner Hosentasche zieht er meine Kette. Meinen Talisman, das letzte Geschenk meines Vaters.

Vorsichtig legt er sie um meinen Hals und schließt den Verschluss. Ich höre meinen eigenen Herzschlag als Rauschen in meinem Ohr und ich bin mir sicher, er nimmt mein Herzklopfen an meiner Hauptschlagader wahr. Er ist mir gerade so nahe und eine feine Gänsehaut breitet sich auf meinem Körper aus. Jason lässt sich beim Schließen meiner Kette quälend viel Zeit und scheint diesen Moment richtig zu genießen.

»Danke«, hauche ich, nachdem er meine Kette geschlossen hat und von mir zurückgewichen ist. Ich berühre meinen Anhänger und versuche mich zu sammeln. Jason weckt zu viel in mir. Ich hätte die Bar einfach verlassen und mir nicht selbst beweisen sollen, dass ich nicht auf ihn reagiere. Er war meinem Herzen damals schon gefährlich und er ist es heute noch immer.

Eine innere Stimme warnt mich, ich solle den Job nicht annehmen. Doch ich brauche das Geld. Ohne diesen Job sitze ich in wenigen Tagen auf der Straße. Dieser Drahtseilakt wird der härteste Job meines Lebens, und mit Jason als meinem Boss, kann es nur turbulent werden.

»Wenn du es genau wissen willst, ich kann mich an gestern Abend erinnern, leider. Doch da wird es niemals, wirklich niemals, eine Wiederholung geben. Alles, was zwischen uns sein wird, ist eine geschäftliche Beziehung.«

Jason grinst selbstgefällig und setzt sich zurück in seinen Schreibtischsessel.

»Was ist daran so lustig?«, will ich genervt wissen und atme gedehnt aus. Dieser Mann provoziert mich auf so viele mögliche Arten.

»Ach, weißt du, ich bin einfach froh, dass du dich daran erinnern kannst«, sagt er und deutet zwischen uns beiden hin und her. Voller Unverständnis schüttle ich meinen Kopf. Warum sollte er froh sein und was ist daran so wichtig?

»Warum ist dir das so wichtig?« Überrascht schaue ich ihn an und werde einfach nicht schlau aus ihm.

»Na ja, es hätte schon sehr an meinem Ego gekratzt, wenn du dich nicht daran erinnert könntest. Ich meine, wenn du dich nicht an *ihn* erinnern könntest«, sagt er und gibt mir damit selbst des Rätsels Lösung. Natürlich, typisch Mann. Aber er hat recht, ich könnte diese Nacht nicht vergessen. Was mich Jason fühlen ließ, schaffte bis jetzt kein anderer. Niemand konnte ihm in dieser Hinsicht das Wasser reichen. Das liegt bestimmt daran, dass Jason genug Übung auf diesem ganz speziellen Gebiet hat. Ohne es aufhalten zu können, muss ich schmunzeln. Zum ersten Mal seit Jahren bringt er mich zum Lachen, doch ich beiße mir selbst auf meine Lippe. Er sollte mich nicht zum Lachen bringen.

»Okay, es geht hier um dein Ego, schon klar«, sage ich mit einer gewissen Ironie in der Stimme und male

Gänsefüßchen in die Luft, als es wieder an der Tür klopft.

»Ja, herein bitte.«

Eine schwarzhaarige Schönheit kommt ins Büro und stöckelt an den Schreibtisch, um Jason einen Berg an Dokumenten zu reichen. Einladend beugt sie sich so nahe an ihn, dass er ihr üppiges Dekolleté zu sehen bekommt. Doch Jason lässt sich gar nicht von ihren Flirtversuchen ablenken und deutet nur stumm auf einen Platz, auf den sie die Dokumente ablegen soll und widmet sich anschließend mit seiner uneingeschränkten Aufmerksamkeit wieder mir. Ein kalter Blick der Schwarzhaarigen streift mich, ehe sie an uns vorbei zur Tür geht und diese stumm hinter sich schließt. Scheint, als würde ich mir an meinem ersten Arbeitstag schon Freunde machen, ganz toll.

»Also, Mavie, hier ist der Vertrag. Du kannst ihn gerne prüfen, es steht alles Wichtige darin.« Jason reicht mir das Schriftstück. Engel und Teufel sitzen beide auf meinen Schultern. Verstand und Verlangen konkurrieren im Wissen, dass ich diesen Job brauche, auch wenn er mich in meine persönliche Hölle katapultiert.

Ich nicke und lese mir alles durch, doch dabei kann ich mich kaum auf den Inhalt konzentrieren. Jasons Aufmerksamkeit gilt die ganze Zeit nur mir und statt auf die Wörter zu achten, erinnere ich mich an die heiße Dusche, die wir vor zwei Tagen gemeinsam nahmen. Hände auf meinem Körper, Küsse auf meiner Haut. Sein Schwanz, der tief in mich eindringt.

Reiß dich zusammen, nehme ich mir vor und unterschreibe schließlich den Vertrag. Ich reiche ihn Jason zurück und auch er setzt eine Unterschrift auf das Papier, das meine Zukunft besiegeln wird.

»Wie viel Zeit werden wir miteinander verbringen?«, möchte ich wissen, um mich auf die Dinge einstellen zu können. Einige Aufgabenbereiche wurden mir bereits erklärt. Ich bin für alle organisatorischen Aufgaben zuständig, die Jason entlasten und bin so etwas wie seine helfende Hand, die ihm, so gut es geht, jeden Wunsch von den Augen ablesen soll. Ironie off, wirklich.

»Kommt ganz darauf an, was du alles machen möchtest und wie *intensiv*.« Zweideutig zieht er das Wort *intensiv* in die Länge und grinst wie der Teufel höchstpersönlich.

Schnaubend atme ich aus und verdrehe frustriert meine Augen, das kann wahrlich ein Spaß werden.

»Ich meine damit unsere Geschäftsbeziehung«, antworte ich genervt und verschränke meine Arme vor meiner Brust. Abwehrhaltung einnehmen Mavie, erinnere ich mich, auch wenn wir hier nicht im Krieg sind, oder etwa doch?

Jason steht erneut von seinem Stuhl auf und lehnt sich vor mich an seinen Schreibtisch. »Ich habe nie an etwas anderes als an unsere Geschäftsbeziehung gedacht.«

»Sehr gut, dann haben wir die Angelegenheit ja geklärt«, sage ich und stehe auf, damit ich ihm nicht unterlegen bin.

»Deine Aufgaben kennst du?«, möchte er von mir wissen.

»Ich bin bestens mit allem vertraut. Wo wird mein Büro sein?«

Jason lächelt selbstgefällig und deutet auf einen zweiten Arbeitstisch inmitten seines Büros. Ich schaue auf den besagten Schreibtisch, der keine drei Meter von Jasons Schreibtisch entfernt steht. Ich werde hier wirklich auf die Probe gestellt.

»Schön, wir teilen uns also dieses Büro. Ich hatte ja schon Angst, wir würden zu wenig Zeit miteinander verbringen«, sage ich mit einem gewissen Witz in der Stimme, innerlich könnte ich kotzen.

»Du bist lustig, das mag ich«, meint Jason schmunzelnd und fokussiert mich weiter mit seinem Blick.

»Das habe ich gar nicht beabsichtigt«, erwidere ich und halte seinem Blick stand.

»Ich bin mir sicher, unsere Zusammenarbeit wird sehr spannend«, sagt er und zwinkert mir selbstsicher zu.

»Jason, mir liegt wirklich sehr viel an diesem Job. Ich brauche die Anstellung dringend. Ich weiß, für dich ist das Leben ein Spiel, aber für mich geht es hier ums Überleben.«

Jason wirkt plötzlich ernster und schüttelt seinen Kopf. »Woher möchtest du das wissen? Wer sagt, dass ich Spielchen spiele?«

»Ich kenne dich eben«, sage ich schulterzuckend. »Ich brauche diesen Job hier wirklich dringend und daher möchte ich nicht, dass irgendwer hier von uns beiden erfährt«, bitte ich ihn und ernte dafür ein spitzbübisches Grinsen.

»Du willst also nicht, dass sie erfahren, wie nahe

ich dir war?«, fragt er und überschreitet erneut den nötigen Sicherheitsabstand, der dafür sorgt, dass mir seine Nähe nicht dieses Kribbeln beschert. Von wegen er spiele keine Spielchen, er spielt sie auf die grausamste Art und Weise.

Jason stellt sich hinter mich und alle meine feinen Antennen sind sofort auf Fokus scharf gestellt. Angespannt halte ich die Luft an und wage es nicht, mich auch nur einen Millimeter zu bewegen. Ich hasse meinen Körper dafür, dass er so auf ihn reagiert. Das muss aufhören und zwar sofort. Jason gehört in die Schublade: schlechte Entscheidung durch zu viel Alkohol. *Schublade auf – Jason rein – Schublade zu*, nehme ich mir vor und atme scharf aus. »Und du willst bestimmt auch nicht, dass sie erfahren, an welchen Stellen ich dich berührt habe und wie laut du meinen Namen gestöhnt hast?«, haucht er in mein Ohr.

Stumm nicke ich und spüre meinen Herzschlag, der bis in meine Ohren dröhnt. Innerlich koche ich vor Wut und gleichzeitig spüre ich die Lust zwischen meinen Schenkel.

»Sie sollen auch nicht erfahren, dass du immer noch auf meine Berührungen reagierst, nicht wahr«, haucht er, als ich mich abrupt von ihm abwende.

»Du hast es verstanden! So und nicht anders!«

FÜNF

JASON

»Spiel keine Spielchen mehr mit mir, ich meine es ernst«, faucht Mavie fast drohend und weicht von mir zurück. Ihr dunklen Augen blicken voller Wut in meine, doch ihre Wangen sind erhitzt und sprechen eine ganz andere Sprache.

Ich soll keine Spielchen spielen, das ist doch eher ihr Metier. Keine Frau hat mich bis jetzt zurückgewiesen und schon gar keine hat sich aus meinem Bett geschlichen. Außer Mavie, und das sogar zwei Mal. Dass das nicht nur an meinem Ego, sondern viel tiefer gekratzt hat, behalte ich lieber für mich. Gefühle machen schwach und Schwächen kann sich ein Mann in meiner Position eben nicht leisten. Seit ich meine Familie nach den Eskapaden meines Dads aus dem Sumpf gezogen habe, bin ich mehr denn je daran interessiert, dass sich unsere Familie nicht erneut angreifbar macht. Nicht umsonst habe ich meinen Nachnamen auf den Mädchennamen meiner Mutter umändern lassen, nichts verbindet mich noch mit meinem Vater. Mit diesem Bastard! Seit er und seine Zweitfamilie aufgekreuzt sind, bedeuteten sie nichts als Ärger. Der Name Smith ist Geschichte, genauso wie mein Vater.

Ich bringe meine Gedanken wieder zurück zu Mavie. Scheint, als hätte ich sie für heute genug provoziert und ein kleines Bisschen tut sie mir ja sogar leid, aber sie hat sich die Sache einfach selbst eingebrockt. Als sie mich nach dem Prom Ball sitzen ließ und sich danach nie wieder meldete, war ich verdammt verletzt. Ich erinnere mich noch genau daran, als ich wach wurde und sie verschwunden war. Damals war meine beste Freundin Catherine für mich da und baute mich zusammen mit Ethan und Mason wieder auf.

Heute, viele Jahre später bin ich erwachsen und habe meine Gefühle besser im Griff. Also besinne ich mich wieder auf meine Rolle, der mächtige CEO dieser Firma, Mavies Boss.

»Du kannst dir ja schon einmal deinen Schreibtisch vorbereiten, dir alle Sachen besorgen, die du benötigst, und dich mit dem Büroalltag vertraut machen. Lern die Kaffeemaschine zu bedienen und bring in Erfahrung, wie ich meinen Kaffee gerne trinke.«

Mavie verdreht ihre Augen und seufzt leise. »Warum sagst du mir denn nicht einfach, wie du deinen Kaffee gerne trinkst? Wenn ich tippen müsste, würde ich auf tiefschwarz wetten, passt irgendwie zu dir«, stellt sie nach und geht zur Tür.

Einmal dreht sie sich noch um, ich kann ein Schmunzeln trotz ihrer Borstigkeit nicht unterdrücken. Sie hat ein vorlautes Mundwerk, aber ich mag es.

Als sie aus der Tür verschwunden ist, setze ich

mich wieder an meinen Schreibtisch. Dass Mavie aus dem Nichts wieder in mein Leben tanzt, legt so viel Verdrängtes wieder frei. Vielleicht werde ich eines Tages die Antworten auf meine Fragen bekommen. Damals hat sie tatsächlich mein Herz gebrochen und mir damit eine wichtige Lektion erteilt. Mein Blick fällt auf die Skyline, die sich vor meinen bodentiefen Fenstern erhebt. Die Sonne scheint herein und hüllt den ganzen Raum in ein helles Licht. Dieser Juni ist ein Traum. Die Temperaturen könnten besser nicht sein, perfekt für ein Lauftraining heute Abend im Central Park. Eine gute Work-Life-Balance ist wichtig, gerade für einen Mann in meiner Position. Nachdem mein Vater unsere Familie ruiniert hatte und unsere Holding in seinen Besitz zog, baute ich mir durch harte Arbeit mein eigenes Business auf. Da die Firma meines Dads und meine im selben Geschäftszweig angesiedelt sind, ergibt sich zwangsläufig eine gewisse Konkurrenz. Doch solange ich ihm und meinem Halbbruder William nicht zu oft über den Weg laufe, komme ich gut damit klar. Meine Mum brauchte hingegen viel länger, um mit den Schikanen meines Vaters zurechtzukommen und sich ein neues Leben, ohne ihre große Liebe, aufzubauen. Dieser Bastard hätte sich keinen besseren Tag aussuchen können, um Mum vor die Scherben ihres Lebens zu stellen. An meinem Abschlusstag in Harvard teilte er uns sein langgehegtes Geheimnis mit und ließ damit das Leben von uns allen aus dem Gleichgewicht geraten. Ich baute wie so oft eine Mauer um meine Gefühle und wurde danach stärker als davor. Heute bin ich ihm sogar dankbar, ohne seine Intrigen, wäre ich bestimmt nie so erfolgreich geworden, wie ich es heute bin. Meine Firma ist in der Baubranche angesiedelt und kümmert sich um die größten Bauprojekte des ganzen Landes. Überall sind Zweigfirmen verteilt und mir unterstehen über 2.000 Mitarbeiter, vom Geschäftsführer bis hin zum Handwerker. Ich schätze jeden davon, dennoch erwarte ich Perfektion. Fehler sind etwas für Schwächlinge, die nicht nach Bestleistung streben. Hier in dieser Firma muss jeder funktionieren. Dass ich deshalb nicht jeden meiner Mitarbeiter mit Samthandschuhen anfassen kann, ist dabei selbstverständlich, mitunter ist das ein Grund, warum meine Assistentinnen ständig das Weite suchen.

Akribisch sortiere ich meine Dokumente, Ordnung ist das A und O in meinem Leben. Den ganzen Haufen lege ich sorgfältig zusammen, sodass Mavie ihn später in einen der Ordner ablegen kann. Meine Aufmerksamkeit bleibt bei dem neuen Projekt hängen, für das noch immer ein Bauunternehmen gesucht wird. Ein Millionenprojekt, der Umbau eines Hotels auf Hawaii auf der Insel Maui. Dort soll das bestehende Hotel, das am Strand von Kaanapali Beach liegt, in ein Fünfsternehotel mit einer riesigen Fläche umgebaut werden. Ein Projekt, das ich mir auf keinen Fall durch die Finger gehen lassen werde. Mit dem Besitzer des Hotels stehe ich schon in Kontakt, ich hoffe ich kann den Deal an Land ziehen. Der Strandbereich ist geschützt und dieser Bau ist der Letzte, der genehmigt wurde. Die Umgestaltung würde definitiv für gute Werbung in der Presse sorgen, doch was mich am meisten an diesem Projekt reizt, ist der zweite Mitstreiter, der an dem Projekt dran ist. In zwei Stunden wird der Besitzer Mr Abadi in mein Büro kommen, um über mögliche Verhandlungen zu sprechen und ich bin mir sicher, ich werde ihn von mir überzeugen.

Plötzlich betritt Mavie, ohne anzuklopfen das Büro und kommt mit einem Kaffee auf mich zu.

»Ich glaube, an ein paar Dingen müssen wir noch arbeiten«, sage ich und klinge dabei viel strenger, als ich es beabsichtigt habe.

Argwöhnisch blickt sie in meine Augen und stellt das Getränk auf meinen Schreibtisch ab.

»Gut, ich notier es mir«, sagt sie spitz und dreht sich wieder um.

Ihr hübscher Hintern wackelt, während sie das Büro verlässt. Eine Duftnote des Kaffees tritt mir entgegen, eine willkommene Abwechslung. Ich hebe die Tasse mit dem Cappuccino an und kann mir ein Lachen nicht verkneifen.

Heller als ich dachte, steht auf einem kleinen gelben Notizzettel, der auf dem Servierteller unterhalb der Tasse klebt.

SECHS

MAVIE

Ob ich mich mit meiner kleinen Notiz zu weit aus dem Fenster gelehnt habe? Bestimmt. Ich meine, Jason ist mein Boss. Mein verdammter Boss. Ich muss mich zusammenreißen, aber seine offensichtlich provokanten Flirtversuche vorhin in seinem Büro haben mein Fass beinahe zum Überlaufen gebracht. Entweder die Notiz mit der Botschaft oder statt des Zuckers eine Prise Salz, waren die Optionen. Mein Verstand riet mir, keine der beiden umzusetzen, mein Herz aber pochte auf Rache. Immerhin hat er mit seinen kleinen Spielchen dafür gesorgt, dass es viel zu schnell in meiner Brust klopft. Kaum bin ich in seiner Nähe, scheine ich in meine Teenagerzeit zurückkatapultiert. Wie kann ich nach all dem nur so auf ihn reagieren? Es muss doch irgendein Heilmittel gegen Jason geben. Ob er tatsächlich so etwas wie enttäuscht war, weil ich mich weggeschlichen hatte? Wohl kaum, höchstens hat es an seinem Ego gekratzt, da bin ich mir sicher, und jetzt will er mir mit aller Macht demonstrieren, was ich verpasst habe.

Zurück in der Kaffeeküche treffe ich auf zwei Mitarbeiterinnen, beide schätze ich auf Mitte zwanzig, also fast genauso alt wie ich. Mit meinen 28 Jahren habe ich allerhand Erfahrungen in den unterschiedlichsten Berufsfeldern sammeln dürfen.

»Die Neue, so so«, meint die Rothaarige und stupst ihre Kollegin an, sodass auch deren Blick auf mich fällt.

»Ja, wir sind uns schon begegnet«, meint sie zur Rothaarigen und macht eine beschwichtigende Handbewegung. »Ist die Neue von Mr Neil, also die neue Assistentin. Wird sowieso nicht lange halten, wir kennen die Geschichten ja«, meint sie kichernd und kümmert sich um ihren Kaffee. Innerlich koche ich, früher hätte ich diese Art der Herablassung über mich ergehen lassen. Ich war nie jemand, der den Mund aufmachte oder für mich selbst einstand. Heutzutage ist vom Mauerblümchen von einst zum Glück nicht mehr viel übrig. Wie ich solche Frauen hasse. Kurz hadere ich mit mir, kann mir dann eine Retourkutsche aber nicht verkneifen. »Da es euch bestimmt nicht an Intelligenz mangeln kann, sonst hättet ihr eure Stellen in dieser Firma bestimmt nicht bekommen, seid ihr wohl einfach ganz nette Kolleginnen, die einem den Neuanfang noch zusätzlich versüßen wollen. Vielen Dank euch beiden, aber auf diese Form der Nettigkeit kann ich verzichten!«

Beide schauen mich an, als wäre ich gerade von einem Truck überfahren worden, mit offenem Mund

und hochgezogener Stirn betrachten sie mich. Vielleicht war meine Bemerkung tatsächlich zu spitz, aber ihre Provokationen konnte ich mir auch nicht gefallen lassen.

Plötzlich höre ich hinter mir ein Räuspern. Ich drehe mich langsam um, denn ich ahne schon, wer genau hinter mir stehen wird. Die Röte auf meinen Wangen meldet sich als sicheres Zeichen, dass Jason mir nahe ist. Genauso wie mein Herzschlag, der sich gerade bestimmt verdoppelt, als ich mich zu ihm umgedreht habe.

»So viel Freundlichkeit an einem Ort, ist tatsächlich ein bisschen kitschig«, sagt er in die Runde und blickt zwischen uns dreien hin und her.

Ich bin mir sicher, ich kann den Job noch heute Abend vergessen. Er wird mich hassen, noch mehr, er wird mich keinem einzigen Arbeitgeber empfehlen. Und wenn ich den ganzen Tag bis jetzt Revue passieren lasse, kann ich es ihm nicht verübeln.

»Mr Neil, ich weiß, wir sind auch ganz erschrocken über das Verhalten Ihrer neuen Assistentin uns gegenüber«, meint eine der beiden und lächelt unschuldig. Beide nicken sich zustimmend zu und schenken mir erneut einen abwertenden Blick.

»Hannah und Jessica, ich möchte, dass ihr diese Form der Nettigkeiten sein lasst, ich dulde derartiges Verhalten nicht in meiner Firma.«

»Es tut uns wirklich sehr, sehr leid«, entschuldigen sie sich, doch Jason würdigt die beiden nicht mehr mit seiner Aufmerksamkeit.

Überrascht sehe ich zu Jason, der mir stumm zu verstehen gibt, dass ich ihm in sein Büro folgen soll. Bevor ich das mache, schnappe ich mir noch den Wasserkrug und gehe stumm neben ihm her. Es hat mir tatsächlich gerade eben geschmeichelt, dass er Partei für mich ergriffen hat.

Jason öffnet die Tür zu seinem Büro und setzt sich geradewegs an seinen Schreibtisch.

»Jason, danke, dass du mich vor den beiden verteidigt hast«, sage ich und trage die Karaffe mit Wasser an den Schreibtisch.

»Quatsch, das ist selbstverständlich«, sagt Jason bescheiden und wirkt das erste Mal richtig nahbar und erinnert mich an den Jason, in den ich mich vor so vielen Jahren Hals über Kopf verliebt habe.

»Trotzdem, danke« sage ich mit einem Lächeln. Ich möchte gerade das Wasser aus der Karaffe in sein Glas schütten, als ich über meine eigenen Füße stolpere und das ganze Wasser auf seiner Hose landet. Die Karaffe fange ich dabei noch irgendwie auf und stelle sie auf den Tisch zurück.

»So ein Mist, verdammt.« Fluchend blickt Jason auf seine Hose.

Entsetzt stelle ich fest, dass diese genau im Schrittbereich eine volle Ladung Wasser abgekommen hat.

»Es tut mir so leid.« Vor Schreck halte ich meine Hand vor meinem Mund. Ich lasse meinen hilfesuchenden Blick durch das Büro wandern, als mir ein Handtuch ins Auge springt, während mich Jason fluchend ignoriert.

»Vielleicht können wir den Schaden ja so eingrenzen. Es tut mir wirklich leid, zum Glück ist es nur Wasser und es trocknet wieder«, sage ich verlegen und ein kleines Lächeln schiebt sich aufgrund dieser misslichen Lage auf meine Lippen.

Mit dem Handtuch versuche ich seine Hose trocken zu tupfen, Jason möchte mich davon abbringen und kämpft mit mir um das kleine Handtuch, während ich immer noch vor ihm auf dem Boden auf meinen Knien hocke.

Plötzlich geht die Tür des Büros, ohne dass jemand angeklopft hat, auf. »Verdammt, wer ist das?«, flüstere ich und fühle mich hier in der völlig falschen Position.

»Großartig, mein wichtigster potenzieller Auftrag des Jahres«, erwidert Jason mit zusammengebissenen Zähnen.

»Scheiße«, fluche ich leise und spüre wie meine Wangen zu glühen beginnen.

»Guten Tag, ich hoffe unser verfrühtes Auftauchen bringt Sie nicht von ihrem Tagesplan ab. Eine Empfangsdame meinte, Sie wären gerade nicht beschäftigt, und führte uns zu Ihrem Büro«, höre ich einen Herrn mit dunkler Stimme sprechen.

»Steh einfach auf«, presst Jason hervor. Ich gucke zu ihm hoch, Jason ist bereits aufgestanden und gibt mir mit Handzeichen zu verstehen, dass ich seinem Beispiel folgen soll. Er hat recht, wer auch immer hier in diesem Büro ist, wird mich ohnehin gleich entdecken. Peinlicher geht es nun wirklich nicht.

»Nein, im Gegenteil, ich freue mich über Ihren Besuch. Es gab hier nur einen kleinen Zwischenfall«, meint Jason und auf das Schlagwort, hebe ich meinen Kopf und stehe vom Boden auf. Vor mir stehen zwei Geschäftsmänner in Anzügen, die zuerst mir und dann Jason ein wissendes Lächeln zuwerfen. Natürlich interpretieren sie die Lage völlig falsch, wie unsagbar peinlich.

»Oh, wir kommen doch ungelegen, wir können auch noch etwas warten«, meint einer der beiden Herren, wird aber sofort von Jason zum Bleiben überredet.

Die beiden Geschäftsmänner scheinen arabischer Herkunft zu sein, dunkle Haare, dunkle Augen und die ganz typische Kopfbedeckung lassen mich zumindest erraten, woher sie ursprünglich stammen. Sie sprechen perfekt Englisch und werden mir als Mr Abadi, Besitzer eines großen Hotels auf Hawaii und Mr Rashid vorgestellt. Ursprünglich stammen sie, wie ich bereits vermutet habe, aus Dubai und kauften das große Grundstück vor weniger als einem Jahr. Ein großes Händeschütteln beginnt und freundlich wird erster Small Talk geführt.

»Tradition ist in unserer Kultur das A und O. Ein Geschäftsmann, der verheiratet ist, bedeutet für uns als Auftraggeber eine solide Basis. Das gefällt mir an Ihnen, Mr Neil«, damit wendet sich Mr Abadi Jason zu und nickt, als würde er sich selbst zustimmen.

»Natürlich, Tradition ist für mich auch sehr wichtig. Gerade als CEO dieser Firma sind Tradition und Beständigkeit zentrale Elemente meiner Arbeit.«

Jason bietet ihnen die Plätze vor seinem Schreibtisch an und die beiden setzen sich. Gerade als wir uns auch setzen wollen, zeigt Mr Abadi auf uns.

»Sie tragen ja gar keine Ringe«, stellt Mr Abadi fest und deutet zwischen Jason und mir hin und her. Unsere Blicke treffen sich und ich werfe Jason eine unschlüssige Geste zu.

»Sie beide sind doch verheiratet, sonst würden Sie doch nicht hier zusammen unter dem Schreibtisch ...«, weiter spricht Mr Abadi nicht.

Unerwartet ergreift Jason meine Hand. In Zeitlupe drehe ich mich zu ihm und spanne meinen ganzen Körper an. Was hat er jetzt nur vor?

»Natürlich sind wir verheiratet, wir tragen unsere Ringe nur nicht. Wissen Sie, unsere Verbindung geht so viel tiefer. Meine Frau trägt ihren Ring lediglich zu besonderen Anlässen.«

Mein Verstand kommt mit den neuen Entwicklungen gar nicht klar. Gibt mich Jason hier gerade als seine Ehefrau aus?

»Nicht wahr, Darling?« Ohne darauf antworten zu können, zieht er mich in seine Arme und bedeckt meine Lippen mit einem Kuss, der mir alle Sinne raubt. Ich spüre seine vollen Lippen auf meinen, seine Hände auf meinem Gesicht und Tausende Schmetterlinge in meinem Bauch. Erneut nimmt mich dieser Kuss mit in Sphären, von denen ich gar nicht genug bekommen kann. Für einen Moment verliert alles an Zeit und Raum, und ich nehme nichts mehr wahr, erst als Jason von meinen Lippen ablässt, bleibe ich verdattert vor den beiden Männern und meinem Fake Ehemann stehen. In meinem Kopf herrscht immer noch

Chaos, doch ich lege einen Schleier über meine Emotionen und setze mich neben Jason auf einen freien Sessel.

»Es ist wirklich schön zu sehen, wie tief ihre Verbundenheit und Liebe füreinander ist. In unserer Kultur wird darauf sehr großen Wert gelegt. Ich vergöttere meine eigene Ehefrau, die bestimmt gerade die Sonne und das Meer zusammen mit meinen vier Söhnen genießt. Sie müssen uns unbedingt besuchen kommen, dann können wir uns besser kennenlernen und entscheiden, ob wir Sie für dieses große Projekt engagieren.«

Jason nickt zustimmend und legt seine Hand auf meinen Oberschenkel. »Das klingt nach einem fabelhaften Plan, ich werde versuchen es terminlich einzurichten. Wir könnten doch auch heute schon gewisse Vorverträge schließen. Ich werde mein Team anschließend bitten, Ihnen erste Vorschläge zu präsentieren.«

Die beiden nicken und besprechen etwas auf Arabisch, während ich versuche ein Stück von Jason wegzurutschen. Dieser wiederum zieht mich wieder zurück und gibt mir nonverbal zu verstehen, dass ich jetzt mitspielen soll.

»Wir möchten sehr gerne die Pläne und Ideen zum Umbau sehen, unterschreiben werden wir aber erst nach einem Besuch vor Ort und sehr gerne würden wir Sie und Ihre Frau noch näher kennenlernen. In nicht allzu ferner Zukunft habe ich einen Termin hier in New York, wir könnten unsere Frauen mitbringen und Sie in ihrem Zuhause besuchen. Was denken Sie, klingt das nach einer guten Idee und einer beginnenden Zusammenarbeit?«, möchte Mr Rashid wissen und hält Jason seine Hand zum Einschlagen hin.

»Das klingt nach einer großartigen Idee, ich kann es kaum erwarten. Meine Frau kocht den leckersten Truthahn, ich bin mir sicher, sie werden ihn lieben. Nennen Sie mir das Datum und wir werden Sie zu uns nach Hause einladen.«

SIEBEN

JASON

Nachdem ich Mr Abadi und Mr Rashid verabschiedet habe, schließe ich die Tür meines Büros. Zwei meiner Mitarbeiter werden ihnen gleich eine Präsentation zum geplanten Projekt vorstellen. Bestimmt kann ich mir jetzt eine ordentliche Standpauke von Mavie anhören. Langsam drehe ich mich zu ihr um. Mavies Ausdruck ist wütend und gerade, als ich etwas sagen möchte, sprudeln die Worte schon aus ihrem Mund heraus.

»Was hast du dir nur dabei gedacht? Denkst du wirklich, ich spiele deine Ehefrau? Selbst wenn, denkst du im Ernst, sie würden uns das Schauspiel abkaufen? Ich meine wir beide, verheiratet? Das durchschaut doch ein Blinder. Und du kannst mich doch nicht einfach so küssen!« Protestierend verschränkt sie ihre Arme vor ihrer Brust.

»Vor gar nicht allzu langer Zeit wolltest du es aber noch ...«

»Da war ich verwirrt und betrunken, außerdem

wollte ich überhaupt nicht von dir geküsst werden. Weder vorgestern noch heute«, erwidert sie.

»Das klang in der Bar aber ganz danach«, sage ich und versuche es mit etwas Ironie, um die Stimmung zu retten, und immerhin hat sie vor zwei Tagen ihre Lippen bereitwillig für meine Zunge geöffnet und konnte gar nicht genug davon bekommen.

»Vergiss es«, zischt Mavie und rempelt mich beim Vorbeigehen an. Stumm geht sie zu ihrem Schreibtisch und nimmt dort Platz.

»Kannst du es dir wenigstens überlegen?«, bitte ich sie und setze mich auf die Kante ihres Schreibtisches. »Es wäre nur für die Zeit auf Hawaii. Das wären drei oder vier Tage. Wir können auch in getrennten Betten schlafen. Mavie, ich bitte dich.«

Sie blickt von den Unterlagen auf, die ich ihr zum Ablegen in den Ordner vorhin auf ihren Schreibtisch gelegt habe. Für einen Moment scheint es, als würde sie diese Scharade tatsächlich in Erwägung ziehen, zögernd legt sie ihre Stirn in Falten.

»Jason, wir beide ...«

»Mavie, ich würde dich nicht bitten, wenn es nicht so wichtig wäre. Der Deal ist einer der größten, den es gerade in Amerika gibt. Außer mir, ist nur noch eine andere Firma dran und ich bin so nahe, den Auftrag zu bekommen.«

»Du findest doch bestimmt irgendeine andere, die dich liebend gerne nach Hawaii begleitet und sich von dir vernaschen lässt. Ich bin mir sicher, du hast ein großes Telefonbuch mit unzähligen Kontakten, die nur darauf warten von dir angerufen zu werden.«

Ich fahre mir über meinen Bartschatten und schüttle schmunzelnd meinen Kopf. Wo sie recht hat, aber irgendwas reizt mich an Mavie. Sei es die Tatsache, dass sie mich zweimal abserviert hat oder dass ich ihr beweisen will, was sie mit mir verpasst hat.

»Na ja, sie haben aber gerade dich, in dieser ziemlich eindeutigen Position vorgefunden, und wenn du dich erinnerst, hast du uns das Ganze eingebrockt. Wie käme es, wenn ich in Hawaii mit einer anderen auftauchen würde?« Jetzt fahre ich alle Geschütze auf, koste es, was es wolle. Viel tiefer kann ich in ihrer Gnade sowieso nicht mehr sinken.

»Ich lasse mich nicht erpressen und schon gar nicht für irgendwelche Spielchen benutzen! Außerdem hast du noch nie von diesen Agenturen gehört, die können dir bestimmt eine Kopie von mir empfehlen. Ich bin mir sicher, da gibt es weitaus schrägere Anfragen.«

Ich kann mir ein Grinsen nicht verkneifen, Mavie ist verdammt schlagfertig.

»Das will ich auch gar nicht, ich möchte, dass du meine Ehefrau spielst. Ich bitte dich doch nur um einen Gefallen unter alten Freunden.«

Genervt verdreht sie ihre Augen und seufzt: »Wir sind alles andere als alte Freunde und ein Gefallen ist es bestimmt nicht, wenn du mich darum bittest, deine Fake Ehefrau zu spielen.«

»Und ein paar Tage auf Hawaii klingen nicht nach Urlaub für dich?«

Wieder schüttelt sie trotzig ihren Kopf, am liebsten würde ich sie dafür bestrafen. Mein kleiner, ich meine, mein großer Freund in meiner Hose, reagiert sofort auf meine Vorstellung. *Mavie vor mir, ich ziehe an ihrem Haar und sie stöhnt vor Schmerz und Lust auf, während sie meinen Schwanz lutscht.* Diese Fantasie gefällt mir, doch ich wende mich wieder meinem aktuellen Projekt zu: Mavie überzeugen meine Ehefrau zu spielen.

»Wenn *du* Teil dessen bist, dann klingt das ganz bestimmt nicht nach Urlaub. Im Gegenteil, das klingt nach Folter auf höchster Stufe.« Kurz hängt sie an meinen Augen fest, ehe sie den Kopf senkt und sich erneut den Dokumenten widmet.

»Du siehst mich tatsächlich als den Bösen hier, nicht wahr?« Eine schmerzhafte Erinnerung an damals taucht wieder auf, die ich unter meinem Steinmantel zu begraben versuche.

»Was solltest du denn sonst sein? Mein verdammter Retter?«

Was meint sie nur damit und warum bin ich in ihren Augen der Teufel höchstpersönlich? Stumm gehe ich an meinen Schreibtisch, die Diskussion hier ist gerade überflüssig. Ihre Meinung scheint festgefahren und ich muss mir eine andere Möglichkeit überlegen. Aufgeben liegt mir normalerweise gar nicht, ich bin ein Mann, der bekommt was er will.

»Ich werde es mir überlegen und dir sagen, wenn ich eine Entscheidung getroffen habe«, sagt sie, als ich mich wieder an meinen Schreibtisch setze. Geht doch, ich bekomme also doch, was ich will. Diese Erkenntnis lässt mich zufrieden in meinen Schreibtischsessel zurücklehnen. Vielleicht bin ich ja doch der Teufel höchstpersönlich.

Mail
von: Jason
an: Mavie
Du hättest bei mir etwas gut und ich stünde in deiner Schuld.

Mail
von: Mavie
an: Jason
Das war aber noch kein ›Ja‹

Mail
von: Jason
an: Mavie
Es war aber auch kein ›Nein‹

Mail
von: Mavie
an: Jason
Dann war es eben ein ›Vielleicht‹, und sei dir nicht so sicher, dass jeder immer macht, was du willst.

Mail
von: Jason
an: Mavie
Samstagnacht konntest du nicht genug von meinen Ideen bekommen.

Mail:
von: Mavie
an: Jason
Tja, die Macht des Alkohols.

Grinsend sehe ich vom Bildschirm meines Laptops zu Mavie.

»Das heißt nicht, dass ich dich jetzt mag«, sagt sie mit einem Schmunzeln und verzieht ihren Mund wieder zu einem Schmollen. Sie wartet einen Augenblick und wendet sich anschließend wieder den Dokumenten zu. Eine Weile beobachte ich sie noch beim Abheften der Schriftstücke, bis ich mich meinen eigenen Aufgaben widme.

Ich erstelle einen Aufgabenplan für meine Mitarbeiter und plane für ein neues Projekt. Selbst wenn ich es in meiner Position nicht mehr nötig hätte, selbst zu arbeiten, kann ich es einfach nicht sein lassen. Ich liebe es, kreativ zu sein und Projekte entstehen zu lassen. Schon auf der Uni belegte ich zahlreiche Architekturkurse neben dem ganzen Management- und Wirtschaftskram. Das war eine willkommene Abwechslung. Es tat mir auch gut über Mavie hinwegzukommen, mindestens genauso gut wie die zahlreichen Bettgeschichten, die sich in dieser Zeit entwickelten.

»Mavie, könntest du bitte zur Besprechung mit der Marketingabteilung gehen und das Diktiergerät mitnehmen. Ich brauche alle Aufzeichnungen dazu bis morgen Mittag.«

»Natürlich, kein Problem«, sagt Mavie und packt ihre Sachen zusammen.

Ich beobachte sie noch, wie sie mein Büro verlässt, und kümmere mich dann wieder um meine Aufgaben. Ohne Mavies Anwesenheit in meinem Büro werde ich mich den restlichen Nachmittag bestimmt besser konzentrieren können.

Das Läuten meines Handys reißt mich aus meiner Arbeit. Das Pflegeheim meiner Mutter erscheint als Kontakt auf meinem Smartphone. Ich fange mich, ehe ich auf Abheben drücke.

»Hallo, wie geht es ihr?«, möchte ich unverblümt wissen, nette Floskeln können wir uns sparen, dafür habe ich schon zu oft mit Schwester Mary gesprochen. Mindestens jeden zweiten Tag bekomme ich einen Anruf zum Gesundheitszustand meiner Mutter und manchmal sind auch gute Botschaften dabei.

»Besser. Sie hat heute einen wirklich guten Tag. Sie fragt nach Ihnen und ich denke, es würde ihr sehr guttun, wenn Sie sie heute wieder einmal besuchen würden.« Anspannung jagt durch meinen Körper. Jeder Besuch bei meiner Mutter, macht mir ihre Lage nur noch schmerzlicher bewusst. Mein letzter Besuch ist viel zu lange her und dafür hasse ich mich selbst. Doch all das, hat sie nur diesem Schwein zu verdanken. Für den Zustand meiner Mum gebe ich meinem Vater die alleinige Verantwortung.

»Ich bin terminlich leider ziemlich eingedeckt, ich glaube nicht, dass ich es heute schaffen werde.« Das schlechte Gewissen nagt an mir und lässt meinen Selbsthass nur noch weiterwachsen, doch jede Begegnung reißt die Wunden erneut auf.

»Natürlich, ich weiß, dass Sie terminlich sehr eingebunden sind. Ich werde es Ihrer Mutter ausrichten und sie auf einen anderen Tag vertrösten.« Erleichtert atme ich aus, besser meine Mutter denkt ich würde in Arbeit versinken, als mich davor drücken sie zu besuchen.

»Besorgen Sie bitte noch eine Packung der Pralinen, die sie so mag und richten ihr einen Gruß von mir aus«, damit lege ich auf und betrachte noch für ein paar Sekunden den schwarzen Bildschirm. Bilder meiner Kindheit tauchen vor meinem inneren Auge auf. Glückliche Zeiten, zusammen mit meinen Eltern. Meine Mum strahlte, sie lachte und war voller Glück. Heute ist von dieser strahlenden Person nicht mehr viel übrig, sie ist ein Schatten ihrer selbst.

Um Punkt 18 Uhr treffe ich mich mit meinen Freunden im Park zum Laufen. Das schlechte Gewissen meiner Mum gegenüber nagt an mir, doch ich versuche nicht daran zu denken. Gleich neben einem kleinen Basketballplatz treffe ich Mason und Ethan am vereinbarten Treffpunkt. Damals in der Highschool waren Mason und Ethan bereits meine besten Freunde. Wir erlebten eine Menge Blödsinn und waren all die Jahre immer füreinander da.

»Hey, na, alles fit?«, wollen sie wissen, als wir uns abklatschen.

»Stressiger Tag, aber sonst ist alles gut soweit«, sage ich und beginne mich zu dehnen. Einen Fuß stelle ich voran und gehe so in die Kniebeuge, um eine deutliche Streckung in meine Beinmuskulatur zu bringen. Die Übung fühlt sich gut an, die Mischung aus Schmerz und Dehnung lässt mich meinen Körper auf eine ganz besondere Weise spüren.

»Mavie wirkte ganz und gar nicht mehr wie das Mauerblümchen von damals. Wow, die ist echt eine heiße Nummer. Wie ist der Abend noch gelaufen? Hast du es ihr ordentlich besorgt und ihr klargemacht, was sie damals verpasst hat?«, möchte Mason wissen und streckt sich, ein spitzbübisches Lächeln liegt dabei auf seinen Lippen.

»Du liegst ganz richtig mit deinen Vermutungen«, sage ich schelmisch grinsend und strecke mich in die andere Richtung. »Es war eine heiße Nacht und ich habe sie nicht nur einmal zum Kommen gebracht.«

»Vielleicht hat sie damals tatsächlich Wind von der Wette bekommen. Ich weiß, dir bedeutete die Wette nichts mehr, als du sie näher kennengelernt hast, aber wer weiß?«, meint Ethan nachdenklich.

Ich schüttle meinen Kopf, so ein Blödsinn.

»Quatsch, wie hätte sie damals davon erfahren sollen? Die ganze Wette war sowieso vom Tisch, als ich ihr nahe kam. Nein, sie hat sich damals aus meinem Bett geschlichen und hat es auch dieses Mal wieder gemacht«, gebe ich etwas geknickt zu. Vor meinen Freunden muss ich nie den großen Macker spielen, ich kann einfach ich sein und das tut gut. Den ganzen Tag über muss ich schon eine Rolle spielen, immer der starke, unnahbare CEO, der einen Panzer um sich gelegt hat.

»Sie hat sich aus deinem Bett geschlichen?«, möchte Mason wissen, der sich ein Grinsen nicht zurückhalten kann.

»Da gibt es nichts zu grinsen, und glaub mir, es lag ganz sicher nicht an meiner Performance. Ich habe sie heftig zum Stöhnen gebracht.«

»Mhm. Manche Frauen stöhnen auch aus Verzweiflung, weil sie einfach nicht kommen«, meint Mason neckend.

»Willst du dich mit mir anlegen?«, frage ich ihn gespielt warnend und boxe ihm etwas unsanft gegen seinen Arm.

Daran hat es nicht gelegen, nicht umsonst betteln alle anderen um eine Wiederholung, da bin ich mir sicher. Ich bringe sie alle hart zum Kommen und nehme mir immer, was ich will.

»Also wird es kein Wiedersehen geben?«, möchte Ethan wissen. Ein paar Läuferinnen, die an uns vorbei joggen, verlangsamen ihr Tempo und wackeln einladend mit ihren Hüften. Eine willkommene Abwechslung, denke ich und fahre durch meine dunklen Haare.

Wer weiß, vielleicht begegnet man sich ein zweites Mal. Etwas Ablenkung und eine heiße Nummer mit einer oder am liebsten zwei von ihnen könnte ich gerade wirklich gebrauchen.

Kurz blicke ich ihnen nach und widme meine Aufmerksamkeit dann wieder meinen Freunden vor mir.

»Es gibt also kein Wiedersehen zwischen euch beiden und sie wird deinem Herzen nicht gefährlich?«

Ich zucke mit meinen Schultern und räuspere mich. »Das Wiedersehen gab es schon.«

Stirnrunzelnd betrachten mich Mason und Ethan, bis ich sie schließlich in die Geschichte einweihe.

»Sie stand heute in meinem Büro. Mavie ist meine neue Assistentin.«

Die beiden sehen mich an, als würde ich ihnen gerade ein Märchen erzählen.

»Du willst uns doch verarschen, oder etwa nicht?«, meint Mason kopfschüttelnd.

»Ich wünschte, das würde ich. Ich kann mir selbst etwas Lustigeres vorstellen, als mit meiner Ex zusammenzuarbeiten. Wobei, ich fordere sie mit meinen Flirtversuchen ganz schön heraus, und es gefällt mir, wie sie darauf reagiert.«

»Verbrenn dich nicht an ihr«, rät Mason und klopft auf meine Schulter.

»Das habe ich nicht vor, keine Sorge.«

ACHT

MAVIE

Nach diesem turbulenten Tag fahre ich mit der Metro nach Hause. Es ist gesteckt voll, unterschiedliche Menschen mit so vielen verschiedenen Geschichten treffen hier an diesem Ort aufeinander. Der Abstand von Jason tut mir gut, um nicht jede freie Minute an unsere gemeinsame Nacht denken zu müssen. Ich lenke mich ab, indem ich mir verschiedene Geschichten zu den Menschen vorstelle, die ich unterwegs treffe. Ich lasse meiner Fantasie freien Lauf und denke mir für jede Person ein fiktives Leben aus. Ich liebe es, nach einem anstrengenden Tag einfach meine Seele baumeln zu lassen. Vielleicht ist die hübsche Frau mit dem Kopftuch eine Künstlerin, die gerade nach Hause fährt. Dort wartet ihre Freundin auf sie, die Essen für sie und ihre beiden Kinder gekocht hat. Der ältere Herr, der so freundlich vor sich hin lächelt, ist in meiner Fantasie ein Mathematikprofessor, der selbst im Ruhestand jede freie Minute auf der Universität verbringt. Schmunzelnd blicke ich weiter zu einer

Frau mit zwei kleinen Kindern. Die beiden sind eindeutig eineiige Zwillinge, die Mädchen sehen sich zum Verwechseln ähnlich. Sie zanken sich und reißen an den Haaren der jeweils anderen. Die Mutter versucht genervt dazwischen zu gehen, doch ohne Erfolg. Ich schenke ihr ein aufmunterndes Lächeln, das sie dankbar erwidert. Manchmal frage ich mich, wie meine Mum wohl so ist. Wo sie lebt und wie es ihr geht. Ich hätte so viele Fragen an sie. Doch eine Frage brennt seit Jahren in meinem Herzen: Warum hat sie mich damals, als ich noch ein Baby war, verlassen? Dieses Geheimnis nahm mein Vater mit in den Tod und ich werde die Wahrheit vielleicht nie herausfinden.

Eine ältere Dame steigt ein, sie wirkt gebrechlich und schwerfällig. Daher biete ich ihr meinen Sitzplatz an und halte mich an einem der Haltegriffe fest. Die Bewegung der Bahn ist im Stehen weitaus deutlich zu spüren. Die Metro braust in den nächsten Bahnhof, hier ist Endstation für mich. Die letzten hundert Meter zu meinem Wohnhaus werde ich zu Fuß gehen. Die Bewegung tut mir gut und das Wetter ist richtig schön. Wegen der Dunkelheit der Metrostation muss ich mehrmals blinzeln, bis sich meine Augen an das helle Abendlicht gewöhnt haben. Die Abendstimmung in New York ist traumhaft und ich bin froh, Teil dieser Stadt sein zu können.

Vor meiner Tür liegt ein Brief, der an mich adressiert ist. Der Absender sticht mir dabei sofort ins Auge und ich weiß auch ohne ihn zu öffnen, was der Inhalt des Schreibens ist. Das ist die dritte Mahnung der Hausverwaltung, und wenn ich binnen vier Wochen die Miete nicht bezahle, dann sitze ich vor der Tür und verliere meine Wohnung, die ich erst vor einem Monat bezogen habe. Ich lege das Schreiben auf meinen Küchentisch und lehne mich seufzend gegen die Küchenanrichte. Heute ist wirklich nicht mein Tag. Mehr denn je werde ich versuchen Jason von meinen beruflichen Fähigkeiten zu überzeugen, auch wenn ich damit einen Pakt mit dem Teufel höchstpersönlich eingehen muss. Ich brauche diesen Job, wenn ich nicht bald auf der Straße sitzen will. Warum nur muss ausgerechnet er mein neuer Boss sein? Dann hat er mich heute auch noch so vorgeführt, als seine Geschäftspartner da waren und mich um diesen großen Gefallen gebeten. Mein Helfersyndrom drängt mich, ich solle seine Fake Ehefrau spielen und ihm damit aus der Patsche helfen und mein Herz bejubelt diesen Vorschlag. Jeder Herzschlag in meiner Brust schreit verzweifelt nach ihm.

Das Läuten an der Tür reißt mich aus meinen Gedanken. Auf die Minute genau läutet Stella an meiner Tür. Stella und ich haben heute unser wöchentliches Date, an dem wir Pizza bestellen und uns irgendwelche Schnulzen im Fernsehen ansehen. Nicht, dass ich an diese romantische Hollywood-Welt glauben würde, doch dieser Kitsch tut der Seele einfach gut.

»Ich komme schon«, rufe ich Richtung Tür und öffne wenige Schritte später meiner besten Freundin die Tür.

»Schön dich zu sehen«, sage ich und küsse sie auf ihre Wange.

»Wie war dein erster Arbeitstag?«, möchte sie gespannt wissen.

»Komm, ich erzähle es dir drinnen«, sage ich und ziehe sie mit mir ins Wohnzimmer, wo wir es uns auf meiner Couch gemütlich machen.

»Mach es nicht so spannend«, fordert sie mich auf und wartet sehnsüchtig auf meinen Bericht.

»Es ist etwas kompliziert«, sage ich schulterzuckend und knabbere an meiner Unterlippe.

»Was meinst du?«, möchte Stella wissen und betrachtet mich fragend.

»Du weißt, dass ich Jason nicht wiedersehen wollte.«

Stella nickt und legt ihre Stirn in Falten. »Was hat Jason mit deiner neuen Arbeit zu tun?«

Ich atme tief ein und presse die Luft aus mir heraus. »Jason ist mein neuer Boss.«

Stella schüttelt ungläubig ihren Kopf und schlägt die Hände über ihrem Kopf zusammen.

»Das ist ein Witz, nicht wahr?«

Ich schüttle meinen Kopf und verneine ihre Frage. »Ich wünschte, es wäre ein Witz, aber leider ist es die pure Wahrheit.«

»So ein Desaster«, stöhnt sie und seufzt.

»Ich weiß, ich habe heute auch fast einen Herzinfarkt bekommen, als Jason auf einmal vor mir stand und mir klar wurde, dass er mein neuer Boss ist. Irgendwie ist es ja schon fast eine Ironie des Schicksals, dass ausgerechnet Jason mein Vorgesetzter ist.«

Wieder nickt Stella, sie scheint mit den News kaum zurecht zu kommen. Ich kann sie so gut verstehen, mein Kopf dröhnt auch noch immer von den ganzen neuen Eindrücken und Wendungen.

»Jedenfalls ließ er heute keine Gelegenheit aus, mich mit seinen offensiven Flirtversuchen verrückt zu machen.«

»Das kann ich mir gut vorstellen, ich erinnere mich noch ziemlich gut an ihn. Er ist ein Womanizer, ein Frauenheld.«

»Das weiß ich nur zu gut, ich wette er hatte damals, als ich nach dem Ball verschwunden bin, noch am selben Tag etwas mit Catherine laufen.«

»Er ist ein Schwein, das solltest du dir ins Bewusstsein rufen. Am besten jedes Mal, bevor du sein Büro betrittst.«

»Glaub mir, das versuche ich. Wenn er nicht so verdammt attraktiv wäre ...«

»Du wirst ihm doch nicht erneut verfallen?« Kopfschüttelnd verschränkt sie ihre Arme vor ihrer Brust und seufzt.

»So ein Blödsinn, nur weil er attraktiv ist und eine gewisse Wirkung auf mich hat, heißt das ja nicht, dass ich gleich mit ihm ins Bett steigen muss.«

»Na ja, du bist schon mit ihm ins Bett gestiegen«, wirft Stella ein, worauf ich ihr einen bitterbösen Blick zuwerfe.

»Also ich meine, ich werde nicht noch einmal mit ihm schlafen.«

Stutzig legt Stella ihre Stirn in Falten und betrachtet mich so eine Weile.

»Was?«, möchte ich wissen.

»Na ja, vielleicht wird er deinem Herzen wieder gefährlich, wenn du ihn jeden Tag siehst?«

»Ganz bestimmt nicht, ich lerne aus meinen Fehlern und außerdem ist er mein Boss. Ich brauche diesen Job, sonst sitze ich bald auf der Straße.«

Stella schüttelt ihren Kopf. »Du weißt, du hättest immer einen Platz in meiner Wohnung.«

Dankbar umarme ich meine beste Freundin und küsse sie auf ihre Wange. Es tut so gut Menschen wie Stella in meinem Leben zu haben.

»Das weiß ich, danke, und das ist auch schön zu wissen, aber ich möchte auf eigenen Beinen stehen. Verstehst du?«

»Das verstehe ich nur zu gut, aber egal, was kommen wird, ich bin immer für dich da«, versichert Stella mit einem zuversichtlichen Lächeln.

»Ich werde meine Gefühle für Jason im Griff haben und ihn ganz bestimmt nicht mehr an mich heranlassen«, versuche ich sie, aber vor allem auch mich, zu überzeugen. Er darf mir nicht mehr nahekommen, egal was auch passieren mag.

»Und wenn nicht, dann erinnere ich dich daran«, meint Stella kichernd und legt ihren Arm um meine Schulter.

»So genug von mir, können wir jetzt den Film sehen?«, bitte ich sie und deute auf den Fernseher vor uns.

Stella schaltet den wohl kitschigsten Film, der die letzten Monate auf den Markt kam, ein. Es tut gut, Zeit mit Stella zu verbringen und auf andere Gedanken zu kommen. Wir trinken ein Glas Orangensaft dazu und essen eine Packung Popcorn. Der Film ist eine Achterbahnfahrt der Gefühle. Zwischen Lachen, Weinen und ganz viel Herzklopfen, erlebt die Protagonistin das Märchen ihres Lebens. Die Außenseiterin wird zur Ballkönig gewählt und am Ende fährt sie mit dem Liebling der Schule Richtung Sonnenuntergang. Dazu wird eine schnulzige Musik gespielt, die einem das Happy End Gefühl noch verstärken soll.

Am nächsten Morgen mache ich mich auf den Weg zur Arbeit. Ich habe mich für ein figurbetontes beiges Kleid entschieden, das professionell, aber auch sexy wirkt. Vielleicht möchte ein kleiner Teil in mir ihm zeigen, was er damals durch seine bescheuerte Wette verpasst hat. In der Firma angekommen bereite ich in der Kaffeeküche gleich einen Cappuccino zu. Mit viel Milchschaum und einem Schuss Zucker, genau so wie Jason ihn gerne trinkt. Als seine neue Assistentin nehme ich meine Pflichten ernst und ich möchte ihn von meinen beruflichen Qualifikationen überzeugen. Ich klopfe mit meiner freien Hand an die Tür und öffne sie nach seinem Zeichen. So viel habe ich gestern schon gelernt: Jason hasst es, wenn jemand ungebeten sein Büro betritt.

»Guten Morgen«, sage ich, als ich die Tür hinter mir geschlossen habe und balanciere den Kaffee zum Schreibtisch.

»Guten Morgen, Mavie. Das ist genau das, was ich in diesem Moment brauche.«

Mich? Dieser Gedanke schießt mir für den Moment einer Sekunde durch meinen Kopf, ehe ich realisiere, was er damit meint. Jason nimmt einen großen Schluck seines Kaffees und stellt die Tasse mit einem zufriedenen Seufzen auf dem Tisch ab.

Meine Augen kann ich kaum von ihm losreißen, er sieht genauso heiß aus wie gestern und meine Hormone fahren erneut Achterbahn. Seine dunklen Haare hat er nach hinten gelegt und seine stahlblauen Augen wirken wie Magnete auf mich. Nervös kaue ich an meiner Lippe und bemerke sein spitzbübisches Grinsen, ehe ich mich abrupt von ihm abwende und mit hochrotem Kopf an meinen Schreibtisch gehe.

»Ach, Mavie, schönes Kleid. Es steht dir hervorragend«, sagt er mit rauer Stimme, als ich ihm den Rücken zugedreht habe.

»Denke nicht, ich würde es für dich tragen«, sage ich und gehe weiter, nachdem ich kurz innegehalten habe.

»Da bin ich ganz anderer Meinung«, raunt seine Stimme und aus dem Augenwinkel kann ich ihn schmunzeln sehen.

Meine innere Göttin jubelt, doch äußerlich lasse ich mir nichts anmerken. Er soll sehen, was er damals verpasst hat.

Statt zu arbeiten, widmet Jason seine volle Aufmerksamkeit mir, der Raum erhitzt sich auf gefühlt hundert Grad und es fällt mir verdammt schwer, mich auf meine Aufgaben zu konzentrieren. Immer wieder muss ich das Tape neu starten, um den Inhalt der letzten Besprechung abzutippen. Es scheint ihm tatsächlich zu gefallen, dass er mich so aus dem Konzept bringt. Er spielt heute mit mir, genauso wie er es damals tat. Dieser Mistkerl.

»Mavie, ich habe mir etwas überlegt«, sagt er schließlich, nachdem er mich so lange mit seinen Blicken malträtiert hat, und deutet auf einen Sessel vor seinem Schreibtisch.

Ich stehe auf, glätte mein Kleid und setze mich drei Meter weiter wieder nieder. Ein bisschen erinnert mich dieser Gehorsam an ein Puppentheater, doch ich will mich nicht beklagen und diesen Job auf keinen Fall verlieren.

»Ich habe eine Planänderung für dich«, sagt er und macht eine kleine Pause.

NEUN

JASON

»Wenn du diesen Job behalten willst, dann wirst du meine Ehefrau spielen! Mavie, ich brauche dich dabei.«

Ich will kein Arschloch sein, und doch benehme ich mich wie eins. Niemand geringerer als mein Vater und dessen Sohn sind Mitstreiter im Kampf um das begehrte Projekt. Durch Insiderkreise ist diese Information an mich durchgerutscht und da knallten alle Sicherungen bei mir durch. Ich werde dieses Projekt nicht an meinen Vater verlieren, koste es was es wolle.

Mavie blickt entrüstet in mein Gesicht und schüttelt fassungslos ihren Kopf.

»Das ist Erpressung!«, protestiert sie und verschränkt ihre Arme vor ihrer Brust.

»Nenn es wie du willst, aber wenn du weiterhin meine Assistentin sein willst, dann spielst du jetzt einfach mit.«

Mavie springt von ihrem Sessel auf und stampft lautstark auf den Boden. »Gestern wolltest du mir noch die Wahl lassen und heute …« Ihre Stimme bricht, ihre Augen funkeln vor Wut.

»Und heute hat sich etwas geändert. Also haben wir einen Deal?« Ich gehe aufs Ganze und ich weiß, sie könnte mich für meine Erpressung dranbekommen. Aber ich weiß auch, dass sie diesen Job braucht. Ich habe Maddox, einen alten Freund, der eine Sicherheitsfirma besitzt, gestern noch damit beauftragt ein bisschen in Mavies Leben herumzuschnüffeln. Ihr Vater starb und sie ist komplett bankrott. Ein kurzer Schmerz legt sich in meine Magengrube, so etwas wie Mitleid, doch das schüttle ich sofort wieder ab. Gefühle haben hier keinen Platz, denn hier geht es um Macht und Geld.

»Es gibt bestimmt schlimmere Dinge, als meine Ehefrau spielen zu müssen, und ich lasse dir die Wahl. Entweder du kündigst und hast keine Ansprüche auf jegliche Zahlungen oder du spielst meine Frau und verbringst ein paar schöne Tage auf Hawaii.«

Mavie schnaubt auf und verdreht abwertend ihre Augen. »Wenn du wüsstest«, zischt sie.

Ich erhebe mich von meinem Platz und trete näher an sie heran. Mavie dreht mir ihren Rücken zu und verschränkt erneut ihre Arme vor ihrer Brust.

»Andere würden betteln, damit sie meine Frau spielen dürfen«, sage ich und komme noch näher an sie heran. Ihr ganz spezieller Duft strömt mir entgegen und lässt mein Herz für einen kurzen Moment schneller schlagen. In ihrer Nähe spielen meine Sinne verrückt.

»Ich bezahl dich auch dafür«, hauche ich in Ohr,

als sich Mavie plötzlich umdreht und mir eine Ohrfeige verpasst.

»Ich bin keine Prostituierte! Was bildest du dir bloß ein? Du denkst doch wirklich, die ganze Welt dreht sich nur um dich. Du Arschloch!«

Während ich über meine Wange reibe, stürmt Mavie aus dem Büro. Damit hätte ich nicht gerechnet, doch Mavie ist immer für eine Überraschung gut.

Sie ist nicht weg, sie ist immer noch hier. Das ist wohl schon einmal kein ›*Nein*‹ zu meinem Vorschlag. Doch sie verlagerte ihre Tätigkeiten nach außerhalb meines Büros und versuchte wohl alle Aufgaben vorzuschieben, die sie nicht in meine Nähe zwangen. Zuerst kopierte sie die Unterlagen, die ich ihr gleich morgens auf den Schreibtisch gelegt hatte und danach sortierte sie diese im Lager für abgeschlossene Projekte ein. Das Abtippen des Textes hat sie noch nicht beendet, alles liegt noch genauso auf ihrem Tisch wie vor meiner Ansage.

Um heute einmal auf andere Gedanken zu kommen und nicht ständig an Mavie zu denken, habe ich eine der hübschen Joggerinnen von gestern Abend auf ein Date in meiner Mittagspause in mein Büro beordert. Wie es der Zufall so wollte, hatten sich unsere Wege nach Beendigung meiner Laufrunde mit Ethan und Mason erneut getroffen. Gut, ich bin mir sicher, sie hat mich abgepasst und wartete nicht ganz zufällig am Ausgangspunkt unserer Laufrunde. Doch ihre

Hartnäckigkeit hat sich ausgezahlt, und sie wird heute bekommen, wonach sie sich sehnt. Die hübsche Blondhaarige mit dem üppigen Ausschnitt war für meine Idee sofort Feuer und Flamme. Den Aufwand ihren Namen in mein Handy zu speichern, machte ich mir gar nicht. Ich werde sie heute nach einem kurzen Lunch in irgendeinem teuren Hotel ficken. So mache ich das mit allen meinen Bekanntschaften, noch nie nahm ich eine von ihnen mit ihn meine Wohnung. Außer …

»Mavie«, kommt es über meine Lippen, als sie mit einem Kaffee ins Büro hereinmarschiert. Stumm stellt sie ihn auf meinem Tisch ab und setzt sich an ihren Tisch. In ihrer Hand trägt sie Kopfhörer und steckt diese in das Aufnahmegerät. Das war wohl das 1:0 für Mavie. Da fällt meine Erinnerung auf mein Date für heute Mittag zurück. Dieses bestach mehr durch ihre äußeren Reize als durch Verstand. Doch Sex ist in diesem Fall einfach ein Mittel zum Zweck, um den Druck in meiner Hose abzubauen. Verstand hin oder her, ich muss die Erinnerungen an die Nacht mit Mavie dringend loswerden, bevor sie sich noch tiefer einbrennen.

Erneut widme ich mich meinen Aufgaben, ich überarbeite die Pläne für das große Hawaii Projekt und stehe im Austausch mit Mr Abadi. Zwischenzeitlich checke ich die anderen Aufträge, an denen wir gerade arbeiten. Alles läuft soweit nach Plan und auch dieses Jahr wird ein saftiger Gewinn ausgeschüttet werden.

Um Punkt 12 Uhr klopft es an meiner Tür. Ob mein gewählter Treffpunkt zufällig ausgesucht ist?

Ganz bestimmt nicht. Ein kleiner bösartiger Teil in mir will Mavie zeigen, was sie verpasst, wenn ich die hübsche Blonde gleich auf ein schönes Date einladen werde.

»Ja, bitte«, sage ich und schon öffnet sich die Tür mit meiner Verabredung. Ich stehe auf und trete vor meinen Schreibtisch, Mavies Aufmerksamkeit bin ich mir sicher.

Mein Date kommt mit einem strahlenden Lächeln auf mich zu und stellt ihre Handtasche auf meinem Tisch ab.

»Hallo Jason, es freut mich, dass das so schnell geklappt hat.« Sie zupft sich ihre Haare zurecht und schiebt sich in meine Arme, um einen Kuss auf meine Wange zu hauchen.

»Gute Dinge kommen schnell zustande. Es freut mich, dass du da bist.«

Ich berühre ihre Taille und lege meine Hand darauf. Mavie hält in ihrer Arbeit inne und ich erkenne, dass sie die Stopptaste des Aufnahmegerätes gedrückt hat. Genau diese Reaktion ihrerseits wollte ich erreichen und meine Mundwinkel zucken zufrieden nach oben.

»Ich kann es kaum erwarten, verrätst du mir nun endlich, was du geplant hast?«, möchte meine Eroberung wissen und drückt ihr üppiges Dekolleté noch weiter heraus. Ich kann mir schon genau vorstellen, was ich gleich damit machen werde.

»Was hältst du von einem leckeren Lunch und danach einem Hotelzimmer mit Spa?«

Sie klatscht vergnügt in die Hände und drückt mir

einen Kuss auf meine Lippen. Im selben Moment lässt Mavie ihren Kugelschreiber fallen und unsere Augen treffen sich. Erneut ist ihr Ausdruck undurchdringlich, sie wartet einen Moment ab und widmet sich anschließend wieder ihrem Schriftstück. Die Play Taste hat sie noch immer nicht gedrückt, schmunzelnd wende ich mich wieder meiner Eroberung zu. Es gefällt mir, Mavie zu reizen.

»Wie lange hast du denn Zeit?«, möchte sie wissen, während sie mir beinahe mein Ohr abknabbert.

»Lang genug und danach kannst du noch gerne im Hotel bleiben und die Suite mit all dem Luxus genießen.«

Euphorisch klatscht sie in die Hände und drückt ein zweites Mal ihre Lippen auf meine.

»Ich muss nur noch kurz etwas erledigen«, sage ich und schiebe sie von mir. Ich gehe einen Schritt auf Mavie zu und lockere meine Krawatte vor ihr.

Sie dreht ihren Kopf zu mir und mustert mich argwöhnisch.

»Möchtest du mich erneut fragen, ob ich dich nach Hawaii begleite, mein Ehemann?« Überrascht reiße ich meine Augen auf.

Mein Date blickt mit offenem Mund zwischen Mavie und mir hin und her.

»Bitte was?«, fragt sie schockiert.

»Das war nur ein Witz meiner Assistentin«, tue ich die Sache ab und versuche es zu belächeln.

Mavies Miene hat sich hingegen keinen Millimeter verändert.

»Also benötigst du mich nicht für die Reise nach

Hawaii? Oh bitte, ich lasse deinem hübschen Date gerne den Vortritt.«

Erneut räuspere ich mich, Mavie bringt mich komplett aus der Fassung. Mein Leben verwandelt sich mehr und mehr in ein komplettes Chaos, seit ich dieser Frau wieder begegnet bin.

»Lass uns die Sache doch später besprechen«, bitte ich Mavie und lasse es viel mehr nach einer Drohung wirken.

»Werden wir jetzt essen gehen?«, möchte meine Eroberung wissen, spielt mit einer losen Haarsträhne.

»Ja, das werden wir, ich muss noch kurz etwas klären. Wartest du hier in meinem Büro auf mich? Ich bin in fünf Minuten zurück.«

Sie nickt und setzt sich auf die Kante meines Schreibtisches. Bevor ich den Raum verlasse, fasse ich Mavie noch einmal ins Auge. Sie scheint sich wieder ihrer Aufgabe zu widmen und mein Date komplett zu ignorieren.

Ich kann es kaum erwarten, endlich Druck abzulassen und in weniger als einer Stunde eine heiße Nummer im Hotelzimmer zu schieben. Das wird kein Vergleich sein zu dem, was ich mit Mavie gemacht habe. Bei ihr war ich zärtlich, schon fast liebevoll. Sie ist die erste Frau seit Jahren, die ich in meine Wohnung mitgenommen habe. Was mir dieser Schritt gebracht hat, ist nichts als Ärger.

ZEHN

MAVIE

Die hübsche Blonde sitzt völlig zufrieden auf Jasons Schreibtisch. Dieser Widerling bringt es tatsächlich fertig, hier sein Date anzuschleppen. Das war pure Absicht, da bin ich mir sicher. Genauso wie die Tatsache, dass er mich erpresst und mir keine Wahl lässt, seine Ehefrau zu spielen. Würg. Ich kotze gleich bei dem Gedanken. Ich nehme meine Kopfhörer aus meinen Ohren und lege das Diktiergerät zur Seite, die letzten paar Minuten hatte ich sowieso die Stopptaste gedrückt, ich konnte mir die Szene mit seinem Date einfach nicht entgehen lassen. Es wurmt mich viel zu sehr, ihn mit einer anderen Frau zu sehen.

»Ich wäre ja an deiner Stelle vorsichtig«, sage ich, als mich das überraschte Date von Jason ins Visier nimmt.

»Warum? Was meinst du damit?«, möchte sie wissen und legt ein Bein über das andere.

»Na ja, die Hälfte der Belegschaft hatte dank Jason schon Chlamydien, sei einfach klüger als wir.« Entsetzt schüttelt sie ihren Kopf und hält sich erschrocken ihre Hand vor ihren Mund.

»Chlamydien?« Ihre Stimme erhebt sich. Angewidert schüttelt sie sich vor mir.

Ich nicke nur stumm und zucke mit meinen Schultern. Das ist gerade alles andere als fair, aber mit fairen Mitteln spielen wir hier wohl nicht mehr. Ich bin auch nicht eifersüchtig, rede ich mir ein, ich will es Jason einfach nur heimzahlen. Er soll für sein Verhalten büßen.

»Jason lässt sich einfach nicht behandeln. Vielleicht findet er einen Reiz daran, andere damit anzustecken. Es war lange ein Geheimnis, bis es zum Glück ans Licht gekommen ist.«

»Das ist widerlich. Ich hatte erst vor Kurzem welche und glaub mir, das will ich kein zweites Mal haben.«

»Ich verstehe dich, ich bin die Chlamydien erst vor zwei Wochen losgeworden. Ich dachte, ich werde verrückt«, lüge ich und ernte ein zustimmendes Nicken.

»Danke für den Tipp, ich werde hier verschwinden, auf solche Männer habe ich keine Lust«, sagt sie genervt.

Gerade als sie zur Tür möchte, taucht Jason wieder im Büro auf.

»Hast du mich gesucht?«, möchte er von ihr wissen, doch sie schüttelt nur ihren Kopf und verzieht ihr Gesicht.

»Nein danke. Steck dir deine Chlamydien doch sonst wohin. Du Arschloch!«, schreit sie ihn an und marschiert danach an ihm vorbei. Jason bleibt verdutzt in der geöffneten Tür stehen.

»Mavie!«, knurrt er wütend und schließt die Tür lautstark.

Entwaffnend ziehe ich meine Hände nach oben und deute auf meine Arbeit.

»Ich, ich habe nichts damit zu tun und ich muss jetzt ganz dringend, ähm, mir schnell etwas holen«, stammle ich und versuche wie ein Tier auf der Flucht aus dem Büro zu kommen.

Doch Jason hindert mich daran und versperrt mir den Ausgang.

»Was hast du ihr erzählt?«, möchte er wissen. Sein Ausdruck liegt zwischen Wut und Selbstgefälligkeit, fast so als würde ihm die kleine Show, die sich hier gerade bot, gefallen.

Wieder hebe ich entwaffnend meine Hände nach oben. »Du, du, du hast mich so provoziert«, stammle ich, während mein Herz in meiner Brust rast. Jason ist mir so nahe, dass dieses Prickeln jede Zelle meines Körpers einnimmt. Er lässt mir kaum mehr Platz und ich spüre schon die Tür an meinem Körper.

»Dann habe ich ihr wohl einfach erzählt, dass du ihr Chlamydien anhängen willst«, gebe ich zu und schlucke schwer. Mein Körper bebt und nervös nage ich an meiner Unterlippe, während ich nur auf Jasons Mund achte. *Erneut überkommt mich die Erinnerung an unseren letzten Kuss. Seine Lippen auf meinen.*

Plötzlich beginnt Jason zu grinsen. »Sag nicht, du bist eifersüchtig?«, will er selbstgefällig wissen.

»Quatsch, überhaupt nicht. Auf was sollte ich denn eifersüchtig sein?«

Er kommt noch näher an mich heran und presst seine Hände an beide Seiten neben meinen Körper. »Auf all die Dinge, die ich hätte mit dir tun können, wenn du nicht so feige aus meinem Bett verschwunden wärst?« Seine Lippen nähern sich meinen gefährlich und ich fühle mich unfähig mich auch nur einen Millimeter fortzubewegen. Möchte ich ihm denn überhaupt ausweichen? Oder will ich nichts mehr, als seine Lippen erneut auf meinen zu spüren? Mein Gott, wie verkorkst wäre ich, wenn ich genau das wollen würde? Reichen der Verrat und der Schmerz von damals nicht aus?

Das Klopfen an der Tür lässt uns auseinanderfahren. Ich versuche meinen Körper unter Kontrolle zu bringen, meine Wangen glühen vor Hitze und mein ganzer Körper bebt vor Erregung.

Jason lässt zögernd von mir ab, sein Ausdruck ist hungriger als der eines Raubtieres.

»Ja, bitte«, entgegnet er und richtet seine Krawatte, als die Tür aufgeht. Mallory steht davor und trägt in ihren Händen einen Stapel Papiere. Sie ist die bisher netteste Person, die ich hier in dieser Firma kennengelernt habe. Sie macht gerade ein Praktikum im Zuge ihres Studiums. Nebenbei kümmert sie sich noch um ihren kleinen Sohn Preston, den sie mit gerade einmal 18 Jahren bekommen hat. Eine bewundernswerte Frau, die mit ihren 21 Jahren so viel geschafft hat, wie manche kaum in ihrem ganzen Leben.

»Wo darf ich die Dokumente ablegen?«, fragt sie

schüchtern und lächelt zaghaft. Mallory ist eine zurückhaltende Person, ein bisschen erinnert sie mich an mein Mauerblümchen-Dasein, und vielleicht habe ich sie auch gerade deshalb so schnell in mein Herz geschlossen. Sie ähnelt mir auch optisch mit ihren braunen Haaren, die sie meist zu einem Zopf zusammengebunden trägt. Es wirkt, als wolle sie um keinen Preis auffallen, das war auch damals mein höchstens Ziel. Heutzutage bin ich viel selbstsicherer geworden – es sei denn Jason kommt mir zu nahe, dann ist meine ganze Coolness dahin. Doch auch ihm versuche ich mehr und mehr die Stirn zu bieten.

»Was soll diese Frage, auf den Tisch natürlich«, herrscht Jason die arme Mallory an. Sie zuckt und marschiert mit eingezogenem Kopf an den Tisch. Gerade als sie den Stapel dort ablegen möchte, rutscht er ihr aus ihren zittrigen Fingern und der ganze Stoß fällt auf den Boden.

»Gibt es hier keine fähigen Leute? Wer hat Sie eingestellt?« Jasons Stimme bebt vor Wut. »Es tut mir so leid, Mr Neil. Ich werde das Chaos sofort beseitigen.« Mallory entschuldigt sich mit hochrotem Kopf.

»Was soll das? Warum fährst du sie so an? Mallory hat das doch nicht mit Absicht gemacht«, verteidige ich sie, was Mallory überrascht zur Kenntnis nimmt. Jason schüttelt genervt seinen Kopf und lässt seinen Blick von ihr zu mir wandern. Auf seiner Stirn zuckt eine kleine Ader vor Wut und er stemmt seine Hände aufgebracht an seine Hüften.

»Weil …«, ist er gerade dabei zu erwidern, als ich ihn genervt unterbreche.

»Du könntest dich doch entschuldigen, jedem passieren Fehler«, fordere ich ihn auf. Jasons Augen driften keine Sekunde von mir ab, in seinem Gesicht spiegelt sich pure Wut wider.

»Manchen passieren aber zu viele Fehler …«, entgegnet er und wird von mir mitten im Satz unterbrochen.

»Manche lernen aber aus ihren Fehlern, wohingegen andere einfach kein Gewissen zeigen und ewig ein …«, entgegne ich und lasse das letzte Wort aus. Ich bin doch nicht lebensmüde und möchte mich nicht zu weit aus dem Fenster lehnen, ihn als Arsch zu bezeichnen, würde bestimmt zu weit gehen, darum denke ich mir den letzten Teil des Satzes lieber.

»Das sagt die Richtige, die zwei Mal einfach aus dem Nichts heraus verschwunden ist «, kontert Jason mit einem süffisanten Grinsen. Wie ich ihn in diesem Moment verachte. Hier geht es gerade um ein ganz anderes Thema und eigentlich sollte ich mich zurückhalten, doch ich schaffe es nicht, die Wut in mir herunterzuschlucken.

»Als ob du nicht wüsstest, warum das passiert ist«, fahre ich ihn mit zusammengebissenen Zähnen an. Während unserer hitzigen Diskussion bewegten wir uns so weit aufeinander zu, dass mir jetzt erst bewusst wird, wie nahe er mir gerade eigentlich ist. Ich halte seinem Blick stand und weiche ihm nicht aus. Ich werde keine Schwäche zeigen, nicht für das, was er damals tat. Er ist hier der Mistkerl und nicht ich.

Mallory beobachtet unser Wortgefecht mit großen Augen und beginnt in der Zwischenzeit die Papiere aufzusammeln, die sich über den Holzboden verteilt haben.

»Gut«, presst Jason heraus. Sein Gesicht ist meinem so nahe, dass ich mich nur vorbeugen müsste und sich unsere Lippen berühren würden. Wie kann ich jetzt nur ans *Küssen* denken?

»Gut«, erwidere ich. Die Stimmung zwischen uns ist am Kochen.

Erst das Läuten von Jasons Handy reißt uns wieder zurück.

»Ich, mein Handy, ich komme gleich wieder«, stammelt er und ist gerade genauso durcheinander wie ich.

Jason verschwindet samt seinem Handy aus dem Büro und lässt mich völlig aufgekratzt zurück.

Mallory ist immer noch mit dem Einsammeln beschäftigt, also hocke ich mich zu ihr und helfe ihr beim Aufräumen des Papierchaos.

»Es tut mir leid, die Dokumente sind mir einfach aus der Hand gerutscht«, stammelt sie sichtlich betroffen. Ich streichle über ihren Oberarm und versuche ihr das schlechte Gewissen zu nehmen.

»Das kann doch jedem passieren, glaub mir, ich bin auch ziemlich tollpatschig. Mr Neil muss lernen, dass wir keine Roboter sind. Menschen funktionieren eben nicht wie Maschinen und die Dokumente sind doch im Nu eingesammelt«, sage ich mit einem Lächeln und versuche sie aufzuheitern.

»Danke, Mavie. Ich bewundere dich. Du bist so mutig.« Ihre Aussage lässt mich aufhorchen und für einen Moment meine Arbeit stoppen. Neugierig mustere ich sie, ehe sie kurz kichert.

»Quatsch, ich bin gar nicht mutig.«

»Doch, du bist sehr mutig. Noch nie hat sich irgendjemand mit dem Boss angelegt. Man widerspricht ihm nicht, das mag er gar nicht. Aber bei dir, er ist so ruhig geblieben.«

»Ruhig?«, mit einem Kopfschütteln wiederhole ich ihre Aussage. Jason war doch alles andere als *ruhig*.

»Ich habe ihn schon ganz anders erlebt. Er ist ein guter Boss, aber wenn jemand nicht nach seiner Pfeife tanzt, dann kennt er kein Erbarmen.«

Schulterzuckend mache ich mich wieder an das Aufräumen der Dokumente und erkläre ihr, dass Männer manchmal ein bisschen perfektionistisch sind und mit Chaos überhaupt nicht umgehen können.

»Darf ich dich noch etwas fragen?«, möchte sie wissen, als wir alles eingesammelt haben und gemeinsam einen Kaffee trinken gehen. Eine kurze Pause steht mir laut meinem Vertrag zu und genau diese nehme ich mir jetzt auch.

Nickend bestätige ich ihre Frage und zupfe mein Kleid auf dem Weg in die Teeküche zurecht. Ich stelle zwei Tassen unter den Auslass, drücke den Knopf und das mahlende Geräusch der Kaffeemaschine ertönt. Wie sehr habe ich meinen Kaffee herbeigesehnt. Ich trinke einen ersten Schluck, der mich binnen Sekunden wieder wach macht.

»Du und der Boss, ihr kennt euch schon länger, nicht wahr? Es wirkte so, als wärt ihr beide ...«, möchte sie gerade sagen, als ich sie sofort unterbreche. Ich werde keinen Platz für Spekulationen aufkommen lassen. Jason und ich – unsere Zeit als Paar ist Geschichte und ich möchte nicht, dass hier irgendjemand davon erfährt.

»Jason und ich, ich meine Mr Neil und ich, wir haben nur diese Form der Arbeitsbeziehung, sonst nichts. Dieser Mann ist viel zu perfektionistisch und ich stelle es mir sehr mühsam vor, ihn abends am Esstisch sitzen zu haben. Ich wette, ihm ist nichts recht und er findet überall einen Makel. Du kannst mir glauben, Mr Neil würde ich nicht einmal geschenkt nehmen.«

Ein Räuspern hinter mir klingt näher, als es sein sollte und lässt mich vermuten, wer hinter mir steht. Das darf doch nicht wahr sein. Er muss tatsächlich immer im schlechtesten Moment auftauchen. Zögernd drehe ich mich zu ihm um und würde mich am liebsten heimlich aus der Teeküche schleichen.

»Das ist aber wirklich reizend, so viel Schmeicheleien tun meiner Seele gut.« Mit einem selbstgefälligen Lächeln nimmt er mir meinen Kaffee aus meiner Hand und trinkt einen Schluck davon.

»Wir sehen uns dann gleich in meinem Büro, ich kann es kaum erwarten«, sagt er und verschwindet danach zusammen mit meinem Kaffee.

»Oh mein Gott«, stößt Mallory aus.

»Siehst du, ich tappe in jedes Fettnäpfchen, das sich mir in den Weg stellt.«

»Ich weiß gerade gar nicht, was mich mehr schockiert. Die Tatsache, dass er gehört hat, was du über ihn gesagt hast oder dass er aus deinem Kaffeebecher getrunken hat. Das war so intim und sein Blick dabei war so verflochten mit deinem.«

»Er wollte mir damit nur verdeutlichen, wer am längeren Hebel sitzt«, versuche ich die Sache herunterzuspielen.

»Ich hatte nicht den Eindruck, dass er das damit beabsichtigt hat«, meint Mallory und zuckt mit ihren Schultern.

»Wir sehen uns bestimmt später, du hast Mr Neil ja gehört, ich muss in sein Büro. Wünsch mir viel Glück.«

Mein verräterisches Herz klopft viel zu schnell in meiner Brust, als ich mich todesmutig in Jasons Büro zurücktraue. Ich bin mir sicher, er wird es mir heimzahlen.

»Na, endlich zurück von dem kleinen Tratsch?«, fragt er und lehnt sich mit einem verschmitzten Lächeln in seinem Sessel zurück.

»Das war nicht so gemeint, dein Verhalten Mallory gegenüber war einfach nur fies. Wenn du sauer bist auf mich, dann lass es an mir aus und nicht an irgendjemand anderem.«

Jason steht auf und krempelt seine Ärmel nach oben. Er sagt dabei nichts und sieht mich einfach nur an. Sein Blick auf mir, macht mich nervös und ich fühle mich völlig unbehaglich in meiner Haut. Er fährt mit seinem Zeigefinger über seine Lippe und scheint zu überlegen mit welcher Retourkutsche er es mir am besten heimzahlen kann. Oh nein, das kann nur mies werden!

»In der Tat gäbe es da ein paar Dinge, warum ich sauer sein könnte. Wie etwa die Sache mit den Chlamydien oder, dass du meine Autorität untergräbst. Genauso, dass du dich aus meinem Bett geschlichen hast, das macht normalerweise keine andere Frau«, sagt er, als unser Gespräch erneut durch das Klopfen an der Tür gestört wird. In diesem Moment bin ich für die kleine Unterbrechung nur zu dankbar.

Die Tür geht auf und vor uns steht eine der Empfangsdamen. Lauren ist ihr Name und damit das auch wirklich niemand vergisst, trägt die Schwarzhaarige immer eine Namenskette um ihren Hals. In Momenten des größten Stresses fallen mir die verrücktesten Details auf.

»Es hat sich jemand für Sie angekündigt, Mr Neil. Ein gewisser William Smith ist hier für Sie und er sagt, es wäre dringend.«

Jasons Miene verfinstert sich und jegliche Emotion verschwindet daraus.

»Was will er genau von mir?«, seine Stimme klingt trocken, ohne Höhen und Tiefen.

»Mr Neil, es tut mir leid, er hat es mir nicht genannt. Er wartet in der Lobby am Empfang und möchte nur mit Ihnen sprechen.«

Jason atmet angespannt ein und presst die Luft aus, während er sich über sein Kinn reibt.

»Gut, sagen Sie ihm er bekommt fünf Minuten meiner Zeit, mehr nicht.«

Lauren nickt und schließt die Tür, um den Mann

zu holen, der Jason komplett aus dem Konzept zu bringen scheint. Dabei ist der Name Smith kein unbeschriebenes Blatt. Es war der Nachname, den auch Jason einst trug.

»Mavie, ich bin gleich zurück, ich brauche nur eine Minute. Ich möchte, dass du Mr Smith in meinem Büro empfängst und mit ihm hier wartest. Sprich nur das Nötigste mit ihm!«

Jason drängt sich aus dem Büro und verschwindet Richtung Gang, als kurze Zeit später Lauren mit einem jungen Mann an ihrer Seite auftaucht. Ich hätte mir einen älteren Mann vorgestellt, nicht aber einen äußerst attraktiven Geschäftsmann, den ich auf Mitte zwanzig schätze.

Der Mann hat definitiv Ähnlichkeit mit Jason, wenn auch Mr Smith blonde Haare hat. Die gleichen stahlblauen Augen erinnern mich aber unverkennbar an ihn.

»Guten Tag, Mr Smith. Ich bin Mavie, Mr Neils Assistentin«, stelle ich mich vor.

»Freut mich, Sie kennenzulernen. Sie können mich aber gerne William nennen«, bietet er an und reicht mir seine Hand. Sein Ausdruck ist stark, sein Blick durchdringend.

Ich deute auf die Stühle vor dem Tisch und bitte ihn, hier Platz zu nehmen. Die Tür lasse ich offen, damit Jason jederzeit freien Zugang hat.

»Darf ich dir in der Zwischenzeit etwas zu trinken anbieten?«

William schüttelt seinen Kopf und macht eine ablehnende Geste. »Danke, ich bin gerade rundum zufrieden. Ich wusste gar nicht, dass Jason eine so hübsche Assistentin eingestellt hat. Ich hoffe doch, er behandelt dich gut? Ich bin auch immer auf der Suche nach talentierten Menschen, die mich in meiner Firma unterstützen möchten«, sagt er und preist mir hier dreist im Büro meines Chefs eine Position in seinem Unternehmen an. Kurz ziehe ich das Angebot tatsächlich in Erwägung. Ich wäre Jason, und damit all meine Probleme, los.

»Du scheinst über mein Angebot nachzudenken«, sagt er und schmunzelt. »Ich wäre auch an einem schicken Essen mit dir interessiert, dann könnte ich dir mein Angebot gerne unterbreiten.«

Auf einmal steht Jason im Raum. Direkt hinter uns und stemmt seine Arme in seine Hüften.

»William, hast du es so nötig, dich an meine Assistentin ranzumachen?« Jasons Worte sprühen vor Zorn.

Binnen weniger Sekunden springe ich von meinem Stuhl auf und sehe zwischen den beiden Männern hin und her. Auch William ist aufgestanden und es wirkt, als wolle er Jason die Stirn bieten. Jetzt, als die beiden zusammen vor mir stehen, fällt mir die Ähnlichkeit noch mehr ins Auge. Sie haben nicht nur die gleichen stahlblauen Augen, sondern auch ähnliche Gesichtszüge.

»Glaub mir, jeder flüchtet vor dir. Sei es Dad oder deine Assistentin. Am Ende werde ich gewinnen, so war es schon immer.« William lächelt schadenfroh und glättet sein Jackett mit einer Handbewegung.

Überrascht bleibt mir für einen Moment die Luft weg. Hat er tatsächlich gerade angedeutet, er wäre sein

Bruder? Jason hat doch keinen Bruder, oder etwa doch?

»Was willst du hier?« Jasons Stimme ist dunkel und gefährlich.

»Ich wollte nur mit dir über das geplante Projekt auf Hawaii sprechen und dich fragen, ob du dich schon von deinem Traumprojekt verabschiedet hast«, fragt William mit einem schneidenden Grinsen auf seinen Lippen.

»Im Gegenteil, ich sitze bereits an den Plänen dafür, und du kannst dir sicher sein, dass ich den Auftrag an Land ziehen werde«, sagt Jason mit dunkler Stimme.

William grinst verächtlich und reibt über sein Kinn. »Hast du denn überhaupt Zeit dich darum zu kümmern? Ich habe gehört deine Mutter ist ein kompletter Pflegefall. Kann der große Jason seine arme Mutter denn überhaupt alleine lassen, wenn er für das Projekt nach Hawaii reisen müsste? Mummy hat doch nicht mehr alle Tasse im Schrank, nicht wahr?«

»Verschwinde, bevor ich dir deine Fresse poliere!« Jasons Ausdruck ist gefährlich und voller Hass. Ich habe das Gefühl, ich möchte ihm in diesem Moment beistehen und ihm den Rücken stärken. Also gehe ich einen Schritt auf ihn zu und versuche ihn zu bremsen, bevor er Dinge macht, die er später bereuen wird. Ich verkleinere den Abstand zu ihm und flüstere leise »Jason«.

Sein Bruder ist ein noch größeres Arschloch als er. Wer hätte das gedacht?

Seine Wut verliert an Fahrt und er nickt schließlich. »Wir werden schon noch sehen, wer am Ende gewinnt. Sei dir nicht so sicher, und meiner Mutter geht es hervorragend.«

William scheint über die Worte seines Bruders nur milde lächeln zu können. »Ach mein großer Bruder, du wirst am Ende sowieso verlieren. Sieh dir dein Leben an, du warst noch nie gut genug. Schon gar nicht für unseren Dad. Oder warum denkst du, hat er einen zweiten Sohn bekommen?«

Jason ist kurz davor ihm endgültig an den Kragen zu gehen, mit aller Kraft halte ich ihn an seinem Arm zurück.

»Wir sehen uns, Bruder«, dabei zieht er das Wort in die Länge, so, als wolle er Jason damit noch mehr quälen.

Bevor er geht, nimmt er meine Hand und haucht einen Kuss auf meine Fingerknöchel.

»Du kannst dich gerne jederzeit melden. Irgendwann hat jeder genug von Jason, vertrau mir.« Bevor ich etwas erwidern kann, hat William das Zimmer verlassen.

Für einen Moment bin ich selbst völlig fassungslos über das Verhalten seines Bruders und dann fasse ich einen Entschluss: Ich werde Jasons Ehefrau spielen und mit ihm den Deal an Land ziehen. Jetzt weiß ich auch, warum ihm dieser Projektabschluss so wichtig ist. Hier geht es um viel mehr als diesen lächerlichen Deal.

Jason und ich stehen immer noch stumm nebeneinander. Er wirkt gefasst, doch ich spüre, dass ihm die Szene mit seinem Bruder naheging. Zaghaft ergreife ich seine Hand. Ein stummer Blick zwischen uns sagt mehr, als Worte gerade sagen könnten. So stehen wir da und verlieren für einen kurzen Moment Zeit und Raum.

Ich löse meine Hand wieder aus unserer Berührung und räuspere mich. »Ich werde deine Ehefrau spielen, jetzt weiß ich auch, warum dir dieser Deal so wichtig ist.«

Jason nimmt mich in den Arm und ein Funkenmeer breitet sich durch meinen Körper aus. Mein Herz will jede Erinnerung an diese Umarmung aufsaugen, doch mein Verstand rebelliert gegen seine Nähe.

»Ich will einen Vertrag aufsetzen, für unsere Zeit als Mann und Frau.«

Jason nickt und scheint kurz zu überlegen. »Natürlich, auch über die Summe, die ich dir dafür zahlen werde«, sagt er und deutet zum Schreibtisch. »Lass uns alles bei einem gemeinsamen Mittagessen besprechen.«

Gemeinsam verlassen wir das Büro, die Blicke der anderen sind uns in diesem Fall sicher. »Wohin gehen wir?«, möchte ich wissen, als wir die Stufen Richtung Ausgang hinuntergehen. Draußen erwartet uns purer Sonnenschein und angenehme Temperaturen, sofort legt sich ein sommerliches Gefühl über die Stadt.

Jason grinst und zuckt mit seinen Schultern. »Na ja, da gibt es immer noch den romantisch gedeckten Tisch im Five Seasons, der auf mich wartet.«

»Klingt gut, solange du mich nicht in das Hotelzimmer schleppst, in das du die Blondhaarige entführen wolltest.«

»Vielleicht wirst du mich eines Tages anbetteln, genau das zu machen«, meint er neckend und deutet zu einem Wagen, der in der Parklücke vor dem Wolkenkratzer parkt. »Du hast doch nichts gegen schnelle Autos?«, möchte er wissen und bleibt vor seinem schwarzen Sportwagen stehen.

Natürlich fährt Jason einen fetten Sportwagen als Ego-Pusher, ich hätte nichts anderes erwartet. »Ich hätte tatsächlich mit keinem anderen Fahrzeug gerechnet«, necke ich ihn zurück.

Jason öffnet mir die Tür des Fahrzeugs und ich steige ein. Innen besticht das Sportfahrzeug durch Luxus und Eleganz. Die Sitze sind aus schwarzem Leder gefertigt und ein großer Bildschirm mit Sound System rundet den edlen Look ab. Schon bevor Jason auf der Fahrerseite Platz nimmt, riecht es im gesamten Innenraum nach seinem unverkennbaren Aftershave.

»Also dann, auf in die Vertragsverhandlungen«, sagt Jason und lässt den Motor aufheulen. Er gliedert sich in den Verkehr ein und konzentriert sich starr auf die Straße. Ich muss aufpassen und mein Herz schützen, das nehme ich mir vor. Im Radio läuft ein altes Lied, das mich an unsere Jugend erinnert. Es wurde auf dem Abschlussball gespielt und katapultiert mich für einen Moment in unser früheres Leben zurück. Der Titel *I won't let you go* von James Morrison könnte treffender nicht sein. Eine Gänsehaut läuft mir über meinen Rücken.

Die Diskokugel an der Wand unserer Sporthalle leuchtet in allen Farben. Jason legt seine Hand um mich und zieht mich näher an sich. Nur ein kleiner Abstand trennt uns voneinander. Sein Blick verschmilzt mit meinem, ein Lächeln umspielt seine Lippen. Ich schließe meine Augen und speichere das Bild in meinem Herzen. Ich hätte es nie für möglich gehalten, so glücklich zu sein. Hier mit meinem Schwarm auf dem Abschlussball. Seit drei Monaten sind wir zusammen, und Jason sprach sogar davon, dass wir gemeinsam studieren gehen. Das Licht wird dunkler gestellt und dann erklingt unser Lied im Hintergrund. Jason beginnt uns auf der Tanzfläche zu führen. Er wirbelt mich in eine Drehung und lässt mich danach wieder sicher in seinen Armen landen. Langsam beugt er sich zu mir hinunter und unsere Lippen treffen sich zu einem leidenschaftlichen Kuss, während im Hintergrund Beifall geklatscht wird.

Ich habe nur Augen für ihn – meine große Liebe.

ELF

JASON

»Es wird keinen Sex geben«, stellt Mavie fest, als der Kellner unsere Bestellung aufgenommen hat und von unserem Tisch verschwunden ist.

Mit einem süffisanten Grinsen nicke ich und lasse mir von Mavie die weiteren Eckpunkte ihrer Forderungen aufstellen. Sie ist attraktiv, wenn sie die Führung übernimmt. Heute sieht sie besonders gut aus, ihre welligen Haare fallen über ihren Rücken und ihre dunklen Augen lassen mich, während sie spricht, keine Sekunde aus ihrem Blick.

»Du wirst mich auch nicht küssen. Unter keinen Umständen.«

Wieder nicke ich stumm und vergesse, dank Mavie vor mir, das Dilemma mit meinem Halbbruder und meinem Dad für eine Weile.

Der Kellner bringt den Wein und das Wasser an

unseren Tisch und schenkt uns beiden je ein Glas Weißwein ein.

»Sprich ruhig weiter«, fordere ich sie auf, doch Mavie verdreht nur ihre Augen und deutet auf den Kellner.

Als dieser wieder kehrt gemacht hat, sprudeln die Forderungen weiter aus ihrem Mund. Sie erheitert mich wahrhaftig.

»Du wirst deine Hände bei dir behalten und mich auf keinen Fall berühren. Ach, und wir werden nicht im selben Bett schlafen. Ich will dir nur helfen, das heißt aber nicht, dass wir uns wirklich nahekommen müssen.«

Ich lehne mich locker zurück und warte ab, bis Mavie alles vorgetragen hat. Prüfend blickt sie mit hochgezogener Stirn in mein Gesicht.

»Es sei denn, wir wollen uns nahekommen«, sage ich und ernte dafür ein gespieltes Hüsteln von ihr.

»Für die Zeit, die du meine Ehefrau spielst, werde ich dir eine angemessene Summe auf dein Konto überweisen lassen. Nenn mir einen Betrag, der für dich in Ordnung ist«, bitte ich sie, doch Mavie winkt ab. Sie wird bestimmt nicht leer ausgehen, immerhin hilft sie mir aus der Patsche. Darum erkläre ich ihr auch, dass ich, wenn sie sich nicht entscheidet, eine Summe festlegen werde und diese auf ihr Konto überweisen lasse. Zuerst protestierte sie wieder, sie sei keine Prostituierte, doch ich bestehe darauf. Der Deal bringt mir viel Geld und Mavie soll auch einen Teil davon bekommen. Was bei diesem Geschäft noch viel wichtiger als das Geld ist, ist die Genugtuung, einmal meinen

Bruder William zu besiegen. Ich werde Mr Abadi heute noch informieren und ihm die Daten unserer Reise mitteilen. Die nächsten beiden Wochen bin ich noch mit anderen Projekten eingedeckt, aber in drei Wochen kann ich mir Zeit freischaufeln, um nach Hawaii zu reisen und Mr Abadi und Mr Rashid vor Ort zu besuchen und den Projektauftrag zu besiegeln. Er will einen verheirateten Geschäftsmann und er bekommt einen, ich werde den Deal an Land ziehen.

Ich reiche ihr das Glas Weißwein, um mit meiner Fake Ehefrau auf die kommende Zeit anzustoßen. Unsere Gläser klirren aneinander und besiegeln unseren Pakt. Wer hätte gedacht, dass Mavie eines Tages meine Ehefrau spielen wird? Zu Beginn war es vielleicht nicht ganz freiwillig, doch jetzt habe ich das Gefühl sie möchte mir wirklich helfen. Vielleicht kann das auch so etwas wie ein freundschaftlicher Neuanfang zwischen uns werden und möglicherweise gelingt es uns, die alten Themen hinter uns zu lassen.

Nach dem etwas anderen Meeting mit Mavie kommen wir wieder im Büro an.

Ich lasse Mavie den Vortritt und gehe nach ihr in den Aufzug. Meine Geste ist nicht ganz uneigennützig, immerhin habe ich so einen tollen Ausblick auf ihren Hintern. Ein Mann ist eben ein Mann und ich bin einfach nur ehrlich.

»Kein Wort zu irgendjemanden hier in dieser Firma, okay?«, bittet sie mich, was ich nickend bestätige.

»Natürlich, unsere Ehe bleibt mein Geheimnis.«

Schmunzelnd lehnt sich Mavie gegen die Wand des Fahrstuhls. »Ob sie uns wirklich glauben werden, dass wir beide ein Paar sind?«, fragt Mavie und legt sich ihre Haare hinter ihr Ohr.

»Das bezweifle ich nicht«, sage ich, als der Lift kurz vor unserer Etage ein eigenartiges Geräusch von sich gibt. Es ist ein seltsamer, fast brummender Ton, der bestimmt nichts Gutes verheißt. Aus heiterem Himmel stoppt der Lift mit einem ziemlichen Ruckeln und bewegt sich anschließend keinen weiteren Millimeter nach oben. Mavie neben mir entfährt ein kurzer hektischer Atemzug und sie fasst nach meiner Hand. Sie umklammert sie fest und hält sich mit ihrer anderen Hand an ihrer Tasche fest.

»Was, was ist passiert?«, fragt sie panisch und blickt sich entsetzt im Fahrstuhl um.

»Es scheint als wäre der Lift steckengeblieben«, stelle ich fest, ohne sie noch mehr aufzuregen. Die Kontrollleuchten an der Schaltwand des Liftes sind alle ausgefallen und das kann nur auf ein technisches Problem hindeuten. Genervt drücke ich auf den Hilfeknopf, doch niemand meldet sich.

»Wir stecken hier in diesem engen Fahrstuhl fest?« Mavies Worte klingen entsetzt und durch die ganze Aufregung beginnt sie viel zu schnell zu atmen. »Jason, ich habe Angst in engen Räumen«, setzt sie nach und blickt verzweifelt in mein Gesicht.

»Es kann sich nur um Minuten handeln«, sage ich in der Hoffnung sie zu beruhigen und lege meinen

Arm um sie. Mavies Atmung geht immer schneller und sie wirkt kreidebleich.

Erneut drücke ich auf den Hilfeknopf und endlich meldet sich jemand in der Notfallzentrale. »Wir haben hier ein Problem, wir stecken im Aufzug zwischen der vierten und fünften Etage fest. Schicken Sie bitte ein Team, das uns schnell hier rausholt.«

Der Mann an der anderen Leitung schmatzt genüsslich, während er mir erklärt, dass es im Gebäude gerade ein technischen Ausfall gibt und sie schon dabei sind, dieses zu lösen. Es kann jedoch ein bisschen dauern, bis die Fahrstühle wieder funktionieren. Großartig, Mavie scheint gleich zu hyperventilieren.

»Beeilen Sie sich!«, weise ich ihn an und widme mich dann wieder Mavie. Ich fasse ihr Gesicht mit meinen Händen und streichle über ihre Wangen. Sie blickt tief in meine Augen, zuerst erkenne ich da nur Angst und Panik, doch je länger ich ihr beruhigend über die Wange streichle, desto mehr beginnt sie ruhiger zu werden.

»Sie sind bald hier. Du bist nicht allein, ich bin bei dir«, versuche ich sie zu beruhigen und streichle abermals über ihre Wange.

»Ich habe wirklich Angst in solchen Momenten«, sagt sie und atmet tief ein und wieder aus. »Das ist mein persönlicher Albtraum«, setzt sie nach und kaut auf ihrer Lippe herum.

»Noch dazu mit mir, nicht wahr?«, versuche ich sie aufzuheitern, was Mavie ein kurzes Schmunzeln entlockt.

»Nein, ich bin froh, dass du gerade hier bist«, sagt

sie und senkt für einen Moment ihren Blick, ehe sie mir wieder in die Augen sieht.

»Dann wäre es klug, wenn wir öfter im Aufzug stecken bleiben. Immerhin spricht du dann mehr mit mir und bist froh, dass ich an deiner Seite bin«, sage ich schief grinsend, was Mavie erneut lächeln lässt. Sie beginnt sich zu entspannen und ihre Atmung wird ruhiger. Es macht mich stolz, genau diese Wirkung auf sie zu haben.

»Sie holen uns bald hier raus, alles wird wieder gut«, versichere ich ihr.

»Okay«, haucht sie und umfasst meine Hand, die an ihrem Kinn ruht.

Diese Spannung kennt man normalerweise nur aus Filmen, aber am liebsten würde ich ihr gerade die Kleider vom Leib reißen. Stattdessen bin ich ganz Gentleman, einfach nur für sie da und nehme sie in meinen Arm. Mavies Atmung beruhigt sich noch mehr und sie legt ihren Kopf an meine Brust. Mein Herz schlägt viel zu schnell und ich bin mir sicher, sie spürt die Geschwindigkeit an ihrem Körper.

»Danke«, flüstert sie und schiebt sich noch enger an mich. Für einen Moment schließe ich meine Augen und lasse mich ganz ein auf diesen Moment mit Mavie.

So stehen wir da, Zeit verliert an Bedeutung, bis sich der Lift endlich wieder zu bewegen beginnt. Es ruckelt und alle Leuchten gehen wieder an. Mavie lässt von mir ab und blickt sich um.

»Scheint, als wären wir gleich aus dieser Hölle befreit«, sagt sie und atmet gedehnt aus.

»Wir hätten gerne noch länger hier drin bleiben

können, es war auf eine gewisse Art und Weise ganz schön mit dir«, necke ich sie.

Mavie schnaubt lächelnd und verdreht spielerisch ihre Augen, als der Lift im 18. Stockwerk hält und die Türen aufgehen.

»Danke, Jason«, flüstert sie und geht dann Richtung Büro. Ich beobachte sie noch einen Moment, ehe sie im Gang verschwunden ist.

Ich habe eine wichtige Besprechung vorzubereiten und habe Mavie bereits informiert, dass sie an einer PowerPoint Präsentation arbeiten soll, während ich mit zwei meiner Mitarbeiter das Hudson Projekt finalisieren werde.

Lennart, einer meiner langjährigsten Mitarbeiter und ein guter Freund, kommt mir entgegen, klopft mir auf meine Schulter.

»Na, wie war dein Tag?«, möchte er wissen. Ich führe mit wenigen Menschen in dieser Firma eine enge Freundschaft. Lennart und Owen sind die Ausnahmen, beiden vertraue ich blind und sie führen einen Teil meiner Geschäfte.

»Aufregend, aber es wird sich alles zu meiner Zufriedenheit gestalten«, sage ich und gehe zusammen mit Lennart in das Besprechungszimmer, in dem Owen bereits auf uns wartet.

»Wie läuft es mit deiner neuen Assistentin?«, möchte Owen wissen, der gerade das Flipchart vorbereitet hat.

»Gut, ich denke die Zusammenarbeit funktioniert dieses Mal besser als bei meiner letzten Assistentin.«

»Sie ist aber auch um einiges heißer, vielleicht deshalb?«, spottet Lennart und klopft mir erneut auf meine Schulter.

»So ein Blödsinn, du weißt, ich trenne Berufliches und Privates strikt voneinander.« Von meiner gemeinsamen Vergangenheit mit Mavie wissen die beiden nichts, und das soll auch so bleiben.

»Dann hast du auch nichts dagegen, wenn ich mein Glück bei ihr versuche?«, möchte Lennart wissen, als er gerade seinen Laptop öffnet und sich auf einen der Plätze setzt.

Ein kurzer Anflug von Eifersucht macht sich in mir bemerkbar, dieses Gefühl schüttle ich aber sofort von mir ab.

»Ich denke, Beziehungen hier am Arbeitsplatz sind nicht dienlich, in keiner Hinsicht«, sage ich, ohne mir etwas anmerken zu lassen.

»Ich spreche auch nicht von einer Beziehung, sondern von Sex, was sich daraus später noch entwickelt, sei dahingestellt. Aber die Kleine sieht zum Anbeißen aus mit ihren dunklen Rehaugen. Sie hat etwas Schüchternes an sich, das ich richtig heiß finde«, meint Lennart mit einem Augenzwinkern.

»Ich glaube wir drei sollten dringend wieder einmal um die Häuser ziehen. Was haltet ihr beiden davon, wenn wir am Wochenende wieder feiern gehen, und uns das holen, was wir brauchen?«

Beide stimmen meiner Idee sofort zu und immerhin ist Mavie so kein weiteres Gesprächsthema mehr. Wir gehen die neuen Aufträge und Pläne durch und ich verteile die Aufgaben an meine zwei stellvertretenden Geschäftsführer. So kann ich mich um die leitenden Aufgaben der Holding kümmern und meine Hände etwas freischaufeln. Dadurch habe ich auch mehr Zeit für den Auftrag zum großen Hawaii Projekt – bei dem ich meinem Halbbruder und meinem Vater um jeden Preis den Deal wegschnappen möchte. Mein Dad hat meiner Familie alles genommen und jetzt bin ich an der Reihe.

ZWÖLF

MAVIE

Nach dieser ersten Arbeitswoche habe ich mir einen freien Abend verdient und darum gehen Stella, Ava und ich heute Abend aus. Ava feiert ihren 28. Geburtstag und möchte uns deshalb in einen noblen Club einladen. Sie stammt aus einer wohlhabenden Familie und Geld spielt für sie keine bedeutende Rolle. Ava habe ich erst vor zwei Monaten kennengelernt, doch sie ist mir richtig ans Herz gewachsen. Sie ist die Extrovertierteste von uns dreien und hat lange blonde Haare, die sie in die angesagtesten Frisuren verwandelt. Sie soll eines Tages die Anwaltskanzlei ihres Vaters übernehmen. Vor zwei Wochen wurde ihr ein neuer Partner vor die Nase gesetzt. David Cameron, laut Avas Erzählungen ein ziemlicher Snob und die anstrengendste Person, die ihr jemals über den Weg gelaufen ist. Auf einem Bild, das mir Ava gezeigt hat, sah er gar nicht so spießig aus, ganz im Gegenteil. Auf jeden Fall möchte Ava heute gerne ihren Geburtstag feiern und einen Abend lang ihren Job und die Kanzlei vergessen. Ich hatte mir nach dem Fiasko letztes Wochenende geschworen, die Finger von Alkohol zu lassen. So viel zu guten Vorsätzen, dafür werde ich meine Finger ganz sicher von Jason lassen. Die Woche haben wir uns sogar ganz zivilisiert verhalten, man könnte sogar sagen, wir haben Wege gefunden, mit unserer Situation umzugehen. Wann immer er mir zu nahe kam, wich ich gekonnt aus und gab ihm auch sonst kaum Gelegenheit mir näher als einen halben Meter Sicherheitsabstand zu kommen.

Ich trage mein Make-up auf und tanze zur Musik, die aus meiner Bluetoothbox kommt. Der Lippenstift verwandelt meine Lippen in ein sinnliches, volles Kunstwerk und die Wimperntusche öffnet meinen Blick für meine dunklen Augen, die so noch mehr zum Vorschein kommen. Meine Wellen lasse ich wild fallen und sie erinnern ein bisschen an eine Löwenmähne. Vor meinem Kleiderschrank habe ich nun die Wahl zwischen einem schwarzen kurzen Kleid oder einem dunkelroten Abendkleid. Meine Wahl fällt auf das kurze Schwarze und ich schlüpfe hinein. Noch die Stöckelschuhe und mein Outfit ist perfekt für eine tolle Partynacht. Ich schwöre mir selbst, keinen Alkohol zu trinken und wenn doch, nicht mehr als ein Glas.

Fertig gestylt klopfe ich an Stellas Tür, damit ich meine beste Freundin abholen kann. Ava wird mit zwei weiteren Freundinnen bereits vor dem Club auf uns warten.

»Na, kann es losgehen?«, frage ich sie und küsse sie auf ihre Wange.

Stella drückt mich an sich und nickt zustimmend.

»Ja, ich bin bereit für einen großartigen Abend«, sagt sie und schließt die Wohnungstür hinter sich. Draußen ist es tiefdunkle Nacht, doch die Temperaturen sind immer noch angenehm warm. Die paar Meter zur Station laufen wir, den Rest fahren wir mit der Metro in die Innenstadt, wo der gut besuchte Club liegt.

Vor dem Club hat sich eine lange Schlange gebildet. Die Feierwütigen warten hier auf ihren Einlass, um den Abend und die Nacht zu feiern. Selbst hier im Freien ist die Stimmung der Partygäste spürbar und ein ganz besonderes Gefühl legt sich über die Stadt, die niemals schläft. Vor dem Eingang des Clubs wartet schon unsere Freundin Ava, die gerade in eine ausgelassene Diskussion mit einem der Türsteher vertieft ist.

»Ava, hey!«, rufe ich und werde sofort von ihr wahrgenommen.

Sie stürmt auf uns zu und nimmt uns in den Arm.

»Happy Birthday«, jubeln Stella und ich im Chor und drücken ihr einen Kuss auf ihre Wange.

Dank Avas Kontakten werden wir sofort in den Club gelassen und treffen dort auf zwei ihrer Freundinnen. Kathleen und Johanna, die beiden sind genauso wie Ava Juristinnen und haben zusammen studiert. Wir setzen uns an einen kleinen Tisch, der extra für unsere Gruppe reserviert ist. Der Bereich ist mit goldenen Luftballons und Konfetti in goldenen und silbernen Farben dekoriert. Die Stimmung zwischen uns Mädels ist ausgelassen und wir albern herum, während wir die Musik genießen.

»Champagner für alle«, verkündet Ava und ein Kellner stellt eine große Flasche Champagner samt fünf Gläsern für uns auf dem Tisch ab.

Im Hintergrund ertönt laut ein *Happy Birthday* aus den Lautsprechern und wir lassen unsere Gläser aneinanderklirren.

»Lasst uns tanzen«, fordert uns Ava auf. Hastig leeren wir den Inhalt unserer Gläser. Das feine Prickeln des Champagners ist eine neue Erfahrung für meine Geschmacksknospen, die bisher eher Billigfusel zu spüren bekamen.

Ich nehme Stella an die Hand und ziehe sie mit mir Richtung Tanzfläche, auf der Ava bereits ihre Hüften kreisen lässt. Die Frau hat Power, ich mag sie wirklich gerne. Ihre Lebensfreude ist ansteckend und binnen Sekunden haben sich zig Feierwütige rund um uns versammelt. Zu den Beats des DJs bewege auch ich mich. Die Musik im Club ist laut und vibriert im ganzen Körper. Der Beat wird dabei eins mit mir und die ausgelassene Stimmung der Partygäste nimmt meinen Körper mit in ganz besondere Schwingungen. Bis ich plötzlich *ihn* entdecke. Zuerst glaube ich, mich zu täuschen, doch ein weiterer Check in seine Richtung bestätigt meine Befürchtungen: Jason ist hier, in diesem Club. Nur wenige Meter von mir entfernt, sein Blick ist auf mich gerichtet, sofort schlägt mein Herz schneller in meiner Brust. Hier im Club sieht er lockerer aus als im Büro. Er könnte glatt einer dieser Männerparfumwerbungen entsprungen sein, so unglaublich attraktiv wirkt er mit seinem weißen Hemd und der Anzughose. Seine sinnlichen Lippen verziehen sich zu einem teuflischen Grinsen, als er seinen Drink abstellt und seine Hände in seine Hosentaschen steckt. *Sinnliche Lippen?* Oh mein Gott, ich habe doch nur ein Glas getrunken, stelle ich erschrocken über mich selbst fest und versuche meinen Blick von ihm abzuwenden.

»Ist alles gut?«, möchte Stella wissen und fährt behutsam über meinen Oberarm.

»Ja, alles bestens.« Ich versuche mir von Mr Sexiest Man Alive nicht den Abend versauen zu lassen und konzentriere mich wieder auf meine Freundinnen und das Tanzen.

Das gelingt mir auch gut, erst als mir jemand auf meine Schulter tippt, kommen meine Gedanken wieder zu Jason zurück. Ich fahre herum und blicke in seine stahlblauen Augen.

»Du hältst es wohl nicht lange ohne mich aus«, sagt er nahe meinem Ohr, weil die Musik alles andere übertönen würde. Seine Nähe löst ein Prickeln in meinem ganzen Körper aus.

»So ein Blödsinn«, stöhne ich und verdrehe genervt meine Augen. »Wer stalkt hier wohl wen, ich ganz bestimmt nicht dich.«

Ich bin tatsächlich froh, wenn ich wenigstens das Wochenende Jason-frei habe.

»Du bist schlagfertig, das mag ich an dir. Aber mir kannst du nichts vormachen, ich merke doch, wie du auf mich reagierst«, sagt er und tritt einen Schritt näher. So nahe, dass ich seinen Atem auf meiner Haut spüre.

»Lass mich in Ruhe«, ermahne ich ihn und entweiche seiner Berührung.

Jason lässt wieder von mir ab und grinst süffisant, während er sich umblickt. Stella neben mir begrüßt Jason nur halbherzig, die *Freude* über sein Auftauchen ist ihr aus dem Gesicht abzulesen.

»Ich habe mich ja noch gar nicht vorgestellt«, wirft er laut genug ein und schenkt Kathleen und Johanna sein schönstes Lächeln. »Ich bin Jason, Mavies Boss und …«, möchte er gerade sagen, als ich ihn unterbreche.

»Und Sklaventreiber, aber hier sind wir außerhalb des Büros und da steht mir doch bestimmt etwas Freiraum zu, nicht wahr?«

»Gut gekontert, Mavie«, sagt er mit einem Zwinkern.

Ich hasse diesen Mistkerl. Ich hasse ihn!

Kathleen und Johanna können sich gar nicht an ihm sattsehen und hängen an seinen Lippen, als wäre er hier der Star. Zwei weitere Männer aus Jasons Firma, gesellen sich noch zu uns und verwickeln die anderen in ein lockeres Gespräch.

Jasons Aufmerksamkeit gilt wieder uneingeschränkt mir, was meine verrückten Hormone natürlich sofort bemerken müssen und ein eigenartiges Flattern in meinem Bauch freisetzen.

»Hast du Lust zu tanzen?«, fragt er mich und möchte mir seine Hand reichen.

»Gibt es hier denn nicht genug andere, die dich und deine Spielchen noch nicht kennen?«, kontere ich und rühre mich nicht vom Fleck.

Jason schmunzelt und zieht mich mit einer Handbewegung ungeniert in seine Arme. Mein Herz schlägt einen Purzelbaum, ehe es doppelt so schnell in meiner Brust weiterschlägt. Halb in seinen Armen liegend, kommt mir eine volle Dröhnung seines Aftershaves in die Nase. Ich versuche mich aus seiner Nähe zu befreien, doch Jason hindert mich daran.

»Gut, sag nachher aber nicht, ich hätte dich nicht als Erste gefragt«, spricht er in mein Ohr. Eine feine Gänsehaut legt sich erneut über meinen Körper. Jason lässt wieder von mir ab und fährt sich durch seine Haare.

»Wir sehen uns vielleicht später noch«, sagt er in die Runde und lässt uns anschließend wieder allein.

»Was wollte er von dir?«, möchte Stella kurze Zeit später wissen.

»Nichts, nur das Übliche, er möchte mich verrückt machen. Ich habe ihm gesagt, er soll mich allein lassen und sich irgendjemand anderen für seine Spielchen suchen.«

»Sieht aus, als hätte er das bereits gemacht«, meint sie und deutet an die Bar, an der Jason mit einer Rothaarigen sitzt.

»Na, zum Glück hat er jemanden gefunden«, sage ich und versuche taff vor Stella zu wirken. Ich ziehe sie wieder auf die Tanzfläche und versuche mich von ihm abzulenken. Doch keine zwei Minuten später fällt mein Blick wieder zurück zu Jason und seiner Eroberung. Langsam lässt er seine Hand zu ihrem Oberschenkel wandern und fasst dann fast wie in Zeitlupe zwischen ihre Beine. Die Unbekannte stößt ein weiteres Kichern aus und nippt mit rotem Kopf an ihrem Champagner. Ich kann meine Aufmerksamkeit kaum von ihm reißen und konzentriere mich nicht mehr aufs Tanzen. Ich stoße mit Stella zusammen und hebe entschuldigend meine Hände. Dieser Arsch scheint sich über mich lustig zu machen und grinst, während Miss Unbekannt an seinem Hals herumsaugt. Jason hingegen widmet sich auf einmal seinem Handy und ich spüre es in meiner Tasche vibrieren.

Nachricht
von: Jason
an: Mavie
Na, immer noch keine Lust zu tanzen?

Nachricht
von: Mavie
an: Jason
Ganz sicher nicht!

Nachricht
von: Jason
an: Mavie
Sag nicht, ich hätte dich nicht zuerst gefragt!

Nachricht
von: Mavie
an: Jason
Werde ich nicht, keine Sorge. Mach was du willst!

Nachricht
von: Jason
an: Mavie
Gut, dann sehen wir uns am Montag in meinem Büro!

Ich versuche mich nicht mit Jason und seinem Püppchen zu befassen und probiere sie zu ignorieren.

»Macht dich seine Nähe nervös?«, möchte Stella wissen und deutet auf Jason und seine Eroberung, die gerade an seinen Lippen hängt.

»Quatsch, das ist mir völlig egal. Stella, zeig nicht auf ihn, er soll nicht wissen, dass wir über ihn sprechen«, ermahne ich sie und klopfe auf ihren ausgestreckten Zeigefinger.

»Na, wenigstens musst du ihn nur im Büro sehen, das ist ja schon genug«, stellt sie fest und nippt an ihrem Getränk.

»Na ja«, sage ich und zucke mit meinen Schultern.

Prüfend sieht sie mich an und schüttelt fragend ihren Kopf.

»Was meinst du damit?«, möchte sie wissen.

»Ich werde ihn nach Hawaii begleiten und seine

Ehefrau spielen.« Stella verschluckt sich an ihrem Champagner und beginnt wild zu husten. Mit einem Klopfen auf ihren Rücken versuche ich ihr zu helfen, doch Stella winkt ab.

»Geht schon, danke. Was, was machst du? Du spielst seine Ehefrau? Sag mir, dass das nicht dein Ernst ist.«

»Ich würde ihm nicht helfen, wenn es nicht wichtig wäre. Jason hat einen Halbbruder, das wusste ich selbst nicht, und wie es scheint, hat sein Dad seine Familie verlassen.«

»Aber was hat das mit dir zu tun?«, möchte Stella wissen und legt ihre Stirn besorgt in Falten.

»Eigentlich hat es nichts mit mir zu tun, aber irgendwie bin ich in diese Scharade hineingeraten, und er tut mir leid. Ich möchte ihm nur helfen. Es soll auch sonst niemand von dieser Abmachung erfahren, aber ich musste dich einfach einweihen, sonst werde ich nur verrückt.«

»Du und dein gutes Herz!« Stella legt ihren Arm um mich und schüttelt ihren Kopf.

»Ich habe einfach Angst, dass dein Herz eine Woche Jason nicht unversehrt übersteht«, sagt sie sanfter. Stella ist die beste Freundin der Welt und wenn sie in der gleichen Situation wäre, dann würde ich mir auch Sorgen um sie machen und sie vor einem Fehler bewahren wollen.

»Ich weiß, es wird nicht einfach, doch als ich gesehen habe, wie sein Bruder ihn behandelt, da konnte ich seine Bitte einfach nicht abschlagen. Vertrau mir, ich werde auf mich aufpassen und die Angelegenheit rein geschäftlich betrachten.«

Plötzlich fällt meine Aufmerksamkeit wieder auf Jason, der mit einem triumphierenden Lächeln mit der Rothaarigen aus dem Club geht. Verdammt, ich bin so was von eifersüchtig.

Müde steige ich nach dem Clubabend unter die Dusche und lasse das warme Wasser auf meinen Körper prasseln. Ich schließe meine Augen und erneut kommen meine Gedanken zu Jason zurück. Stella hat gemerkt, wie sehr es mich gewurmt hat, dass er mit einer anderen Frau den Club verlassen hat. Sie meinte, wir sollten uns einen heißen Typen angeln und einfach mal wieder unbeschwert einen schönen Abend genießen. Diesen Vorschlag lehnte ich aber ab, von Typen habe ich im Moment die Nase voll.

Ich steige aus der Dusche und schlüpfe in meinen Lieblingspyjama, den ich schon Jahre besitze. Der Schlafanzug ist bestimmt schon zehn Jahr alt und war ein Weihnachtsgeschenk meines Dads. An Tagen wie diesem vermisse ich meinen Dad, nur zu gerne würde ich mich jetzt zu ihm auf das Sofa setzen und ihm von meinem Tag erzählen. Ich hatte nie Geheimnisse vor ihm und er war immer für mich da. Egal, wann ich nach Hause kam, ich konnte sicher sein, dass er nachts wach war und auf mich wartete. Erst nachdem er sich überzeugt hatte, dass es mir gut ging, legte er sich schlafen. Bis zu seinem letzten Atemzug war ich seine Nummer eins. Er hat sein Leben lang alles für mich gegeben und ich gab die letzten zwei Jahre alles für ihn. Ich umfasse meine Kette mit dem Anker und kann eine kleine Träne, die sich über meine Wange ihren Weg bahnt, nicht aufhalten.

»Ich liebe dich, meine kleine Sonne«, hauchte er, als er für immer seine Augen schloss.

»Ich liebe dich, Dad«, flüstere ich in die dunkle Nacht und ziehe meine Decke bis an meine Nasenspitze. In diesem Moment sehne ich mich so sehr nach Geborgenheit und Nähe, ich fühle mich so einsam und wünschte, irgendjemand würde mich genau in diesem Moment in den Arm nehmen.

DREIZEHN

JASON

Mavies Blick war die größte Genugtuung nach ihrer Aktion letzte Woche.

Sandra, meine Eroberung ist willig und bereit für eine Menge Spaß. Mit dem Aufzug fahren wir in die oberste Etage eines Luxushotels, in dem ich eine Suite für uns beide gebucht habe. Doch während mein Date an meinem Nacken saugt, kommen meine Gedanken immer wieder zu Mavie zurück. Es fühlt sich nicht richtig an, hier mit Sandra zu sein. Dabei möchte ich nichts lieber als das. Ich will endlich Dampf ablassen und die Erinnerungen an Mavie von meinem Körper verbannen. Warum nur spielen mir meine Gefühle jetzt einen Streich? Ich versuche meine Gedanken abzustreifen und mich auf meine hübsche Begleitung zu konzentrieren.

In der Suite angekommen beginnt sich Sandra sofort auszuziehen. Ich setze mich auf einen großen Sessel vor dem Bett und beobachte sie, während sie einen kleinen Striptease vor mir aufführt. Nur mehr mit ihrer Spitzenunterwäsche bekleidet rekelt sich vor mir am Doppelbett, das mit Rosenblüten bestreut ist. Wie ich diesen Kitsch hasse. Wie in Zeitlupe öffnet sie ihren BH und präsentiert mir mit einem lasziven Grinsen ihre vollen Brüste. Abermals kommen meine Gedanken zu Mavie zurück und noch mehr verdrängte Erinnerungen schleichen sich in meinen Verstand.

»Na los, worauf wartest du? Komm zu mir ins Bett«, sagt sie mit süßlicher Stimme und spielt ungeniert mit ihren Brüsten.

In meiner Hose regt sich bei ihrem Anblick rein gar nichts, stattdessen sehe ich Mavies Gesicht vor meinem inneren Auge. Ihr freches Grinsen und ihr vorlautes Mundwerk kommen mir in den Sinn und lassen mich grinsen.

»Was ist?«, möchte Sandra irritiert wissen und verschränkt beleidigt ihre Arme vor ihrer Brust.

»Nichts, ich war gerade nur in Gedanken«, gebe ich ehrlich zu und wäge meine Optionen ab. Sandra könnte so lange meinen Schwanz lutschen, bis er steinhart ist und ich es ihr heftig besorgen kann. Normalerweise ist mein Schwanz immer einsatzbereit, so etwas ist mir noch nie passiert, aber Mavies Auftauchen in meinem Leben bringt alles durcheinander.

Ich könnte aber auch von hier verschwinden und mir diese Nummer ersparen, kommt es mir in den Sinn. Irgendwie ist mir die Lust auf schnellen Sex komplett vergangen.

Abwartend klopft Sandra mit ihren langen unechten Fingernägeln auf das Bettlacken und gähnt gelangweilt.

»Jason, willst du mich warten lassen?«

Kurz überlege ich und nicke schließlich. »Es tut mir leid, ich muss hier weg«, sage ich und ernte einen schockierten Blick meines Dates.

»Was ist los?«, will sie wissen und schüttelt fragend ihren Kopf.

»Es ist nicht das, was ich gerade will«, sage ich und möchte mich gerade umdrehen, als sie mir ein Kissen entgegenwirft.

»Spinnst du, was soll das heißen? Denkst du etwa, ich bin eine Puppe? Die du einfach so wegwerfen kannst, wenn du keine Lust mehr hast damit zu spielen?« Wütend wirft sie ein zweites Kissen nach mir und ist gerade dabei ein drittes zu werfen, als ich mich aus der Tür hinausstehle.

Genervt steige ich in den Lift und dränge mich durch die Lobby nach draußen. Die frische Luft tut mir gut und hilft Ordnung in mein Gedankenwirrwarr zu bekommen. Ich rufe meinen Fahrer und kann es kaum erwarten, mir in meiner Wohnung selbst Befriedigung zu beschaffen.

Unter der Dusche umfasse ich meinen Schwanz, der beim Gedanken an Mavie sofort steinhart wird. Warum hat das nur nicht vorhin im Hotelzimmer genauso funktioniert? Während das heiße Wasser meinen durstigen Körper trifft, fahre ich mit meinen Händen meinen Schwanz auf und ab. Mit den genau richtigen Bewegungen stimuliere ich ihn. Ich werde dabei immer schneller und stelle mir Mavie vor, wie ich es ihr gerade hart hier in dieser Dusche besorge. Ich denke an ihr Gesicht, ihre Brüste und an ihre Pussy, die das Paradies für meinen Schwanz war. Ein tiefes Stöhnen kommt aus meiner Kehle und ich spüre, dass ich kurz davor bin hart zu kommen. Noch einmal lege ich an Tempo zu, bis ich endlich abspritze und Befriedigung finde. Verdammt, Mavie, was machst du nur mit mir?

Ich schließe meine Augen und lasse das Wasser an meinem Gesicht herabrinnen. Ich bin so was von am Arsch.

Montagmorgen sitze ich an meinem Schreibtisch. Mein Blick fällt aus dem Fenster. Ich trinke gerade meinen Kaffee, als ich Mavies Schritte näherkommen höre. Eigenartig, dass ich diese schon nach einer Woche von denen der anderen unterscheiden kann. Es klopft an der Tür und sie kommt herein.

»Guten Morgen, Mavie.«

»Hallo, Jason«, entgegnet sie nur kurz angebunden.

Heute trägt sie einen Hosenanzug, der sie ganz businesslike aussehen lässt.

»Noch ein schönes Wochenende gehabt?«, fragt sie, als sie mir meine Post auf den Schreibtisch legt.

»Ich kann mich nicht beklagen, und selbst?« Ich fordere sie heraus und liebe es sie zu necken. Aus diesem kleinen Katz und Maus Spielchen hat sich letzte Woche wahrlich ein freudiges Ping Pong entwickelt, das ich am Wochenende schon fast vermisst habe.

»Na ja, als ich dich samstags im Club gesehen habe, da nahm es ganz kurz eine negative Wendung, aber du hast dir ja schnell ein neues Opfer gesucht und mich dadurch verschont«, sagt sie mit einer gewissen Ironie in der Stimme und doch, kommt sie mir eifersüchtig vor.

»Aber nur, weil meine Liebe von dir nicht erwidert wurde«, kontere ich, was Mavie ein kurzes Schmunzeln entlockt.

»Wie dem auch sei, ich bin hier, um zu arbeiten und das werde ich auch machen. Weißt du, mein Boss kann es gar nicht leiden, wenn ich mich hier von unnötigen Gesprächen aufhalten lasse«, sagt sie und deutet auf ihren Arbeitsbereich. Sie stöckelt mit ihren High Heels an mir vorbei und legt ihre Haare zur Seite, sodass ihr Nacken hervorblitzt. In mir kribbelt es vor Verlangen, diese Frau weiß ganz genau, wie sie mich verrückt nach ihr macht.

Eine Weile beobachte ich sie noch bei der Arbeit, bis ich mich meinen eigenen Aufgaben zuwende. Heute widme ich mich wieder einmal einem Design, das ich selbst zeichne. Genau diese Arbeit kommt durch die Führungsaufgaben viel zu kurz. Der Plan ist für einen Wolkenkratzer, der in Miami gebaut werden soll.

»Ich gebe dir heute meine Kreditkarte mit«, sage ich zu ihr und ziehe eine meiner Platinkarten aus meinem Geldbeutel, als ich mit einem groben Plan fertig bin, den ich später meinem Planungsteam übergeben werde.

Mavie blickt unschlüssig zu mir und legt ihre Stirn in Falten. »Was soll ich mit deiner Kreditkarte?«

Ich deute auf meinen Ringfinger und grinse. »Du sollst dir ein paar schöne Kleider und natürlich einen Ehering aussuchen, in zwei Wochen fliegen wir und davor müssen wir noch einige Dinge vorbereiten.«

Mavie steht auf und nimmt die Karte aus meiner Hand. »Ich hätte mir nie einen romantischeren Antrag erwartet als das«, sagt sie mit einem süffisanten Grinsen und wedelt mit der Kreditkarte in ihrer Hand herum.

»Der krönende Abschluss unserer Liebe, nicht wahr?«, äffe ich zurück und versuche sie nicht mehr zu erbosen, denn ich will nicht riskieren, dass sie mich doch noch hängen lässt. Wobei – Mavie hat längst einen Vertrag unterschrieben und aus der Nummer kommt sie nicht mehr raus.

Mavie steckt die Karte in ihren Geldbeutel und hängt sich ihre Tasche um ihre Schulter. Damit geht sie zur Tür und dreht sich noch einmal zu mir um.

»Wir sehen uns, ich geh mir dann einmal meinen Ehering kaufen.«

Schmunzelnd fahre ich durch meinen Bartschatten und kann kaum genug von diesem Ping Pong Spiel zwischen uns bekommen.

VIERZEHN

MAVIE

Regel Nummer 1 unter besten Freundinnen: Wenn du shoppen gehst, dann darf deine beste Freundin nicht fehlen. Darum habe ich Stella gebeten mich heute zum Einkaufen zu begleiten. Es kommt nicht oft vor, dass wir losziehen und uns schicke Sachen kaufen. Alles, was ich besitze war entweder sehr günstig oder ist Second Hand. Das macht die Kleider auf keinen Fall schlechter, aber so richtig viel Erfahrung beim Einkaufen in einem teuren Store, habe ich noch nicht. Auf einer der besten Einkaufsstraßen New Yorks treffe ich Stella, die vor dem Yellidelli auf mich wartet. Das Yellidelli ist für die großartige Auswahl an Schmuckstücken bekannt und Jason selbst hat mir den Tipp gegeben. Ich frage mich, zu welchen Anlässen er dort Schmuck kauft, verwerfe den Gedanken aber sofort wieder. Die Fifth Avenue habe ich seit meiner Ankunft in New York nur einmal betreten und auch damals bin ich nur über die Straße spaziert und habe mich in keines der Geschäfte gewagt. Die teuren Markennamen und die edlen Aufmachungen der Stores schrecken ein bisschen ab und machen mir meinen Rang in der Gesellschaft nur noch deutlicher bewusst.

Stella winkt mir freudig zu, als ich auf sie zu laufe und küsst mich auf meine Wange.

»Danke, dass du mich begleitest«, sage ich nach einer kurzen Begrüßung.

»Na, aber hallo, wenn du dir schon deinen eigenen Ehering kaufst, will ich unbedingt dabei sein«, meint Stella schmunzelnd.

Als ich ihr am Telefon von meinem Vorhaben berichtet habe, war sie alles andere als begeistert. Vielleicht dachte sie auch, die ganze Sache mit der Fake Ehe würde im Sand verlaufen, aber ein Fake Ehering macht alles wohl ein bisschen wirklicher. Dennoch unterstützt sie mich jetzt bei meinem Einkauf und dafür bin ich ihr sehr dankbar.

»Also, was brauchst du alles?«

»Alles, was mich zu einer reichen Ehefrau macht. Vielleicht ein schönes Kleid und eine Tasche. Ich habe keine Ahnung was die Frau eines CEO tragen würde, aber wir können einmal schauen, was wir so finden.«

Stella nickt und hängt sich bei mir ein. »Ich werde dich auf jeden Fall tatkräftig unterstützen«, versichert sie.

Gemeinsam spazieren wir die Einkaufsstraße entlang und gehen in den ersten Store. Die Preise an den Etiketten der Kleider wirken genauso abschreckend wie die Verkäuferinnen. Ich kann Frauen, die so eitel und hochnäsig wirken überhaupt nicht leiden.

»Ich fühle mich hier so unwohl«, flüstere ich Stella zu, als wir die neuste Kollektion durchschauen.

»Das geht mir genauso, aber wir werden schon etwas Schönes für dich finden. Lass dich von den Verkäuferinnen nicht entmutigen. Was hältst du von diesem Kleid?«

Stella deutet auf ein schönes Kleid, mit einem tiefen Rückenausschnitt, das sexy, aber auch elegant wirkt. Ich betrachte es genauer und nicke zustimmend.

»Es ist wirklich sehr schön«, sage ich und drehe das Preisschild in meine Richtung. 500 Dollar steht darauf geschrieben.

»Hast du gesehen, was es kostet?«, frage ich Stella, die stumm mit ihren Schultern zuckt.

»Du hast doch seine Kreditkarte und er wollte, dass du dir etwas Teures kaufst, nicht wahr?«

Stella hat recht, genau das wollte er. Dennoch fällt es mir schwer, so viel Geld für ein einzelnes Kleid auszugeben, aber wenn ich diese Einstellung nicht ändere, wird es schwer etwas Passendes zu finden.

»Gut, ich werde es probieren«, gebe ich mich geschlagen und nehme das Kleid mit in die Umkleidekabine.

Ich schlüpfe hinein und drehe mich mit dem schönen Kleid vor dem Spiegel hin und her. Es ist wunderschön und betont meine Figur an den richtigen Stellen.

»Zeig schon, lass mich nicht warten, ich möchte sehen, wie es an dir aussieht«, fordert mich Stella auf.

Ich öffne den Vorhang der Umkleidekabine und

Stella klatscht begeistert in ihre Hände. »Es steht dir so gut, Mavie.«

Die Verkäuferin kommt um die Ecke und bleibt anerkennend neben uns stehen. »Es steht Ihnen ausgezeichnet«, sagt sie nun viel freundlicher als vorhin, als wir den Laden betreten haben.

»Vielen Dank, ich hoffe es ist das, was ich suche«, sage ich und zupfe das Kleid zurecht.

»Ist es für einen Mann?«, möchte die Bedienung wissen und lächelt wissend.

»So in etwa«, sage ich und blicke mich noch einmal im Spiegel an. Das Kleid gefällt mir und ich denke, ich werde es nehmen.

»Sie brauchen bestimmt auch noch die richtige Unterwäsche dazu, nicht wahr?«

Irritiert schüttle ich schließlich meinen Kopf. »Nein, ganz sicher nicht. Der Mann, für den dieses Kleid bestimmt ist, bekommt mich ganz sicher nicht in Unterwäsche zu sehen.«

»Hoffentlich«, fügt Stella leise hinzu und erntet dafür einen genervten Blick von mir.

Mit dem neuen Kleid und einer dazu passenden Tasche verlassen wir den Laden, um nun endlich nach einem Ehering Ausschau zu halten.

»Nach dir, meine Liebe«, albere ich herum und öffne Stella die Tür zum eindrucksvollsten Laden, in dem ich jemals war. Der ganze Store strotzt nur so vor Luxus. Bereits beim Eintreten werde ich von dem ganzen Glitzern der Strasssteinchen an den Wänden regelrecht geblendet. Im Inneren befinden sich einige Verkaufspulte und an den Wänden hängen Ausstellungskästen mit Schmuck. Ein Blick auf die Preise verrät mir, dass wir hier in der richtigen Preisklasse für Jasons Wünsche liegen. ›Protzig und teuer‹, so nannte er die beiden ihm wichtigen Attribute eines Eherings, um Mr Rashid und Mr Abadi zu täuschen.

»Hast du die Preise gesehen?«, flüstere ich Stella leise zu.

»Davon könnten wir mehrere Monate überleben«, sagt sie leise zu mir und deutet auf einen Ring mit einem großen Diamanten.

»Und damit hätten wir für unser Leben ausgesorgt«, stelle ich kichernd fest, als ich hinter uns eine Verkäuferin wahrnehme.

»Kann ich den Damen behilflich sein? Ihrem Getuschel nach zu urteilen, ist es nicht Ihre Preisklasse, also sind Sie sicher, dass Sie hier richtig sind?«, fragt sie und zieht ihren Kopf noch weiter nach oben. Überheblich betrachtet sie zuerst Stella von oben bis unten und anschließend mich und räuspert sich schließlich verächtlich.

»Ich bin auf der Suche nach einem Ring«, sage ich und werde von Stella mit dem Wort »Ehering« verbessert.

Ohne auf das »Okay« der Verkäuferin zu warten, gehe ich stumm an ihr vorbei und sehe mich in den Auslagen um, als mir ein schöner Ring ins Auge fällt. Er ist einfach gehalten und doch wunderschön. Das Besondere an dem Ring ist die Form, die wellenförmig ineinander übergeht.

»So, so, ein Ehering. Wie ich schon gesagt habe, ich denke nicht, dass es Ihre Preisklasse ist. Ich kenne Frauen wie Sie, Sie kommen in den Laden und wollen alles probieren, nur um am Ende nichts zu kaufen. Es tut mir leid, aber ich habe Ihr Gespräch vorhin sehr wohl gehört«, sagt sie noch eine Spur überheblicher, als sie wieder neben uns steht.

»Was ist denn das für eine Einstellung gegenüber Ihren Kunden?«, frage ich, entsetzt über so viel Respektlosigkeit.

»Für mich wirkt es, als ob Sie hier im falschen Laden sind. Es gibt viele günstige Geschäfte, die bestimmt viel eher Ihre Preisklasse sind. Ich bitte Sie den Laden zu verlassen«, weist sie uns an und deutet zur Tür.

»Mein Boss, ich meine mein Mann, hat mich an diese Adresse verwiesen und gesagt ich solle mir hier einen Ring aussuchen, der mir gefällt, aber wenn Sie keine Geschäfte mit mir machen möchten, dann sind Sie selbst schuld.«

Damit verlasse ich zusammen mit Stella den Store.

»Die spinnt doch, so eine überhebliche Kuh«, sage ich genervt und deute auf einen Hotdog Stand.

»Mir ist jetzt viel mehr nach einem Hotdog als nach einem Ring.«

»Bei einem Hotdog bin ich sowieso immer dabei und die aufgeblasenen Ladys in diesem Shop können uns auch gestohlen bleiben«, meint Stella und hängt sich bei mir ein. Auf meine beste Freundin ist einfach immer Verlass.

Nach der erfolglosen Suche nach einem Fake Ehering komme ich am Nachmittag wieder zurück ins Büro. Dort finde ich Jason vertieft in seine Arbeit vor, und erst nachdem ich ganz Mavie-like fast gegen eine bodentiefe Vase gelaufen bin, nimmt er von mir Notiz.

»Du bist aber schon früh zurück«, stellt er fest und klappt sein Laptop zu. Er steht von seinem Sessel auf und geht einmal um den Schreibtisch herum zu mir.

Ich reiche ihm seine Karte wieder zurück und hänge meine Tasche sowie die Einkaufstasche auf einen freien Stuhl.

»Und?«, stellt er in den Raum und wartet auf meine Antwort.

»Und was?«, möchte ich wissen und stemme meine Arme in meine Hüften. Was möchte er denn jetzt schon wieder von mir?

Schmunzelnd lehnt sich Jason selbstgefällig an den Tisch und blickt abwartend auf mich.

»Denkst du etwa, ich hätte in der Zwischenzeit auch ein Brautkleid gekauft, um Fake Bilder unserer Fake Hochzeit zu schießen?«

Jason beginnt laut und kehlig zu lachen und erneut beschert mir seine Stimme eine Gänsehaut, die ich trotz dieser warmen Temperaturen auf meinem ganzen Körper spüre.

»Du hast immer noch genauso viel Humor wie damals«, stellt er mit spitzbübischem Grinsen fest und entlockt mir damit ein Grinsen, das ich nicht unterdrücken kann. Wie kann man jemanden nur so sehr verabscheuen und gleichzeitig so sehr mögen?

»Ich habe nur ein Kleid und eine Tasche gefunden. Ich habe keinen Ehering gekauft und, um es gleich vorwegzunehmen, es lag nicht an mir. Ich habe einen wunderschönen Ring gefunden, der perfekt gepasst hat.«

»Wieso hast du ihn nicht genommen?«

Genervt verdrehe ich meine Augen und schnalze die Kreditkarte auf seinen Tisch.

»Frag doch die netten Verkäuferinnen. Warum schickst du mich überhaupt in so einen Laden. Ich, ich passe da nicht rein«, sage ich etwas leiser und betrachte mich selbst. Obwohl mein Outfit auf den ersten Eindruck gut gewählt aussieht, überzeugt es wohl bei genauerem Hinsehen nicht im Geringsten.

»Waren sie unfreundlich zu dir?«, möchte Jason mit einer besorgten Miene wissen.

»Sie wollten mich nicht bedienen, sie dachten wohl, ich könne in solch einem Geschäft nicht einkaufen.« Schulterzuckend nehme ich das Diktiergerät von Jasons Schreibtisch, damit ich sein letztes Gespräch mit einem Investor abtippen kann.

»Mavie, warte.« Jason hält mich an meiner Hand fest. »Es tut mir leid – was auch immer passiert ist«, sagt er schließlich, doch ich reiße mich von ihm los und spiele die Sache herunter.

»Eheringe werden doch sowieso überbewertet«, sage ich und stecke mir die Kopfhörer des Diktiergerätes in meine Ohren.

Ich befasse mich mit dem Abschreiben, als ein

Anruf mein Interesse weckt. Auch wenn ich nicht spionieren sollte, kann ich nicht anders, als auf die Stopptaste des Aufnahmegerätes zu drücken. Jason gestikuliert wild und spricht lautstark in das Telefon, während er im Raum auf und ab geht.

»Es ist mir egal, was du willst. Sie ist meine Mutter und du warst ihr beschissener Ehemann.«

Jasons Stimme bebt vor Wut, beruhigend fährt er über seinen Nasenhöcker, das tat er damals schon, wenn er genervt war.

»Du bist schuld an ihrem Zustand, und wenn du ihren Namen noch einmal in den Mund nimmst, egal vor wem, dann wirst du es bereuen. Ihre Krankheit geht niemanden da draußen etwas an und spiel hier nicht den Unschuldigen!«

Jason schlägt mit der flachen Hand fest auf den Tisch, das Gespräch scheint ihn komplett aus der Bahn zu werfen.

»Wenn du noch einmal vor der Presse behauptest, du hättest dich wegen ihrer Krankheit von ihr getrennt, dann werde ich jedem da draußen erzählen, was für ein Arschloch du bist!« Jason legt auf und wirft sein Handy achtlos auf seinen Schreibtisch.

Unsere Blicke treffe sich und es ist längst zwecklos zu leugnen, dass ich das Gespräch mitangehört habe. Ich ziehe die Kopfhörer aus meinem Ohr und knabbere nervös an meiner Unterlippe. Diese blöde Angewohnheit kann ich kaum stoppen, und sobald ich aufgeregt bin, ist es das Erste, das ich mache.

»Soll ich so tun, als hätte ich das Telefonat nicht

gehört oder möchtest du darüber sprechen?«, frage ich Jason.

»Du weißt, dass du mich nicht belauschen sollst«, sagt Jason etwas streng und atmet anschließend gedehnt aus. »Ich bevorzuge Variante eins: Tu so, als hättest du das Gespräch nicht gehört, Mavie.«

FÜNFZEHN

JASON

Seit ich Mavie vor vier Wochen in dieser Bar wiedergesehen habe, wurde mein Leben keinen Takt langsamer. Auch die letzten beiden Wochen reihten sich diesem verrückten Zustand nahtlos an. Zwischen Katz und Maus spielen mit Mavie, war ich mit wichtigen Deals beschäftigt. Allen voran das Projekt auf Hawaii, das ich auf jeden Fall an mich ziehen möchte. Morgen werden Mavie und ich mit meinem Privatjet zu Mr Abadi und Mr Rashid und deren Familien fliegen und sie hoffentlich von uns überzeugen können.

Doch heute steht noch ein wichtiger Besuch an. Beim Gedanken daran, zerreißt es mein Herz in Tausende Stücke. Mit dem Auto mache ich mich auf den Weg in die 45 Minuten entfernte Residenz, in der meine Mutter seit Jahren lebt. Für Anfang Juli sind die Temperaturen brennend heiß und nur die Klimaanlage in meinem Auto schafft es, mein aufgeheiztes Gemüt etwas zu beruhigen. Ich fädle mich in den

Highway ein und jongliere mich durch den dichten Verkehr. Das gute Wetter dürften viele New Yorker dieses Wochenende für Ausflüge raus aus der Stadt nutzen. Für mich ist dieser Besuch alles andere als ein Ausflug. Paron Springs steht auf einem Schild, das mir bewusst macht, dass ich nicht mehr weit zu fahren habe. Nur mehr noch die Auffahrt trennt mich vor dem Wiedersehen, das ich jetzt wochenlang vor mir hergeschoben habe. Nicht, weil ich meine Mum nicht liebe, sondern weil es mich jedes Mal aufs Neue zerstört.

Ich parke meinen Wagen auf einem der freien Parkplätze, die Bewohner hier in diesem Haus haben nur selten Besuch. Irgendwann wird es den Angehörigen zu mühsam oder zu schmerzhaft mitansehen zu müssen, wie es stetig mit ihren geliebten Menschen bergab geht.

Ich nehme den Strauß Blumen, den ich auf dem Weg in einem kleinen Laden gekauft habe. Ein bunter Mix, der an einen Wiesenstrauß erinnert. Meine Mutter liebte es, wenn ich ihr als Kind Blumen pflückte, die rund um unser Haus in Carlson wuchsen. Das Engegefühl in meiner Brust wird immer größer und findet seinen Höhepunkt, als ich den Klingelknopf drücke.

Eine Pflegerin meiner Mum öffnet die Tür und heißt mich mit einem freundlichen Händedruck willkommen. Sie führt mich zu meiner Mutter, die wie so oft auf einer Bank im Garten sitzt.

Ich verlangsame mein Tempo und versuche mich zu entspannen, ehe ich sie erreicht habe. Starr schaut sie auf die Bäume, deren Kronen sich leicht im Wind hin und her bewegen.

Ganz in den Moment vertieft, bemerkt sie mich gar nicht und registriert mich erst, als ich vor ihr stehe.

»Mum«, sage ich mit einer lieblichen Stimme und reiche ihr die Blumen.

Meine Mum blickt an mir auf und ab und beginnt zu strahlen.

»Peter, bist das du?«, fragt sie und nimmt die Blumen entgegen.

Ich schüttle meinen Kopf und versuche innerlich stark zu bleiben. »Ich bin es Mum, Jason.«

Meine Mum reicht den Strauß Blumen einer Pflegekraft, erhebt sich von der Bank und drückt mich in ihre Arme.

»Mein Sohn, ich habe dich so vermisst«, sagt sie liebevoll und löst sich wieder von mir. Mütterlich streichelt sie über meine Wange und deutet auf die Bank.

»Komm, setzt dich zu deiner Mum und erzähl mir von dir. Wo ist denn dein Vater?«, möchte sie wissen und blickt sich suchend auf der Terrasse um.

Ich setze mich neben sie und versuche nicht auf ihre Frage einzugehen, in der Hoffnung sie erinnere sich gleich sowieso nicht mehr daran.

»Wie geht es dir Mum? Hast du schöne Kurse, die dir gefallen? Was ist mit Yoga?«, möchte ich wissen und versuche sie in ein Gespräch zu verwickeln. Ein schwieriges Unterfangen, da sie nur kurze Zeit später den Gesprächsfaden erneut verliert.

»Wo ist dein Dad, mein Junge? Kommt er gleich von der Arbeit nach Hause?«

Kopfschüttelnd verneine ich ihre Frage und schaue in die leeren Augen meiner Mutter. Ihre grünen Augen waren so voller Lebensfreude, doch nachdem mein Dad sie verlassen hat, baute sie immer mehr ab und irgendwann gewann die Demenz. Schleichend machte sich die Krankheit damals schon bemerkbar, doch sie war glücklich mit meinem Dad und solange sie in ihrer gewohnten Umgebung war, merkte man ihre Vergesslichkeit kaum. Hätte er sie nicht verlassen, dann wäre sie heute vielleicht noch die Mutter, an die ich mich so gerne erinnere.

Ich erzähle ihr von all den Dingen, die gerade in meinem Leben passieren. Auch wenn sie sich nicht an unser Gespräch erinnern wird, tut es gut, mir meine Gedanken von der Seele zu reden. Punkt 17 Uhr wird meine Mum von einer Pflegerin zum Abendessen geholt und ich verabschiede mich von ihr.

»Wir sehen uns bald«, sage ich zum Abschied. Plötzlich beginnt sie aus dem Nichts heraus zu schluchzen und zu weinen.

»Mein Junge, wann kommt Peter? Wann holt mich Peter hier ab?«

»Mum, bitte beruhig dich.« Mein Herz zieht sich zusammen, ich kann sie nur schwer so traurig sehen.

»Jason, wo ist dein Dad?«

Auf dem Weg nach Hause kann ich mich vor lauter Schmerz kaum auf den Verkehr konzentrieren, und als ich schließlich zu Hause ankomme, greife ich, gerade zur Tür hereingekommen, zu einer Flasche Vodka. Ich habe sie gekauft, um das nächste Footballspiel mit den Jungs im Fernsehen zu schauen, doch sie muss heute herhalten, damit ich den Schmerz aus meinem Leben radieren kann. Ich öffne die Flasche und nehme einen ordentlichen Zug daraus, ehe ich meine Krawatte löse. Das bescheuerte Ding nervt mich sowieso immer. Achtlos werfe ich meine Krawatte auf den Fußboden und schmeiße mein Sakko gleich noch dazu. Mit der Vodkaflasche ziehe ich zu meiner Couch und nehme dort einen weiteren kräftigen Schluck. Der Geschmack des Vodkas verteilt sich in meinem Mund und brennt meine Kehle hinab. So viel habe ich schon lange nicht mehr getrunken, doch es ist für heute noch nicht genug. Zu viele Erinnerungen sind noch da, die für heute Abend aus meinem Gedächtnis geschwemmt werden müssen. Meine Schuhe streife ich von meinen Füßen und mache es mir auf dem Sofa bequemer. Ich schalte den Fernseher ein und genehmige mir einen weiteren großen Schluck meines persönlichen Heilmittels für heute Abend. Trinken allein, ohne Gesellschaft, ist neu für mich, doch heute Abend werfe ich all meine Moral und meinen Anstand über Board. Ich will nur mehr den Schmerz in meiner Brust wegtrinken und alles rund um mich vergessen.

Bilder von Mavie tauchen auf. *Wir auf dem Ball, zusammen. Große Gefühle und im Hinterkopf diese bescheuerte Wette. Wie konnte ich nur um dieses Mädchen wetten? Mavies Lippen an meinen Lippen bei unserem ersten gemeinsamen Mal. Tiefe Gefühle und ein leeres Bett am nächsten Morgen.*

Ich wache kurz auf und nippe ein weiteres Mal an der Flasche, ehe ich wieder eindöse.

Meine Mum, ihr Lachen. Ihre Lebendigkeit und dieser Schmerz. Wut und Hass mischen sich zu meinen Gefühlen, und mein Dad, der meine Mum verlassen hat.

SECHZEHN

MAVIE

Heute ist der Tag, der mir seit Tagen Herzklopfen beschert. Jason und ich werden eine Woche zusammen auf Hawaii verbringen – als Mann und Frau. Mit gepackten Koffern mache ich mich frühmorgens auf den Weg zur Arbeit, damit Jason und ich von dort aus gemeinsam zum Flughafen fahren können. Gestern habe ich mindestens den halben Nachmittag damit verbracht meinen Koffer zu packen. Das war gar nicht so einfach und zum Schluss habe ich meine Freundinnen Stella und Ava gebeten mir beim Packen zu helfen. Es ging auch wirklich um wichtige Fragen, denke ich schmunzelnd. Schwarzer Bikini oder doch der rote? Wie viel Ausschnitt darf mein Badeoutfit haben, ohne zu sexy, aber auch nicht spießig zu wirken? Schließlich entschied ich mich für den schwarzen Bikini, der ein bisschen mehr Haut als der rote bedeckt und dennoch nicht prüde wirkt. Die letzten beiden Wochen hat sich ein Spiel zwischen Jason und mir entwickelt. Er versucht mich durch heiße Spielereien zu necken und ich versuche ihn mit meinen Reizen verrückt zu machen. Natürlich läuft nichts zwischen uns und, Gott bewahre, so wird es auch bleiben, aber dieses Necken heizt die Stimmung zwischen uns Tag für Tag an. Für die Tage auf Hawaii habe ich mir geschworen, meine Finger bei mir zu lassen und nach Alkohol ist es mir im Moment sowieso nicht. Ich werde standhaft bleiben, das nehme ich mir vor.

Bei Jasons Firma angekommen, fahre ich mit dem Aufzug in die Chefetage. Meine Koffer im Schlepptau, ernte ich gleich einen überheblichen Blick von Hannah, die den Aufzug im selben Moment betritt wie ich. Ihre roten Haare richtet sie akkurat nach hinten und deutet auf meine Koffer.

»Scheint, als hätte der Chef Sie noch nicht satt. Es wundert mich, dass Sie ihn sogar auf eine Dienstreise begleiten, aber wer weiß, sein Interesse wird bestimmt nicht von langer Dauer sein.«

Ich versuche mich von ihren provokanten Äußerungen gar nicht aufziehen zu lassen. In dieser Firma gibt es nicht viele freundliche Mitarbeiterinnen und ich habe aufgehört, mir darüber Gedanken zu machen.

Als der Lift seine Türen öffnet, steige ich, ohne mich umzudrehen, aus.

Auf mein Klopfen an Jasons Tür wird nicht reagiert, also gehe ich hinein und treffe auf ein leeres Büro. Von Jason fehlt jede Spur, dabei hat er mir am Freitag noch zu verstehen gegeben, dass er montags pünktlich um 9 Uhr nach Hawaii fliegen möchte. Ich stelle den Kaffee, den ich für Jason vorbereitet habe, auf dem Schreibtisch ab und sehe mich im leeren Büro um. Keine Anzeichen, dass Jason heute schon hier gewesen ist. Ich weiß, er ist ordentlich, aber so penibel kann nicht einmal ein Jason sein. Der Schreibtischsessel lehnt gegen den Tisch, auf dem das MacBook samt einigen Dokumenten steht. Nichts Persönliches, weder ein Foto an der Wand noch auf dem Schreibtisch. Dieses Büro wirkt, als hätte Jason gar keine Persönlichkeit. Alles wirkt kahl, dunkel und wie ein Schrei nach Macht. Zum ersten Mal kann ich meinen Fokus auf dieses Büro legen, sonst dominierte Jasons Anwesenheit und ließ mich mich nicht auf meine Umgebung konzentrieren. Fast vier Wochen bin ich schon hier, und heute zum ersten Mal gelingt es mir, mehr von diesem Büro aufzunehmen als dessen Inhaber. Ein Blick auf meine Uhr verrät mir, dass es fast halb acht ist. Für einen Workaholic und pünktlichen Menschen wie Jason ist dieses Nichtaufkreuzen ziemlich eigenartig. Wartend setze ich mich auf einen der Sessel und gucke aus dem Fenster. Dieser Ausblick über die Stadt ist ein Traum und wäre ich Jason, dann könnte ich mich daran nicht sattsehen. Fünf Minuten später ist Jason immer noch nicht da und so langsam mache ich mir wirklich Sorgen. Wir wollten uns doch längst treffen, um früh genug in Hawaii zu landen, weil morgen das erste Treffen mit den beiden Geschäftsmännern auf dem Plan steht. Ich blicke auf mein Handy und überlege ihn anzurufen. Als er weitere fünf Minuten später immer noch nicht aufgetaucht ist, setze ich mein Vorhaben in die Tat um.

Ich drücke auf seinen Namen und höre das Läuten in der Leitung. Mailbox. Na toll, Jason ist nicht erreichbar.

»Jason ist alles in Ordnung? Wir wollten uns doch im Büro treffen, um pünktlich am Flughafen zu sein. Melde dich.«

Wo steckt er nur? Ich beschließe eine der Empfangsdamen zu fragen, vielleicht wissen sie, wo Jason ist. Möglicherweise ist ihm noch ein wichtiger Termin dazwischengekommen und er hatte keine Gelegenheit mich darüber zu informieren. Meine Koffer nehme ich vorsichtshalber gleich mit.

»Guten Morgen, weiß jemand von euch, ob Jason noch in einen wichtigen Termin verwickelt ist? Wir wollten uns hier treffen, um zum Flughafen zu fahren, und normalerweise ist er immer pünktlich.«

Die beiden werfen sich überhebliche Blicke zu, ehe sich eine der beiden an mich wendet.

»*Mr Neil* ist noch nicht im Haus, als seine persönliche Assistentin sollten Sie aber dafür sorgen, dass er seine Termine nicht verpasst.«

»Darum stehe ich ja gerade hier, vor euch, doch statt einem Hinweis ernte ich nur diese abfälligen Blicke«, sage ich genervt, nun reicht es mir, wenigstens habe ich versucht nett zu sein.

Erschrocken reißt Hannah die Augen auf und verschränkt ihre Arme vor der Brust.

»Ich bin gerade erst hier angekommen. Vielleicht ist Mr Neil noch zu Hause«, sagt sie nach meiner Ansage eine Spur netter.

»Gut, dann werde ich bei ihm zu Hause nachsehen, hoffentlich geht es ihm gut.«

»Ähm, brauchen Sie nicht die Adresse oder wissen Sie, wo Mr Neil wohnt?« Ein großes Fragezeichen legt sich über die Gesichter der beiden und ich merke, ich hätte mich beinahe verraten.

»Natürlich, stimmt, das habe ich ganz vergessen. Ja bitte, geben Sie mir die Anschrift, dann werde ich vor Ort nach ihm sehen.«

Hannah scheint auf dem Computer danach zu suchen und reicht mir kurze Zeit später einen kleinen Zettel mit Jasons Adresse. Der Ort, der vor vier Wochen mein Leben durcheinanderbrachte.

»Danke«, sage ich nur kurz und nehme den Zettel und den Schlüssel für Jasons Tür entgegen. Mit meinem Gepäck mache ich mich auf dem Weg zu Jason, um nachzusehen was los ist.

Vor dem Gebäude reihen sich gelbe Taxis aneinander und ich schnappe mir das erstbeste und gebe dem Fahrer Jasons Adresse. In meinem Bauch macht sich ein mulmiges Gefühl breit, hoffentlich geht es ihm gut.

Der Taxifahrer hält vor seinem Zuhause, einem schicken Gebäude, in dem Jason im letzten Stockwerk lebt. Ich bezahle den Fahrer und stecke ihm noch etwas Trinkgeld zu.

Zuerst läute ich an der Tür, doch niemand meldet sich durch die Freisprecheinrichtung. Ich versuche es erneut und hoffe Jason nicht gleich nackt mit irgendeinem Betthäschen in seiner Wohnung zu erwischen. Doch selbst wenn, dann weiß ich wenigstens, dass es ihm gut geht und er lediglich der größte Arsch der Welt ist.

Nochmals drücke ich die Klingel, doch auch der dritte Versuch bleibt unbeantwortet. Meine Uhr verrät mir, dass nicht mehr viel Zeit bleibt, wenn Jason pünktlich um neun Uhr fliegen möchte. Also entscheide ich mich, den Schlüssel zu benutzen und mir selbst Zutritt zu verschaffen. Mit dem Lift fahre ich in Jasons Etage und stehe nun direkt in seiner Wohnung.

Am Boden liegen seine Krawatte und ein Jackett. Eine Packung Chips liegt offen daneben und im Umkreis von drei Metern verteilt sich der Inhalt auf dem Boden.

»Jason, wo steckst du? Ist alles in Ordnung?«, rufe ich durch die Wohnung, doch statt seiner Antwort erhalte ich nur mein eigenes Echo. Diese Wohnung ist riesig und durch die minimalistische Einrichtung kommt sie mir noch größer vor.

Noch einmal rufe ich seinen Namen und bekomme wieder keine Antwort. Ich gehe weiter durch die Wohnung, schaue in die Küche, wo ich ein Dokument finde. Das Schreiben eines Arztes, über eine Charlotte Neil – Jasons Mum. Der Brief ist von einem Dr. Lenning unterzeichnet worden und darin geht es scheinbar um die Demenz seiner Mutter. Hat Charlotte tatsächlich Demenz? Sie ist doch noch keine 60

Jahre, wie kann das sein? Ich lasse das Schreiben auf der Küchenanrichte liegen und suche weiter nach Jason. Was hat das alles zu bedeuten? Im Wohnzimmer finde ich eine Flasche Vodka, die umgekippt auf dem Fußboden liegt.

»Jason!«, rufe ich erneut und mein Herz schlägt noch schneller in meiner Brust. Hoffentlich geht es ihm gut.

Ich stürme ins Schlafzimmer, der Weg ist mir nur zu vertraut, und finde Jason darin auf einem kleinen Sofa wieder. Halbangezogen liegt er dort und scheint tief zu schlafen. Oder ist er etwa bewusstlos?

Sofort hocke ich mich zu ihm und kontrolliere seine Vitalzeichen. Es geht ihm gut, stelle ich beruhigt fest und fahre vorsichtig durch seine Haare.

»Jason«, flüstere ich und ruckle leicht an ihm, in der Hoffnung ich könnte ihn so aufwecken.

Jason bewegt sich keinen Millimeter und scheint sich gestern mit dem Alkohol komplett weggeschossen zu haben.

Ich fahre zärtlich über seine Wange und spüre dieses tiefe Kribbeln in mir. Eine Welle der Sehnsucht legt sich über meinen Körper.

»Jason, was machst du nur?«, flüstere ich, als er im selben Moment seine Augen öffnet. Seine Mimik wird weicher und ein Lächeln legt sich auf seine Lippen.

»Mavie, du bist da«, haucht er und riecht dabei so intensiv nach Alkohol, dass ich bestimmt gleich selbst benebelt bin.

»Was hast du gemacht?«, möchte ich von ihm wissen und deute auf meine Armbanduhr.

»Wir müssen los, wir wollen doch nach Hawaii.«

Jason versucht sich aufzusetzen, torkelt aber noch immer und fasst haltsuchend nach meiner Hand.

»Meine Mutter, sie ...«, sagt er und zieht mich ruckartig zu sich auf das kleine Sofa das vor seinem Bett steht. Er kuschelt sich ohne Vorwarnung an mich und atmet entspannt aus. »Ich liebe dich, Mavie«, nuschelt er und beginnt wieder zu schnarchen.

Mein Herz hüpft wie verrückt in meiner Brust. Bitte was? Er liebt mich? Hat er das gerade tatsächlich gesagt? Jason ist komplett betrunken und ich darf seinen Worten keinen Glauben schenken, sagt mein Verstand zu mir, doch mein verräterisches Herz ist gerade unweigerlich auf Wolke 7.

»Jason, nicht schlafen«, sage ich und versuche ihn gleich wieder zu wecken. Dieser versucht sich zu wehren, hat aber gegen meine Hartnäckigkeit keine Chance. Ich unternehme alles, um ihn zum Aufstehen zu bewegen und schleppe ihn schließlich bis zur Dusche. Dort stelle ich ihn samt seiner Kleidung darunter und drehe das kalte Wasser auf. Jason schnappt nach Luft und stöhnt genervt. »Was soll das?«

»Glaub mir, später wirst du es mir danken«, sage ich, als mich Jason überraschend packt und zu sich unter die Dusche zieht. Das Wasser ist mittlerweile lauwarm, doch es sorgt dafür, dass meine Kleider wie eine zweite Haut an meinem nun komplett durchnässten Körper kleben. Jason wirkt durch das Wasser klarer und fokussiert mich mit seinem Blick.

Abwartend blicken wir einander in die Augen, die Stille legt sich wie ein Mantel um uns, der nur durch das Plätschern des Wassers durchbrochen wird. Mein Herz schlägt in einer Geschwindigkeit in meiner Brust, die nicht mehr gesund sein kann, und Jason nähert sich langsam meinen Lippen. Ein Sturm unaufhaltsamer Lust löst ein Feuer zwischen meinen Beinen aus, dessen Höhepunkt in einem heftigen Kribbeln in meiner Magengegend endet.

Nur mehr wenige Zentimeter trennen seine Lippen von meinen, als ich mich abrupt von ihm wegdrehe und aus der Dusche steige. Jason lehnt sich frustriert an die Duschwand und seufzt.

»Mavie, du bist die einzige Frau, die mich je zurückgewiesen hat. Damals hast du mich verlassen und heute auch, und dabei will ich nur dich!«

Seine Worte sorgen für Schmerz und gleichzeitig steigt Wut in mir auf. »Du hast es damals vermasselt, nicht ich! Gib nicht mir die Schuld für deine Fehler!«

Damit lasse ich ihn allein unter der Dusche stehen. Meine Kleidung ist komplett nass, also schlüpfe ich aus meinen Sachen und hole mir aus meinem Koffer ein neues Kleid. Ich warte im Wohnzimmer, bis er unter der Dusche fertig ist. Den Rest wird er hoffentlich auch ohne meine Hilfe schaffen. Im Wohnzimmer steht eine gepackte Tasche von Jason. Na, wenigstens etwas hat er geschafft – unseren Flug werden wir jetzt sowieso nicht mehr bekommen.

Überraschend geht die Tür der Wohnung auf und eine Dame kommt herein. Sofort erkenne ich sie wieder. Es ist die Haushälterin von Jason, die mich vor einem Monat halbnackt hier angetroffen hat.

»Hallo, das freut mich, dass ich dich wiedersehe«, sagt sie freundlich und reicht mir ihre Hand.

»Ich bin Mavie, ich, ich warte hier nur auf Jason«, stammle ich.

»Liebes, ich kenne deinen Namen. Jason hat mich nach deinem Verschwinden gelöchert. Er wollte wissen, ob irgendetwas vorgefallen ist, weil du einfach so verschwunden bist.«

Stirnrunzelnd blicke ich in ihr Gesicht. War Jason tatsächlich verletzt?

»Tatsächlich? Das war nicht meine Absicht, das tut mir leid.«

»Umso glücklicher bin ich, dass du wieder hier in seiner Wohnung bist. Vor vielen Jahren wurde Jason von einer Frau verletzt und seither hat er keine einzige Frau – außer dir – mit in diese Wohnung genommen.«

Ungläubig schüttle ich meinen Kopf, kann das wahr sein?

»Mavie«, auf einmal höre ich Jasons Stimme und seine Schritte, die näher kommen. Nur mit einem Handtuch um seine Hüften bekleidet, steht Jason mit nassen Haaren vor mir. Meinen Blick kann ich kaum von seinem nackten Oberkörper losreißen, der mich an ein Unterwäschemodel erinnert. Jasons Sixpack ist perfekt und als auch noch ein Wassertropfen von seinen Haaren über seine definierte Brust rinnt, kann ich meinen Blick nicht von ihm abwenden. Verstohlen beiße ich auf meine Lippe, als mir bewusst wird, wie lange ich ihn schon anschmachte. Schließlich reiße ich mich von seinem Anblick los und schüttle meinen Kopf.

»Du, du musst dich anziehen, wir müssen los. Unser Flieger. Den verpassen wir. Komm«, stammle ich und fasse mir an meine Stirn. »Zieh dich an und dann komm, habe ich gemeint«, mit rotem Kopf setze ich mich wieder auf das Sofa und versuche mein Herz an die wichtigste Regel dieser Woche zu erinnern: Zwischen Jason und mir wird nichts laufen!

»Du kannst mir gerne helfen«, neckt er mich und klingt gar nicht mehr so betrunken wie vorhin. Wie kann man nur so perfekt aussehen, nachdem man so viel getrunken hat? Dieser Mann bleibt mir auf so vielen Ebenen ein großes Rätsel.

SIEBZEHN

JASON

Der Tag gestern hat mich zerstört, aber so wie jedes Mal, stehe ich stärker auf als zuvor. Der Schmerz in den Augen meiner Mutter war zu viel und ich wollte den Abend aus meinem Gedächtnis verbannen. Als ich Mavie heute in meinem Schlafzimmer sah, fühlte sich meine Welt für einen Moment in Ordnung an.

In einem Hemd und in Jeans komme ich frisch geduscht wieder zu Mavie ins Wohnzimmer. Ihr Ausdruck, als sie mich vorhin nur mit einem Handtuch bekleidet gesehen hat, war voller Verlangen. Doch immer dann, wenn ich merke, dass Mavies Gefühle an die Oberfläche sprudeln, verschließt sie sich vor mir. Meine Gedanken wurden erst nach der Dusche wieder klar, alles was davor passiert ist, fühlt sich nach Watte in meinem Hirn an.

»Wir müssen einen neuen Flug buchen«, sagt Mavie nervös und springt vom Sofa auf.

»Wir kommen nicht zu spät und wir müssen auch

keinen neuen Flug buchen«, versuche ich sie zu beruhigen und schmunzle über ihren Hang zum Drama.

»Das ist nicht witzig«, protestiert Mavie. Ich gehe einen Schritt auf sie zu und stoppe sie, indem ich sie sanft an ihren Schultern berühre.

»Doch es ist witzig. Wir nehmen meinen Privatjet, wir können also gar keinen Flug verpassen.«

»Warum sagst du das denn nicht gleich?«, möchte Mavie mit großen Augen wissen.

»Du hast mich ja nicht danach gefragt!«, gebe ich ihr neckend zur Antwort – oh ich genieße diese Spielchen mit ihr. Irgendwie habe ich es mir zur Aufgabe gemacht, Mavie herauszufordern, bis sie mir erklärt, was damals genau passiert ist.

Genervt fuchtelt Mavie in der Luft herum und schmunzelt schließlich. »Du bist unmöglich, Jason Neil.«

Auf der Fahrt zum Flughafen gehen Mavie und ich unser Protokoll für die nächsten Tage durch.

»Wo haben wir uns kennengelernt?«, prüfe ich sie ab und ernte dafür ein genervtes Schnauben.

»Bei einem One-Night-Stand und du warst so begeistert von meiner Performance, dass du mir danach deine Liebe gestanden hast«, sagt Mavie angriffslustig und grinst süffisant.

»Ich wette, du sorgst für mächtig Eindruck, wenn du unsere Geschichte genau so erzählst«, sage ich schmunzelnd.

»Genau das wollen wir, oder nicht? Keine Sorge, ich werde die Sache mit der Ehefrau gut verkaufen und ihnen eine romantische Lovestory auftischen.«

»Danke, Mavie.«

»Kein Problem«, sagt sie. Ich bleibe an ihren dunklen Augen hängen, wieso nur müssen sie so eine Wirkung auf mich haben?

Vor dem Flugplatz hält unser Wagen und der Chauffeur öffnet die Tür. Mein Privatjet steht flugbereit auf dem Rollfeld. Mavie begutachtet das gute Stück und nickt anerkennend.

»Protzig wie in allen Belangen, aber es gefällt mir«, neckt sie und stupst mir leicht gegen meinen Oberarm.

Ich reiche ihr meinen Arm und Mavie hängt sich ein. Zusammen gehen wir die paar Schritte zum Flugzeug. Bevor wir einsteigen, bleibt Mavie abwartend stehen.

»Ich bin ewig nicht mehr geflogen«, sagt sie etwas zaghaft und knabbert an ihrer Unterlippe.

»Keine Sorge, ich bin ja bei dir. Vertrau mir, es wird dir gefallen.«

Mavie verdreht schmunzelnd ihre Augen. »Sagst du das allen Frauen?«

»Schätzt du mich so ein?«

»Ich glaube kaum, dass ich falsch liege mit meiner Einschätzung. Ich kenne dich, Jason Neil.«

Ich beobachte Mavie, die Probleme beim Schließen des Gurtes hat.

»Kann ich dir helfen?«, biete ich an, worauf Mavie dankbar nickt.

Vorsichtig helfe ich ihr beim Anlegen des Gurtes.

Unabsichtlich streift meine Hand dabei ihren Körper. Ein feines Kribbeln jagt durch mich hindurch, unsere Blicke verschmelzen für einen Moment miteinander. Wie kann ich diese Frau nur so sehr wollen, und gleichzeitig wissen, dass sie die größte Gefahr für mein Herz darstellt?

Der Pilot setzt zum Abheben an, das Flugzeug bewegt sich auf der Startbahn und Mavie umfasst mit ihren Händen mein Handgelenk. Beschützend lege ich meine Hand um ihre und kann mich erneut nicht ihrer Nähe entziehen. Nur wenige Augenblicke später befinden wir uns über New York, die Stadt wirkt von hier oben winzig klein. Ich ermutige Mavie, ihre Augen zu öffnen, und als sie das schließlich macht, wirkt sie ganz eingenommen von dem Bild, das sich ihr bietet.

»Ich habe noch was für dich«, sage ich und hole aus meiner Hosentasche eine kleine Schachtel heraus. Mavies erwartungsvoller Ausdruck liegt auf mir.

»Ich habe dir einen Ring gekauft, keine Sorge, ich mache dir jetzt keinen Antrag, das würde ich romantischer gestalten.« Mavie schmunzelt und legt ihren Kopf leicht schief, während ich die kleine Schachtel öffne.

»Aber ich dachte, als meine Fake Ehefrau solltest du wenigstens einen Ehering tragen.«

Mavie hält sprachlos eine Hand vor ihren Mund und blickt mit großen Augen auf das Schmuckstück, das ich nach ihrem missratenen Einkauf für sie gekauft habe.

»Das ist nicht möglich! Jason, genau diesen Ehering wollte ich kaufen. Wie, wie hast du?«

»Du wolltest genau diesen Ring?«

»Das ist der schrägste Zufall meines Lebens«, sagt Mavie, als ich ihn ihr an den Finger stecke. Er passt wie angegossen und macht sich hervorragend an ihrem Finger. Mavie bewundert den Ring an ihrem Finger und dreht ihn in alle Richtungen.

»Er ist wunderschön.«

»Ich möchte, dass du ihn nach unserer Zeit hier auf Hawaii behältst. Er soll dir gehören und ist ein Geschenk von mir.«

»Danke«, haucht Mavie und betrachtet den Ring erneut.

Nach mehreren Stunden Flug wird uns das Essen serviert und Mavie reibt über ihren Bauch. »Ich habe wirklich Hunger«, sagt sie und nimmt einen Bissen ihres Burgers. Eine Weile beobachte ich sie noch, ehe ich selbst zu essen beginne. Schön, eine Frau mit Appetit zu sehen, das gefällt mir. Nach dem Essen reiche ich Mavie eine Decke, und sie schaltet einen Film für sich im DVD-Player ein, während ich mich meinem Laptop widme. Als ich ein paar Minuten später zu Mavie blicke, döst sie bereits. Vorsichtig nehme ich ihr die Kopfhörer aus den Ohren und decke sie noch mehr zu, damit ihr auch nicht kalt wird. Erinnerungsfetzen von heute Morgen kommen zurück: *Mavie in meinem Badezimmer, zusammen mit mir unter der Dusche. Ihr nasser Körper mir dabei so nahe.*

»Sir, wir landen gleich«, informiert mich die Flugbegleiterin. Ich stecke meinen Laptop in meine Tasche und lege Mavie vorsichtig den Sicherheitsgurt an. Mavie öffnet blinzelnd ihre Augen, und schmunzelt, als ich mich wieder auf meinen Sitz lehne.

»Danke«, sagt sie und greift erneut nach meiner Hand.

Wie selbstverständlich lege ich ihre Hand in meine und dann landen wir in unserer Woche als Mann und Frau.

Draußen ist es bereits dunkel, die Nacht legt sich wie ein schwarzer Mantel um Hawaii. Der Vollmond wirkt hier draußen viel größer als in der Stadt.

»Morgen können wir gleich an den Strand gehen. Unser Dinner mit Mr Rashid und Mr Abadi ist erst für den späten Nachmittag geplant. Natürlich nur, wenn du Lust hast«, schlage ich Mavie vor, als wir die Treppe des Privatjets hinuntergegangen sind.

Mavie nickt und fällt mir voller Freude um den Hals. »Danke, Jason!«

Als sie mich wieder loslässt, kann ich das Grinsen aus meinem Gesicht einfach nicht vertreiben.

»Du weißt aber schon, dass hier nichts laufen wird zwischen uns …«, sagt Mavie in einem strengen Ton.

»Mhm, schon klar.« Abwartend stecke ich meine Hände in meine Hosentasche und lecke über meine Lippen.

»Jason, ich mein das ernst«, versucht sie es noch etwas energischer.

»Mavie, ich habe noch nie etwas ernster genommen als die Sache zwischen uns beiden.«

ACHTZEHN

MAVIE

Spätnachts kommen wir an der Hotelanlage an. Dafür, dass der ganze Komplex abgerissen und neugestaltet werden soll, macht er von außen einen schönen Eindruck. Gut, das schlechte Licht könnte natürlich täuschen, doch ich schließe diesen Ort gleich in mein Herz. Ein Portier hilft mit unseren Koffern und Jason und ich gehen zum Empfang. Ich bin müde und gleichzeitig komplett aufgekratzt. Der Morgen mit Jason, und vor allem seine Worte, haben mich durcheinandergebracht und ich brauche dringend etwas Ruhe und Abstand von ihm.

Am Empfang des Hotels sitzt eine ältere Dame, die freundlich lächelt, als wir sie erreicht haben, müde lächle ich zurück und kann ein Gähnen nicht unterdrücken.

»Guten Tag, für uns wurden zwei Zimmer gebucht. Mein Name ist Mr Neil und ich bin ein Gast von Mr Abadi und Mr Rashid«, stellt sich Jason vor und teilt der netten Dame mit, dass ich seine Ehefrau bin.

Die ältere Dame nickt und blickt in ihren Computerbildschirm. »Freut mich, dass Sie unsere Gäste sind. Hier habe ich auch schon die Zimmerkarte für Sie. Viel Freude«, sagt sie und reicht Jason eine Karte.

»Funktioniert die Karte denn für beide Hotelzimmer?«, mische ich mich ein, während ein Adrenalinstoß durch meinen Körper wandert und eine schlechte Vorahnung sich bemerkbar macht.

Schmunzelnd deutet die Dame zwischen Jason und mir hin und her, ehe sie ihren Kopf schüttelt. »Also ich habe noch nie gehört, dass Eheleute nicht im selben Zimmer schlafen. Mr Abadi hat selbstverständlich nur ein Zimmer für Sie reservieren lassen.«

Schockiert blicke ich zu Jason, der nur mit seinen Schultern zuckt.

»Das geht aber nicht«, protestiere ich und Jason boxt leicht gegen meinen Oberarm. Er will mir ein Zeichen geben und mich ermahnen still zu sein, doch in mir läuten alle Alarmglocken. Ich kann mir auf keinen Fall das Hotelzimmer mit ihm teilen.

»Mein Mann schnarcht, ich kann mir unmöglich das Zimmer mit ihm teilen«, lüge ich und bin selbst überrascht über meine Spontanität.

»Es tut mir wirklich leid, alle anderen Zimmer sind ausgebucht«, sagt sie und reicht mir eine dieser Kopfhörer-Schrägstrich-Ohrstöpsel-Packungen, die man aus dem Flieger kennt und schenkt mir ein mildes Lächeln. Ich nehme ihr die Ohrstöpsel ab und drehe sie stumm in meiner Hand herum. Wirklich großartig, das hat mir gerade noch gefehlt.

»Darling, lass uns auf unser Zimmer gehen«, sagt Jason und klingt dabei so selbstgefällig, als hätte er nur auf diese Schicksalswendung gehofft, und legt mir als Höhepunkt noch seine Hand um meine Hüfte.

»Nimm deine Hand weg von mir«, zische ich und schiebe sie etwas unsanft fort.

»Wir sollen doch überzeugend wirken, oder nicht?«

»Wen willst du hier überzeugen? Die nette Frau an der Rezeption oder mich?« Ohne seine Antwort abzuwarten, gehe ich zum Lift und drücke auf den Knopf. Jason folgt mir mit der Zimmerkarte in seiner Hand und stellt sich stumm neben mich. Die Türen des Lifts gehen auf und ich betätige die Fünf für unser Stockwerk. Unerwartet drückt mich Jason ohne jede Vorwarnung gegen die Wand und berührt mit seiner Hand meinen Nacken. Er legt meine Haare zur Seite, mein Herz rast in meiner Brust. »Baby, ich muss dich gar nicht überzeugen – ich weiß, dass du mich willst!«, haucht er in mein Ohr und setzt einen Kuss auf meine Haut. Seine Berührungen sind wie Feuer und Eis für meinen erregten Körper und seine Nähe wirbelt alle meine Sinne durcheinander.

»Tu das nicht«, ermahne ich ihn und schlucke schwer. Mein Herz bebt in meiner Brust, und ich spüre es bis an meine Kehle schlagen.

»Weil du es nicht willst?«, möchte er wissen und rückt keinen Millimeter von mir ab. Wie lange kann so eine Liftfahrt eigentlich dauern? Wenn hier etwas erneuert gehört, dann definitiv dieser Aufzug.

»Doch«, dringt es aus mir heraus. Jason drängt sich enger an mich, und ich spüre seine harte Beule, an die ich mich nur zu gern reiben würde.

Aus heiterem Himmel dringen Erinnerungen von damals an die Oberfläche und lassen mich den Schmerz und den Verrat erneut spüren. »Aber es geht nicht«, sage ich und reiße mich von ihm los. Im selben Moment öffnen sich die Türen und ich versuche den Weg zu unserem Zimmer zu finden. Ich kann das mit Jason kein weiteres Mal ertragen, ich darf ihm nicht noch einmal nahekommen.

Wenige Schritte später haben wir zusammen das Zimmer 501 erreicht.

»Du machst das immer wieder!«, beschwert er sich hinter mir.

»Jason, lass das Thema einfach, es hat hier keinen Platz mehr.«

»Ich würde es sehr interessant finden, wenn wir einmal genau *darüber* sprechen könnten.«

Kopfschüttelnd schiebe ich mich an ihm vorbei in das Hotelzimmer, in dem unsere Koffer bereits auf uns warten. Ich spüre seinen Blick auf mir, doch ich versuche ihn nicht zu beachten, und gehe ins Badezimmer. Hinter mir schließe ich die Tür und lehne mich dagegen. Mein Herz hat sich immer noch nicht beruhigt und schlägt so schnell in meiner Brust, als wäre ich ein Tier auf der Flucht und so fühle ich mich gerade auch. Nicht, dass Jason ein gefährliches Raubtier wäre, diese Metapher wäre durch und durch falsch, aber seine Nähe macht mir Angst. Sie fühlt sie viel zu berauschend an und gleichzeitig bringt er mich komplett um meinen Verstand. Ich steige unter die Dusche und versuche meinen Körper wieder zu entspannen. Das warme Wasser schafft leider keine Abkühlung und heizt meine Erregung nur noch weiter an, also stelle ich das Wasser auf kalt und siehe da, nur wenige Minuten später fühle ich mich tatsächlich wieder auf Normaltemperatur.

Ich schlüpfe in mein Negligé, das mir für die Nacht mit Jason viel zu aufreizend vorkommt. Schwarzer, glatter, seidiger Stoff bedeckt nur so viel, dass es als Kleidung und nicht als Unterwäsche durchgeht. Das Minikleid reicht knapp über meinen Hintern, doch etwas Besseres habe ich jetzt nicht. Wer hätte denn damit gerechnet, dass ich die heutige Nacht zusammen mit Jason in meinem Zimmer verbringen muss?

Als ich aus dem Badezimmer komme, sitzt Jason gerade auf dem Doppelbett und blickt zu mir. Er mustert mich von oben bis unten, ehe er scharf ausatmet.

»Wow, du siehst heiß aus«, entkommt es ihm mit einer kehligen tiefen Stimme, als er vom Bett aufsteht und auf mich zukommt.

›Küss mich nicht‹ flehe ich zum Universum und bin dann doch enttäuscht, als er es tatsächlich bleiben lässt. Jason streift lediglich meinen Körper mit seinem, obwohl genug Platz wäre, und geht anschließend ins Badezimmer. Als wolle er mich provozieren, lässt er die Tür offen und mein Blick fällt verstohlen auf ihn. Wie in Zeitlupe befreit er sich aus seiner Hose und lässt danach seine Boxershort zu Boden fallen. Was für ein

Knackarsch, kommt es mir in den Sinn. Reglos stehe ich noch immer am selben Fleck und beobachte Jason, der unter die Dusche steigt und seinen Körper einzuseifen beginnt. Mein besonderes Augenmerk liegt dabei auf seinem Schwanz, den er mit Duschgel in seinen Händen massiert. Die Hitze in mir wird immer größer und ich spüre das Gefühl von Erregung zwischen meinen Beinen.

»Du darfst ihn gerne anfassen«, sagt er, als er für einen Moment das Wasser der Dusche gestoppt hat.

»Das hättest du wohl gerne«, fauche ich zurück und verdrehe genervt meine Augen.

»Wenn du es dir anders überlegst, du weißt ja, wo du mich findest«, neckt er mich und dreht das Wasser wieder auf.

Frustriert gehe ich ins Bett und mache es mir dort gemütlich. Mit den vielen Kissen baue ich eine Art Schutzwand zwischen uns, die verhindern soll, dass mir Jason zu nahe kommen könnte. Vielleicht soll mich diese Wand aber auch vor mir selbst schützen, denn in Jasons Nähe kann ich für nichts garantieren.

Ich blicke auf mein Handy und scrolle durch die neuesten Social Media Beiträge, als es mir fast aus der Hand fällt. Jason kommt nackt aus dem Badezimmer heraus und grinst schelmisch, als ihm mein verdatterter Blick auffällt.

Ich kann kaum anders, als auf seinen Körper und vor allem auf seinen Schwanz zu blicken. Es sollte verboten sein, so heiß zu sein. Sein Körper ist makellos und von seinem Glied brauche ich erst gar nicht anzufangen. Lang, groß, die perfekte Form, bei diesen Gedanken wird mir ganz warm und ich versuche meinen Blick von ihm wegzureißen.

»Ich habe es dir ja schon vorhin angeboten«, sagt er süffisant und bleibt direkt vor mir stehen.

Ich halte mir meine Hand vor meine Augen und taste nach einem der Kissen, das ich nach ihm werfe. »Zieh dir etwas an, das grenzt an sexuelle Nötigung!«, mahne ich ihn und blinzle durch meine Finger hindurch. Er sieht so verdammt attraktiv aus. Reiß dich zusammen, ermahne ich mich.

»Schon gut, schon gut«, murmelt er und schlüpft in eine Boxershort.

Abwartend bleibt er vor dem Bett stehen und deutet auf die Wand aus Kissen. »Für wen ist diese Sicherheitsmauer?«, fragt er spöttisch.

»Gute Nacht«, zische ich nur und drehe mich zur Seite.

Jason legt sich neben mich und flüstert »Gute Nacht, Mavie«, was mir ein heftiges Kribbeln beschert.

NEUNZEHN

JASON

Mavie liegt in meinen Armen, ich spüre ihre gleichmäßige Atmung und inhaliere ihren ganz eigenen Duft. Ich schmiege mich noch enger an sie und streichle über ihre glatten Gesichtszüge. An diesem Bild kann ich mich nicht sattsehen, so friedlich ist es normalerweise selten zwischen uns und ich weiß, sobald sie aufwacht, wird diese Ruhe vorbei sein. Noch einmal schließe ich meine Augen, ich möchte, dass dieser Morgen noch länger dauert und schlummere wieder ein.

»Jason, nimm deine Hände von mir«, kreischt Mavie hysterisch und reißt mich damit aus meinem Traum.

Verwirrt blicke ich mich im Hotelzimmer um. Mavie schiebt sich aus meiner Umarmung zieht ihre Beine an sich heran.

»Was ist mit unserer Schutzwand? Warum bin ich

in deinen Armen gelegen?«, fragt sie entsetzt und schüttelt ihren Kopf.

»Das weiß ich nicht«, sage ich mit einem leichten Grinsen.

»Du hast das absichtlich gemacht«, wirft mir Mavie vor und funkelt wütend.

»Das hätte ich doch gar nicht nötig«, verteidige ich mich und klettere aus dem Bett. Ihr Blick bleibt an mir haften.

»Denkst du ich etwa?«, zischt Mavie und verschränkt ihre Arme vor ihrer Brust, während sie noch im Bett sitzt.

»Gestern konntest du deine Augen auch nicht von mir losreißen«, necke ich sie erneut und Mavie flucht laut auf: »Du bist so ein Mistkerl!«

»Und hast du noch immer Lust mit dem Mistkerl an den Strand zu gehen?«, verhöhne ich sie, was ihr dann doch ein Schmunzeln entlockt.

»Wenn du deine Hände bei dir behältst.«

»Oh, ich hätte nie an etwas anderes gedacht.«

»Können wir diese Spielchen nicht einfach sein lassen?«, möchte Mavie wissen, als wir gerade zum Strand gehen.

»Welche Spielchen?« Unschuldig setze ich einen Hundeblick auf.

»Jason, du weißt genau, was ich meine«, sagt Mavie und bleibt dicht vor mir auf dem schmalen Weg zum Strand stehen.

Ich schüttle meinen Kopf und grinse. »Keine Ahnung, was du meinst.«

»Diese Spielchen ...«, sagt Mavie und kommt mit ihrem Mund meinen Lippen gefährlich nahe. »Bei denen du mit dem Feuer spielst«, haucht sie und macht eine kleine Pause. »Wir könnten uns sonst verbrennen und darauf habe ich wirklich keine Lust.« Sie hält meinem Blickkontakt stand, ihre Augen funkeln nicht nur vor Wut, sondern auch vor Erregung. Doch sie zieht sich erneut zurück und bringt Abstand zwischen uns.

»Du könntest auch einmal aufhören immer wegzulaufen«, kontere ich, was Mavies Wut noch größer werden lässt.

»Wenn du mir nie einen Grund gegeben hättest, dann wäre ich auch nie weggelaufen!« Mavie geht an mir vorbei zum Strand und legt ihr Handtuch dort auf eine freie Liege. Diese Frau macht mich wahnsinnig, denke ich genervt, als ich einen kleinen Lichtblick erkenne. Eine hübsche Blondine spaziert mit einer Freundin an mir vorbei und wirft mir einen interessierten Blick zu. Genau dieses Gefühl brauche ich jetzt. Selbst, wenn ich gerade an keiner heißen Nummer interessiert bin, tut es gut zu wissen, dass ich immer noch hoch im Kurs stehe. Dieses Gefühlschaos mit Mavie bringt mich mehr durcheinander, als ich mir eingestehen möchte.

Ich nehme mein Handtuch und lege es neben Mavie auf die Liege. Diese ignoriert mich gekonnt und starrt in ihr Buch.

Das Hotel liegt direkt an einem schönen Strand,

der für heute der perfekte Ort ist, bevor das große Dinner am Abend stattfinden wird.

Ein Angestellter des Hauses hat mir noch einen anderen Strand empfohlen. Ein Geheimtipp, der eher unter Einheimischen bekannt sein soll. Er liegt ein Stück von hier entfernt und, wenn es die Zeit zulässt, möchte ich diesen gerne die nächsten Tage mit Mavie zusammen besuchen. Mavie hat mir erzählt, dass sie schon sehr lange nicht mehr am Meer war, und darum möchte ich ihr hier eine schöne Zeit bereiten. Es sei denn, sie hat mich bis dahin auf den Mond geschossen.

»Ich werde ins Wasser gehen«, sagt Mavie nach einer Weile und steht von ihrer Liege auf.

»Soll ich dich begleiten?«

»Warum? Bist du mein Babysitter?« Gerade als sie ihren Satz beendet hat, kommt sie ins Wanken. Binnen einer Sekunde bin ich neben ihr und stütze sie, damit sie nicht das Gleichgewicht verliert. Vorsichtig helfe ich ihr auf die Liege zurück und setze mich zu ihr.

»Alles in Ordnung?«, möchte ich besorgt wissen und reiche Mavie gleich eine Flasche Wasser aus der Strandtasche.

Mavie trinkt einen kleinen Schluck und gibt mir die Flasche zurück.

»Ja, alles in Ordnung«, sagt sie. Sie ist blass und macht nicht den Eindruck, als ginge es ihr gut.

»Hast du heute schon genug gegessen und getrunken?«

Nickend bestätigt Mavie meine Fragen. »Alles in Ordnung, das war gerade nur mein Kreislauf, das liegt bestimmt an der Hitze. Du brauchst dir keine Sorgen machen«, versichert sie und versucht sich aufzusetzen.

»Langsam, damit ist nicht zu spaßen. Soll ich einen Arzt rufen?«

Wieder schüttelt sie ihren Kopf und verneint meine Frage. »Ich brauche keinen Arzt, das war wirklich gerade nur mein Kreislauf. Alles, was ich brauche, ist eine kleine Abkühlung im Wasser und dieses Mal wäre ich tatsächlich froh, wenn du mich begleiten würdest.«

»Keine Sorge, ich werde dich bestimmt nicht aus den Augen lassen.«

Mavie hat mir heute wirklich einen großen Schrecken eingejagt, als sie beinahe ohnmächtig wurde. Zum Glück ging es ihr danach besser und wir hatten einen für unsere Verhältnisse harmonischen Tag am Strand.

In meinem Smoking klopfe ich an die Badezimmertür, hinter der sich Mavie gerade für das Dinner mit Mr Abadi und Mr Rashid stylt.

»Komm rein«, ist es aus dem Badezimmer zu hören und ich öffne die Tür.

Mavie sieht großartig aus. Das schwarze Kleid mit dem tiefen Rückenausschnitt steht ihr ausgezeichnet und ihr Styling könnte nicht besser sein. Das erinnert mich an die Ballnacht vor so vielen Jahren, als ich sie von zu Hause abholte und ich mich in Sicherheit wog. Alles begann mit einer blöden Wette, die ich aber sofort über Board warf, als ich Mavie näherkam. Meine

Mum hat Mavie von Anfang an in ihr Herz geschlossen, für meinen Dad war sie hingegen nie gut genug. Wir würden in unterschiedlichen Ligen spielen, meinte er, dabei war es mir völlig egal, woher Mavie stammte. Mavie war die erste Frau, für die mein Herz schlug und auch heute, so viele Jahre später, ist sie die Einzige, die *mehr* in mir auslöst.

»Ich bin heute wirklich der glücklichste Mann«, sage ich und gehe einen Schritt auf Mavie zu.

»Ich wollte dich nicht enttäuschen«, sagt sie und ihre Wangen beginnen zu glühen. Ich liebe es, diese Wirkung auf sie zu haben.

Sie strahlt und blickt tief in meine Augen. »Du siehst auch toll aus«, haucht sie und wirkt dabei so süß schüchtern wie damals.

»Ich muss doch mit meiner Frau mithalten können«, sage ich schmunzelnd. »Danke, dass du hier bist und mich unterstützt.«

Ich reiche ihr meine Hand und hauche einen Kuss auf ihre Fingerknöchel, bevor wir unser Hotelzimmer verlassen.

Mit dem Lift fahren wir ins Erdgeschoss, wo wir uns mit Mr Abadi und Mr Rashid und deren Familien zum Dinner treffen werden. Es ist eine gute Möglichkeit gleich eine Bestandsaufnahme des Hotels zu machen und das Angenehme mit dem Nützlichen zu verbinden. Der Lift zählt die Stockwerke hinab und ich merke die Anspannung, die mehr und mehr zunimmt. Ich hoffe alles läuft genau nach Plan und es gelingt mir meine Geschäftspartner von mir zu überzeugen.

»Bereit Mrs Neil?«, frage ich Mavie, als sich die Türen des Lifts öffnen.

Es fühlt sich gut an, sie an meiner Seite zu wissen. Mavies Anwesenheit entspannt mich auf eine faszinierende Weise.

»Eigentlich nicht, aber jetzt gibt es sowieso kein Zurück mehr, nicht wahr?«, fragt sie grinsend und hängt sich bei mir ein.

Das Restaurant liegt direkt vor uns und wir werden gleich an unseren Tisch geführt, an dem meine Geschäftspartner und ihre Frauen bereits auf uns warten.

»Guten Abend«, begrüße ich die Runde. Alle Augenpaare sind auf Mavie und mich gerichtet.

»Mr und Mrs Neil, es freut uns, dass Sie unsere Gäste sind«, sagt Mr Rashid und reicht uns seine Hand.

Mr Abadi begrüßt uns freundlich und stellt danach die beiden Damen am Tisch vor. Wie ich es bereits vermutete, handelt es sich um die beiden Ehefrauen.

»Das ist meine Ehefrau Naila«, stellt Mr Abadi seine Frau vor, »und das ist Aleena, Mustafas Frau.«

Mavie und ich reichen den beiden Damen die Hände und werden aufgefordert uns an den Tisch zu setzen. Meine Geschäftspartner sind sehr westlich orientiert und das merkt man auch am Auftreten ihrer Frauen. Der Esstisch ist bereits mit unterschiedlichen orientalischen Speisen gefüllt und einladend gedeckt.

»Ich muss Ihnen mein Lob aussprechen, Ihre Kultur ist sehr interessant und ich möchte sie als wesentlichen Faktor für das neue Hotel nutzen.«

Mr Abadi und sein Partner werfen sich begeisterte

Blicke zu. »Das ist ganz in unserem Interesse«, betont Mr Rashid und erhebt sein Glas.

»In unserer Kultur wird kein Alkohol getrunken, daher werden wir mit einem Glas Saft unser Treffen feiern«, sagt er und prostet uns zu.

»So und nun bitte, bedient euch«, sagt Aleena und deutet auf die Speisen vor uns.

Während des Essens unterhalten wir uns bereits über das geplante Projekt und die beiden Geschäftsmänner erzählen von ihrem Hotel. Die Pläne meiner Mitarbeiter sind bereits auf Gefallen bei ihnen gestoßen.

»Das alles klingt wirklich sehr vielversprechend«, meint Mr Abadi und klopft mir auf meine Schulter. »Sie sind ein guter Geschäftsmann und ich fühle mich mit Ihnen an meiner Seite sehr sicher.«

»Das hört man gerne.«

»Mein Mann ist ein wahrer Gentleman, mit ihm an Ihrer Seite werden Sie nicht enttäuscht werden, das kann ich Ihnen versprechen.«

»Das höre ich gerne. Wie ich einst betonte, liegen uns Familienwerte am Herzen und ich bin sehr froh, dass wir in diesem Punkt mit unseren Idealen übereinstimmen.«

Mavie ist großartig in ihrer Rolle, und die Vorstellung, sie wäre tatsächlich die Frau an meiner Seite, gefällt mir.

»Wie haben Sie sich denn kennengelernt?«, möchte Aleena wissen.

»Die Geschichte über Ihr Kennenlernen würde mir auch gefallen. Wir hatten alle hier an diesem Tisch großes Glück«, sagt Naila und schenkt ihrem Mann einen verträumten Blick.

»Liebling, erzähl du unsere Geschichte«, fordert mich Mavie auf und legt ihre Hand auf meine, um dies zu verdeutlichen.

Kurz halte ich inne und möchte ihnen gerade unsere ausgedachte Geschichte erzählen, als ich mich entschließe sie ein bisschen umzumodellieren. »Mavie und ich sind uns schon in der Highschool begegnet. Damals war für mich schon klar, dass ich keine andere Frau will als sie.«

»Eine Highschool-Liebe, das ist richtig süß«, wirft Naila ein.

»Doch, wie es so oft kommt, führte uns das Leben auseinander. Ich habe immer wieder nach ihr gesucht und ein paar Mal war ich tatsächlich kurz davor mit Mavie Kontakt aufzunehmen.«

»Du hast nach mir gesucht?«, möchte Mavie mit einem überraschten Blick wissen.

Ich nicke und streichle liebevoll über Mavies Hand. »Ja, ich habe nach dir gesucht, aber irgendwie fehlte mir der Mut dich zu kontaktieren«, sage ich an Mavie gewandt und widme mich dann wieder den restlichen Anwesenden am Tisch. »Plötzlich begegnete sie mir Jahre später in einer Bar. Mein Herz war ihr vom ersten Moment an verfallen und all die Jahre konnte ihr keine andere Frau das Wasser reichen.«

»Wie süß«, sagt Aleena und lächelt verträumt.

»Ich wollte immer nur dich«, sage ich und drehe mich wieder zu Mavie, deren Augen sich vor Rührung mit Tränen gefühlt haben.

»Das klingt so romantisch«, seufzt Naila, und Aleena stimmt ihr zu.

»Und Ihr Ehering ist so schön«, meint Aleena und deutet auf Mavies Ring.

Stolz präsentiert sie ihn vor den beiden Damen und erntet dafür anerkennende Blicke, genauso, wie ich es beabsichtigt habe.

»Unsere Frauen haben Sie schon auf Ihrer Seite Mr Neil und ich bin mir sicher, wir können den Vertrag nächste Woche abschließen. Wir werden Ende der Woche in New York sein und wir würden alle Abschlüsse gerne bei Ihnen zu Hause unterzeichnen. In unserer Kultur ist es wichtig, die Vertragspartner gut genug zu kennen, ich hoffe, Sie verstehen das?«

»Natürlich, selbstverständlich«, sage ich und reiche ihm meine Hand für einen besiegelnden Handschlag.

»Ich danke Ihnen für den schönen Abend und freue mich auf unser Treffen in New York«, sagt Mr Rashid und reicht mir seine Hand. Wir verabschieden uns von Mr Rashid, Mr Abadi und ihren Frauen und gehen zusammen zurück.

»Du warst großartig als meine Ehefrau«, sage ich euphorisch, als wir am Lift angekommen sind und sich die Türen öffnen. Diese einzigartige, knisternde Spannung legt sich zwischen uns und lässt mein Herz einen Takt schneller schlagen.

»Das war gar nicht schwer an deiner Seite und es war ein wirklich schöner Abend«, sagt Mavie und senkt ihren Blick.

»Wir hätten schon ein tolles Paar abgegeben ...«,

beginne ich zu sagen, stoppe meinen Satz aber, bevor ich ihn beendet habe.

Mavie blickt in meine Augen, Schmerz und Verlangen mischen sich darin und sie möchte gerade etwas sagen, als der Lift aufgeht und uns diesen Moment stiehlt.

ZWANZIG

MAVIE

Es fiel mir gerade echt schwer, mich im Lift nicht direkt auf ihn zu stürzen. Als einziger Zufluchtsort fiel mir das Badezimmer ein, in dem ich mich unter einem Vorwand verschanzt habe.

Vielleicht muss ich diese Spannung loswerden, um ihn endgültig aus meinem Herzen zu verbannen.

Mit einem tiefen Atemzug beschließe ich dem vielleicht dümmsten Impuls meines Lebens nachzugehen. Ich drücke die Türklinke nach unten und öffne die Tür, als Jason im selben Moment vor mir steht.

»Mavie.« Seine Stimme klingt erregt, seine Atmung ist beschleunigt und seine Augen blicken lüstern in mein Gesicht. »Können wir …«

»Psst, lass uns jetzt nicht reden«, unterbreche ich ihn und lege sanft meinen Zeigefinger auf seine Lippen. Jason haucht einen Kuss auf meinen Finger und zieht mich näher an sich. Dieses Mal weiche ich nicht zurück, sondern schlinge meine Arme um seinen Nacken. Unsere Lippen begegnen einander zu einem

Kuss, der meinen Körper in Sphären bringt, von denen ich nicht genug bekommen kann. Warm und weich spüre ich seine Lippen auf meinen, es ist der Kuss, auf den mein Herz so lange gewartet hat und den mein Verstand mit aller Macht zu verhindern versuchte. Das alles ist jetzt gerade in diesem Moment nicht wichtig, alles, was zählt, ist das Hier und Jetzt. Jason presst seinen Körper an meinen und hebt mich auf seine Hüften. Unser Kuss wird gieriger und unsere Zungen gehen auf Erkundungstour. Ein Spiel aus Geben und Nehmen entsteht. Ich will mehr von ihm, viel mehr. Jason trägt mich zum großen Doppelbett, das in der Mitte des Hotelzimmers steht. Vorsichtig lässt er mich hinunter und klettert auf mich. Ich spüre seine harte Erregung an meinem Schenkel und drücke ihm mein Becken entgegen. Jason schiebt einen Träger meines Kleides zur Seite und bedeckt meinen Nacken mit Küssen.

»Du bist so verdammt heiß«, stöhnt er, als er meine Brüste aus meiner Spitzenunterwäsche befreit. Meine Nippel sind vor Erregung steinhart und bekommen kaum genug von Jasons Liebkosungen. Stöhnend lege ich meinen Kopf nach hinten und genieße seine Berührungen auf meiner erhitzen Haut. Mein Körper prickelt vor Lust und in meinem Bauch sind Hunderte Schmetterlinge aktiv.

Jason bedeckt meinen Körper weiter mit Küssen und leckt mit seiner Zunge über meine Haut. Immer weiter hinunter arbeitet er sich vor und befreit meinen Körper vom letzten Stück Stoff. Zuerst lässt er einen Finger an meine sensibelste Stelle wandern, ehe er sie mit seiner Zunge zu verwöhnen beginnt. Ich kralle mich im Lacken fest und stöhne heftig vor Erregung auf. Ich spüre die Welle der Lust, die meinen Körper komplett mitnimmt und mich erneut heftig stöhnen lässt.

»Jason, ich will dich so sehr«, flehe ich und setze mich ein Stück auf, um ihm sein Shirt über den Kopf zu ziehen. Sein blanker Oberkörper versetzt meine Hormone in Wallung. Mit meiner Hand gleite ich über seine definierten Bauchmuskeln und danach weiter hinunter an seine feinen Härchen. Ich öffne schließlich seine Anzughose, um sein hartes Glied daraus zu befreien. Sein strammer Schwanz steht empor und lässt mich das Feuer in meinem Unterbauch noch deutlicher spüren.

Mit einem spitzbübischen Grinsen beugt er sich über mich und streichelt behutsam über meine Wange. Wir verschmelzen für einen Augenblick miteinander und ich weiß, dieser Moment wird sich unweigerlich in mein Herz einbrennen. Sein Schwanz zuckt an meiner Perle, ich kann es kaum erwarten ihn in mir zu spüren.

»Komm in mich«, hauche ich.

»Nichts lieber als das. Kondome brauchen wir dieses Mal auch nicht?«, möchte Jason wissen, was ich mit einem Kopfschütteln verneine.

»Dank des Stäbchens nicht.«

Jason legt eine Haarsträhne hinter mein Ohr und bedeckt meine Lippen mit einem weiteren Kuss, als er langsam in mich hineingleitet. Zentimeter für Zentimeter schiebt er sich in mich und heizt so das Feuer noch weiter an. Es ist ein Gefühl von Vollkommenheit, als er komplett in mir versunken ist. Für einen Moment bewegt sich keiner von uns, es ist, als wollten wir diesen Zustand der Schwerelosigkeit aufsaugen und nicht mehr loslassen. Ich blicke in seine stahlblauen Augen und weiß, er ist in diesem Moment genauso verloren wie ich.

Jason beginnt sich in mir zu bewegen. Wir passen unser Tempo einander an und erreichen Perfektion in unserem Tun. Immer schneller bewegen wir uns während unsere Zungen in einen Tanz versunken sind. Jason dringt mit rhythmischen Bewegungen in mich ein und bringt mich damit komplett um meinen Verstand. Es fühlt sich wie eine Druckwelle an, die immer näherkommt und mich komplett mitnimmt auf eine sinnliche Reise. Ich stöhne laut und heftig und versuche erst gar nicht leise zu sein. Es ist mir dabei völlig egal, was die anderen Gäste denken. Wir sind gerade Mr und Mrs Neil, die ihren Spaß als Ehepaar genießen, und die sich dabei viel näher sind, als es jedes Spiel zulassen würde. Ich spüre, wie sich ein heftiger Orgasmus an mich heranpirscht und sich schließlich in einer Explosion entlädt. Jason stöhnt laut meinen Namen, als ein Orgasmus auch durch seinen Körper fegt, und er sich in mir ergießt.

EINUNDZWANZIG

JASON

Mavie ist mir so nahe wie schon lange nicht mehr und bringt mein Herz kräftig zum Schlagen, nicht nur deshalb, weil ich es ihr so heftig besorgt habe, sondern weil sie mein Innerstes auf so vielen Ebenen berührt.

Mit meinen Fingern streichle ich durch ihre welligen Haare. Mavie schmiegt sich an meinen Körper und zum ersten Mal macht sie nicht den Anschein, als würde sie weglaufen wollen. Mit ihrem Zeigefinger fährt sie kreisend über meine Brust und atmet entspannt aus.

»Meine Mum leidet an Demenz«, breche ich das Schweigen. Mavie richtet sich etwas auf und blickt in mein Gesicht.

»Das tut mir leid«, flüstert sie. »Wie geht es dir damit? Hast du deshalb getrunken?«

Ich nicke und schlucke einen Kloß in meinen Hals hinunter. Über Gefühle zu sprechen, liegt mir gar nicht.

»Die ersten Anzeichen machten sich schon während der Ehe mit meinem Dad bemerkbar, aber solange sie in ihrem vertrauten Umfeld war, konnte sie gut damit umgehen. Als er sie verlassen hat, da brach ihre Welt auseinander. Sie verlor von einem Tag auf den anderen alles und die Demenz verstärkte sich. Ich konnte sie irgendwann nicht mehr allein lassen und dann musste ich einen Platz in einer betreuten Einrichtung für sie suchen.«

Mavie streichelt weiterhin über meine Brust und hört mir zu, während ich ihr die ganze Geschichte erzähle.

»Darum muss ich dieses Projekt bekommen. Mein Vater hatte all die Jahre eine zweite Frau und einen Sohn und zerstörte mit seinen egoistischen Machenschaften einfach alles. Ich möchte nie so werden wie er«, sage ich und erzähle zum ersten Mal einem anderen Menschen von meiner größten Angst.

Mavie richtet sich auf und legt ihre Hand auf mein Herz. »Jason, wenn du das nicht willst, dann wirst du nie so werden wie dein Vater.«

So liegen wir einfach nur da, Mavie in meine Arme gekuschelt und ich atme ihren Duft ein. Wir sind uns so nahe und zum ersten Mal seit Jahren komme ich ganz zu mir. Ich kann die ganze Anspannung loslassen. Die Sorge um meine Mum und der Hass für meinen Dad rücken in den Hintergrund.

»Was ist das mit uns?«, durchbreche ich die Stille, weil mein Inneres Antworten will. Was mir bei Mavie so wichtig ist, hatte bei einer anderen Frau noch nie eine Bedeutung.

Mavie dreht mir ihren Kopf zu und haucht einen Kuss auf meine Lippen. »Reicht dir das als Antwort?«

»Solange du nicht morgen Früh wieder aus meinem Bett verschwunden bist, ohne mir zu sagen, was los ist.«

Mavie spannt sich merklich an und atmet angespannt aus. »Das war nicht grundlos, und das wissen wir beide auch. Lass uns diese Woche nicht verderben, vielleicht ist diese eine Woche genau das, was wir beide brauchen.«

»Was meinst du damit?«, möchte ich wissen.

»Das Schicksal wollte uns noch einmal zusammenführen und gibt uns diese zweite Chance, hier auf dieser Insel unsere Geschichte neu zu schreiben, ohne Vergangenheit …«

Stirnrunzelnd lasse ich ihre Worte durch meinen Kopf gehen. »Und die Zukunft?«

»Wer weiß …« Mavie klettert auf mich und streift mit ihrem Finger über meine Bauchmuskeln und lässt ihre Erkundungstour bei meinem harten Schwanz bereits enden.

»Hast du noch einmal Lust?«, fragt sie keck. Was für eine Frage, von Mavie kann ich einfach nicht genug bekommen.

Dieses Mal scheint es, als wolle Mavie die Führung nicht abgeben und bestimmt das Tempo unseres Liebesspiels.

Unsere Lippen finden sich zu einem intensiven Kuss, als ich in sie eindringe. Mavies sinnliche Bewegungen bringen meinen Schwanz in Ekstase und sorgen dafür, dass wir beide nur kurze Zeit später unseren zweiten Höhepunkt finden. *Mavie ist meine Perfektion.*

Ich will ihren Körper immer wieder und wieder zum Beben bringen. Ich will, dass sie stöhnt und beim Stöhnen meinen Namen ruft. Heute. Morgen. Übermorgen. Ich kann gar nicht mehr genug von ihr bekommen.

Morgens werde ich durch ein Poltern auf dem Gang geweckt und blinzle ein paar Mal, bevor ich meine Augen öffne. Die Sonne scheint durch die offenen Vorhänge herein und ein Blick auf meine Uhr verrät mir, dass es bereits nach neun Uhr ist. So lange habe ich Jahre nicht mehr geschlafen, ich konnte es mir in meiner Position nicht erlauben. Es tut gut, einmal die ganze Verantwortung abzugeben und sich nur auf dieses eine Projekte hier auf Hawaii zu konzentrieren. Ich küsse Mavies Stirn und fahre ihr durch ihre welligen Haare. Wir haben gestern nicht darüber gesprochen, wo das Ganze zwischen uns hinführen wird, aber ich bin mir sicher, die Zukunft wird uns zeigen, was aus Mavie und mir wird. Dabei werde ich das Gefühl nicht los, dass etwas aus unserer Vergangenheit Mavie davon abhält, sich mir ganz und vollkommen zu öffnen. Wenn ich nur wüsste, was in ihr vorgeht. Zumindest liegt sie heute Morgen in meinem Bett, und das deute ich als ersten Schritt in die richtige Richtung.

Vorsichtig klettere ich aus dem Bett und schleiche ins Badezimmer, um mich zu duschen. Ich drehe das Wasser auf und steige unter die heiße Dusche. Die

Nacht mit Mavie war der Wahnsinn und der Gedanke daran reicht aus, damit mein Schwanz schon wieder steinhart wird. Gerade als ich an sie denke, öffnet sich die Tür des Badezimmers und eine nackte, wunderschöne Mavie kommt zu mir herein.

»Darf ich dir Gesellschaft leisten?«, fragt sie und fährt mit ihrer Hand über ihre nackten Brüste. Sie bringt mich tatsächlich um meinen Verstand.

»Sehr gerne.« Meine Stimme klingt rau und voller Verlangen. Mavie lächelt keck und kommt zu mir unter die offene Dusche. Das heiße Wasser legt sich um unsere nackten Körper und der Dampf hüllt das gesamte Badezimmer binnen Sekunden ein. Mavie blickt zu Boden, lässt das Wasser über ihre Haare, bis hinunter an ihre Zehenspitzen laufen und hebt schließlich ihren Blick.

Ein verspieltes Lächeln legt sich auf ihre Lippen, als sie über meinen Bartschatten fährt. Mit ihrer zweiten Hand berührt sie meinen Schwanz und umfasst ihn, langsam beginnt sie ihn auf und ab zu fahren. Stöhnend lege ich meinen Kopf nach hinten, das heiße Wasser läuft dabei über mein Gesicht. Verdammt, das ist besser als in all meinen Fantasien! Ich fokussiere Mavie wieder mit meinem Blick und hebe sie ein Stück hoch, sodass ich ohne Probleme in sie eindringen kann. Nur wenige Herzschläge später bin ich so tief in Mavie, dass ich das Gefühl habe, wir wären eins. Statt meine Augen zu schließen, will ich sie dieses Mal offen halten. Ich will sehen, wie sie kommt und sich mit mir verliert.

Ich dringe immer wieder in sie ein und bringe Mavie damit laut zum Stöhnen.

»Öffne deine Augen für mich«, bitte ich sie und Mavie macht, was ich ihr sage.

Während ich uns mit meinen Bewegungen zum Höhepunkt führe, blickt Mavie unentwegt in mein Gesicht. Ihr glühender Ausdruck und die Erregung in ihren Augen bringen mich dazu, so heftig wie noch nie in meinem Leben zu kommen. Wir beide finden gleichzeitig unseren Höhepunkt und statt mich aus ihr herauszuziehen, genießen wir diesen Moment noch für ein paar weitere Atemzüge.

ZWEIUNDZWANZIG

MAVIE

»Ich habe mit ihm geschlafen und das nicht nur einmal«, erzähle ich Stella am Telefon, während Jason ein spätes Frühstück für uns zusammenstellen lässt.

»Du hast was? Mehrmals?« Stellas Stimme überschlägt sich beinahe.

»Ich weiß es war …«

»Was ist denn aus deinem ›*Ich bleibe standhaft*‹ geworden? Du kannst doch nicht mit Jason erneut Sex haben, ach Mavie.«

»Stella, ich weiß, dass ich standhaft bleiben wollte. Es fühlte sich aber so richtig an und dann ist es einfach so passiert, verstehst du?«

»Fühlt es sich denn immer noch so an, als wäre es eine gute Idee?«, fragt Stella und klingt leicht besorgt. Ich weiß, sie macht sich Sorgen, weil sie damals mitbekommen hat, was er für eine linke Nummer abgezogen hat.

»Ich weiß es nicht«, gebe ich ehrlich zu und seufze.

»Aber es war schön und es tat gut, ihm so nahe zu sein. Also nicht nur körperlich, sondern ihm als Person. Ich weiß, er war damals ein Arsch, aber vielleicht hat er sich verändert. Ich bin die Letzte, die daran geglaubt hat, aber er wirkt gereift und gibt sich sehr viel Mühe.«

»Ich habe einfach nur Angst, dass er dich erneut verletzen könnte.«

»Ich weiß, ich habe auch Angst, aber mein Herz sagt mir, dass er sich wirklich verändert hat.«

»Menschen können sich ändern, vielleicht gehört er wirklich zu der Sorte, die klüger wurden, und wenn du glücklich bist, dann bin ich es auch«, meint Stella zuversichtlich.

»Das wäre schön, mit ihm ist es so anders als mit den anderen Männern, mit denen ich nach ihm zusammen war.«

»Sehr viele Männer waren das ja nicht«, meint sie und ich höre sie durch das Telefon glucksen.

»Ich weiß, es war einfach nie einer dabei wie ...«

»Jason«, beendet sie meinen Satz, als sich die Türklinke nach unten bewegt und Jason mit einem Korb Essen zurückkommt.

»Ich rufe dich wieder an, mach es gut.«

Jason stellt einen gefüllten Korb vor mir ab und grinst. »Ich hoffe du hast Hunger.«

»Oh ja, wollen wir hier im Zimmer essen?«

Jason schüttelt seinen Kopf und grinst schief. »Du brauchst nur deine Badesachen, wir werden am Strand frühstücken und das gute Wetter nutzen.«

Natürlich hat Jason nicht den hauseigenen Strand des Hotels gewählt, sondern einen abgelegenen Strand, dem ihm ein Mitarbeiter des Hotels empfohlen hat. Für Jason muss es immer das Besondere sein, aber genau das mag ich an ihm. Ich kann kaum genug vom Strand und dem Meer bekommen, es ist so wunderschön hier auf Hawaii.

Er parkt das Auto auf einen der Parkplätze, den Rest müssen wir wohl zu Fuß gehen.

»Warte, nicht aussteigen«, weist er mich an. Überrascht nicke ich und schmunzle, als Jason ganz gentlemanlike um das Auto läuft und mir die Tür des Wagens öffnet.

»Danke, was für ein Service. Daran könnte ich mich gewöhnen«, sage ich mit einem Zwinkern und reiche ihm meine Hand.

»Das ist mein geheimer Plan, ich steh immer zu deinen Diensten«, sagt Jason mit diesem intensiven Gesichtsausdruck, der seinem Satz noch mehr Nachdruck verleiht.

Mit dem Korb und unseren Badesachen gehen wir eine kleine Klippe hinunter zum Sandstrand. Der Strand ist menschenleer und so schön, wie man es nur aus Urlaubszeitschriften kennt. Palmen ragen in den Himmel und vor uns erstreckt sich der Ozean, dessen Farbe an ein mattes Türkis erinnert. Ich sauge diesen Anblick auf und speichere ihn tief in meinem Herzen ab.

Als wir den kleinen Weg nach unten gegangen sind, liegt der goldene Sandstrand vor uns. Ich schlüpfe aus meinen Schuhen und spüre nach Jahren wieder Sand zwischen meinen Zehen. Mein letzter Urlaub liegt so viele Jahre zurück und trotz des Hintergrunds unserer Reise, fühlt es sich genau danach an.

Wir suchen uns einen Platz und breiten dort unsere Decke aus. Ich spüre Jasons Blick auf mir, als ich aus meinem Kleid schlüpfe und genieße es von ihm beobachtet zu werden.

An Jasons nacktem Oberkörper kann ich mich kaum sattsehen. Sein verschmitztes Grinsen sorgt erneut für Hunderte Schmetterlinge in meinem Bauch.

Aus dem mitgebrachten Korb nehme ich ein Sandwich und genieße jeden Bissen.

»Ich mag es wirklich, wenn Frauen Appetit haben«, meint Jason und schmunzelt.

»Tja, da bist du bei mir an der richtigen Stelle«, kontere ich und schiebe mir zum Abschluss einen Teil der Banane in den Mund.

Jasons Blick ist einmalig, was Männer nur dabei denken, wenn eine Frau ganz unschuldig eine Banane isst ... »Es ist nur eine Banane«, necke ich ihn und schiebe sie mir weiter in den Mund.

»Ich weiß, und wenn ich ehrlich bin, macht es mich echt an.«

Ich gebe ihm einen kleinen Rempler und kuschle mich an ihn.

»Wir sind hier nur unter uns, nicht wahr?«, frage ich, was Jason mit einem Nicken erwidert.

Ich setze mich auf und knie mich vor ihn. Mit meiner Hand fahre ich langsam an seine Badehose und lecke über meine Lippen.

»Was hast du vor?«, möchte er überrascht wissen.

»Nach was sieht es denn aus?«

»Mavie, dafür könnten wir verhaftet werden und stell dir vor, wir müssten das jemanden ...«, plötzlich hält er inne und stöhnt kehlig, als ich seinen Schwanz mit meinem Mund zu verwöhnen beginne.

»Soll ich aufhören?«, necke ich ihn, denn seinem Stöhnen nach zu urteilen, gefällt es ihm.

Jason schüttelt seinen Kopf und verdreht seine Augen. »Nein, ich gehe jedes Risiko mit dir ein.«

Es gefällt mir, ihm diese Art der Befriedigung zu geben, und ich genieße es, dass ich ihm so viel Lust bereiten kann. Ich verwöhne seinen Schwanz und Jason stöhnt mehrmals laut auf. Sein Blick ist feurig und verschleiert sich mehr und mehr, bis er sich in meinem Mund ergießt.

Jason zieht mich in seine Arme und haucht einen Kuss auf meine Lippen.

»Wow, das war unglaublich«, sagt er mit kehliger Stimme und grinst schief.

Mit zerzausten Haaren wirkt er noch attraktiver als so adrett mit Anzug und Krawatte. Abwartend stehe ich auf und deute Richtung Meer. »Wer zuerst im Wasser ist«, wetteifere ich und laufe los.

Jason ist binnen Sekunden auf den Beinen und läuft mir hinterher. Er ist schnell, nicht umsonst gehörte er zu den besten Sportlern unserer Highschool. Kurz vor dem Ozean hat er mich eingeholt und packt mich an meiner Hüfte. Er hebt mich hoch und läuft mit mir weiter ins Wasser. Ohne Vorwarnung lässt er sich mit mir zusammen ins Wasser plumpsen. Das Wasser spritzt in mein Gesicht und ich lecke den salzigen Geschmack von meinen Lippen. Mein Herz fühlt sich frei und lebendig, ich bin so glücklich wie lange nicht mehr. Ich schwimme zu Jason, der nicht weit von mir entfernt im Meer steht. Gemeinsam tauchen wir unter und beim Auftauchen finden sich unsere Lippen zu einem leidenschaftlichen Kuss. Während im Hintergrund das Meeresrauschen zu hören ist, begegnen sich unsere Lippen gierig. Ich spüre ein einnehmendes, prickelndes Kribbeln, von meinem Haaransatz bis in meine Zehenspitzen und ein warmes Gefühl, das sich um mein Herz legt.

Dieser Tag reiht sich wohl in die Sammlung der schönsten Tage meines Lebens ein. Der Tag am Strand hätte nicht schöner sein können. Jason und ich genossen die Zeit sehr, dabei kam es mir so ungezwungen vor zwischen uns. Fast fühlt es sich so an, als würden diese eine einschneidende Nacht und seine Lüge nicht zwischen uns stehen. Ich merke, dass ich ihm zu verzeihen beginne und den Groll über seinen Betrug aus meinen Erinnerungen verbanne. Stattdessen legen sich Bilder eines neuen Jasons darüber – glückliche Bilder, die mein Herz berühren. Auch in meinem Bauch spüre ich ein neues Ziehen, das sich ein bisschen nach Schmetterlingen anfühlt und doch anders ist. Vielleicht liegt das an seiner Nähe und daran, dass ich gerade so glücklich bin.

Vor dem Spiegel richte ich meine Haare. Ich lege sie auf eine Seite und flechte einen Teil meiner Haare in einen seitlichen Zopf ein. Ich trage noch etwas Make-up auf und betone meine Augen mit dem richtigen Lidschatten. Ein weiteres Mal kontrolliere ich mein Aussehen und ziehe mir schließlich mein Cocktailkleid an. Es ist eines der schönsten Kleider, das ich besitze und es stammt noch aus einer Zeit, in der Geld nicht so eine große Rolle spielte wie heute. Es war eines der wenigen Sachen, die ich behalten habe, um wenigstens ein gutes Kleid für gewisse Anlässe zu besitzen. Heute bin ich froh, dass ich mich nicht davon getrennt habe, ich wusste, ich werde es noch brauchen. Ich ziehe es über meinen Körper und merke, dass es an meiner Oberweite mehr spannt als noch vor drei Monaten, als ich es das letzte Mal anhatte. Meine Brüste wirken wirklich größer. Vielleicht sind das aber auch Auswirkungen meines Hormonstäbchens, das ich mir vor vier Monaten einsetzen habe lassen. Seitdem bekomme ich meine Periode unregelmäßiger und dieses Mal ist sie sogar ausgeblieben. Mein Arzt hat mich aber bereits beim Einsetzen des Stäbchens über dieses Phänomen informiert und mir erklärt, dass das öfter vorkommen kann. Darum nehme ich es locker und freue mich eben über meine pralle Oberweite. Ein Stück ziehe ich das Kleid noch nach oben und schließlich sitzt es genau dort, wo es sitzen soll. Ich drehe mich vor dem Spiegel im Kreis und fühle mich ein bisschen wie Cinderella.

Ich bin bereit für einen weiteren Abend, an dem ich Jasons Ehefrau spiele, sage ich zu mir selbst. Nach dieser Nacht fällt es mir auch viel leichter in diese Rolle zu schlüpfen.

»Du siehst toll aus, umwerfend«, sagt er und haucht mir von hinten einen Kuss auf meinen Nacken. Es kribbelt in meinem ganzen Körper.

»Danke«, sage ich und drehe mich um.

»Jason, ich komme mir lächerlich vor«, beklage ich mich.

»Warum solltest du dir lächerlich vorkommen?«, will er wissen. Seine Stimme klingt aufgekratzt und ich weiß, dass er in diesem Moment spitzbübisch grinst.

»Na, weil ich eine Augenbinde trage und tapsig an unzähligen Menschen vorbeigeführt werde.«

Jasons kehliges Lachen ist zu hören, das in meinem ganzen Körper nachhallt. Es erinnert mich an früher, als alles so einfach schien zwischen uns. Diese aufkommenden schweren Gedanken vertreibe ich gleich wieder, gerade zählt nur das Hier und Jetzt. Diese Woche ist das, was wir beide so sehnlich brauchen, und was danach kommt, ist jetzt nicht wichtig.

»Hier ist niemand, der dich sehen kann«, versichert Jason und ergänzt, »und außerdem bist du süß, wenn du so tollpatschig bist.«

»Sehr lustig, vielen Dank auch«, kontere ich mit einer gewissen Ironie in der Stimme. Ich mag diesen kleinen Schlagabtausch zwischen uns.

Jason führt mich über Stufen hinunter ans Meer. Der Weg kommt mir bekannt vor, wir sind hier schon einmal gewesen. Es ist dennoch eine Herausforderung mich nur auf seine Führung zu verlassen und kommt einer Vertrauensprobe gleich. Normalerweise fällt es mir schwer, mich jemandem so zu öffnen und ganz zu vertrauen, doch heute fühlt es sich vollkommen richtig an.

»So, gleich haben wir es geschafft«, sagt Jason, als ich den Sand zwischen meinen Zehen spüre. Jetzt weiß ich auch, warum er unbedingt wollte, dass ich barfuß mit ihm mitkomme. Er ist immer für eine Überraschung gut. Zuerst ließ er mich im Glauben, wir hätten heute ein spontanes Treffen mit Mr Abadi und Mr Rashid und erst, als ich mich fertig gestylt hatte, legte er mir die Augenbinde um und bat mich um ein Date. Es verwundert mich nicht, dass er mich dazu an den Strand führt, wir beide lieben es hier zu sein.

Der Sand fühlt sich kalt zwischen meinen Zehen an, ich höre Möwen kreischen und Wellen, die ans Ufer branden. Ein Gefühl absoluter Freiheit schleicht sich in meinen Körper, gepaart mit Hunderten Schmetterlingen, die für ein zartes Kribbeln in meinem Bauch sorgen.

»Ich habe ein Geschenk für dich«, sagt Jason und räuspert sich.

»Ein Geschenk? Hältst du mir jetzt deinen Schwanz vor mein Gesicht?«, frage ich schmunzelnd.

»Mavie, nein. Was denkst du von mir?« In Jasons Stimme liegt gespielte Empörung, denn ich kann ihn leise lachen hören.

»Das war ein Witz, ich wollte die Stimmung nicht kaputtmachen.«

»Keine Sorge, das hast du nicht.«

Jason kommt näher auf mich zu und löst meine Augenbinde von hinten. »Du kannst deine Augen jetzt öffnen.«

Vorsichtig blinzle ich und glaube in einem dieser romantischen Hollywood-Filme zu sein. Mein Herzschlag beschleunigt sich in meiner Brust und noch mehr Schmetterlinge wirbeln aufgeregt in mir herum.

Vor mir erstreckt sich ein wunderschön vorbereiteter Platz, der von Fackeln umgeben ist. Auf dem Boden liegen weiße Teppiche, darüber spannt sich ein Baldachin, der mit Lichterketten geschmückt ist. Noch nie habe ich etwas so Schönes gesehen und ich kann kaum glauben, dass Jason das nur für mich gemacht hat.

»Wow«, ist alles, was ich herausbringe. Sprachlos drehe ich mich zu Jason um und falle ihm um seinen Hals. Nie hätte ich gedacht, dass jemals ein Mann so etwas Romantisches für mich vorbereiten würde und schon gar nicht Jason.

Unsere Lippen treffen sich zu einem verschmelzenden Kuss. Jason legt seine Hand um meine Taille und drängt seinen Körper enger an meinen. Ich kämpfe nicht mehr gegen dieses Feuer zwischen uns an, und lasse alle Gefühle an die Oberfläche, denn Jason ist alles, was mein Herz in diesem Moment will.

»Das war noch nicht alles«, haucht Jason und plötzlich beginnt im Hintergrund Musik zu spielen. Doch nicht irgendeine Musik, sondern unser Lied. Zu diesem Song haben wir damals auf dem Highschool Ball getanzt. Er mein Highschool Prinz und ich seine Cinderella.

Jason reicht mir seine Hand und bittet mich um

einen Tanz. Auf den nächsten Takt, tanzen wir zusammen. Nur wir beide, hier, an diesem einsamen Strand. Doch wie jedes Mal, wenn ich ihm so nahe bin, schleichen sich Bilder unserer Vergangenheit in mein Bewusstsein. Mein Herz ist bereit Jason zu vergeben und alles zu vergessen, doch in diesem Moment meldet sich mein Verstand wieder. Was, wenn er mich erneut so verletzt? Dieser Abend vor so vielen Jahren liegt wie ein Geheimnis über uns und keiner von uns findet den Mut darüber zu sprechen. Ich möchte einfach nur glücklich sein und unsere Vergangenheit hinter uns lassen.

»Alles in Ordnung?«, fragt Jason und berührt mit seiner Hand liebevoll meine Wange.

»Ja, jetzt ist alles in Ordnung«, antworte ich und setze einen zarten Kuss auf seine Lippen.

»Ich habe mich nur an damals erinnert, an den Ball und an unseren Tanz«, gestehe ich ihm und versuche meine schweren Gedanken zu vertreiben. Jason hat sich verändert, ist nicht mehr der Jason von früher, rufe ich mir ins Gedächtnis.

Ich lege meinen Kopf an seine Brust und zusammen bewegen wir uns langsam tanzend im Sand hin und her. Ich spüre seinen Herzschlag an meinem Ohr. Ich blicke an ihm hoch, Jason ist groß. Mindestens eineinhalb Köpfe größer, als ich es bin. Er schenkt mir einen tiefen Blick und dann treffen unsere Lippen aufeinander.

Ein paar Herzschläge später spüre ich Jason auf mir, während wir hier am Strand unter dem Baldachin auf einer Decke liegen. Er setzt heiße Küsse auf meinen Körper und saugt an meinem Hals, stöhnend kralle ich mich an seinem Rücken fest.

Seine harte Beule drückt sich durch seine Jeans an mein Becken und ich kann nicht länger warten und will ihn endlich in mir spüren.

Ich öffne seine Hose und helfe seinem harten Schwanz aus dieser Enge. Jason grinst schelmisch, als er in meine Augen blickt.

»Sag nicht, du willst hier an diesem Strand …«, ist er gerade dabei zu sagen, als ich ihn unterbreche.

»Genau das will ich.«

»Du bringst mich wirklich dazu, verrückte Dinge zu machen«, sage ich schmunzelnd.

»Ich?«, fragt er gespielt unschuldig und knabbert an meinem Hals.

»Ja, du.« Mehr kann ich gar nicht mehr sagen, weil ein Stöhnen durch meinen Körper jagt.

»Ich bekomme einfach nicht genug von dir«, knurrt Jason und schiebt mein Höschen zur Seite. Er dringt in mich ein und verharrt tief in mir. Jason überkreuzt meine Hände über meinem Kopf und findet eine Position, in der er mich noch tiefer nehmen kann. Er gibt mir genau das, was ich will und dringt immer wieder in mich ein, nur um sich dann wieder aus mir herauszuziehen. Unsere Zungen sind in einem heißen Spiel verfangen, während sich meine Lust ins Unermessliche steigert. Ich spüre, dass mein Orgasmus nicht mehr weit ist, und auch Jason stöhnt heftig in unseren feurigen Kuss hinein. Eine Welle der Lust rollt über mich und nimmt mich mit, ich habe das Gefühl in Tausend Teilchen zu zerspringen, ehe ich wieder eins werde.

»Ich komme«, hauche ich, und dann ist es Erlösung, als mein Orgasmus über mich schwappt, und Jason sich nur wenige Herzschläge später anschließt.

Schwer atmend lege ich mich neben Jason auf die Decke und schmiege mich an ihn. Ich kann dieses Glücksgefühl in mir einfach nicht stoppen.

DREIUNDZWANZIG

JASON

»Erzählst du mir, was all die Jahre in deinem Leben passiert ist?«, frage ich Mavie, nachdem wir lange Zeit einfach nur aneinander gekuschelt gelegen haben.

Mavie blickt in meine Augen und nickt schließlich.

»Nach der Highschool ging ich auf eine Uni, ich wollte Betriebswirtschaft studieren, ich konnte das Studium aber nicht abschließen.«

Die Fackeln im Hintergrund geben Mavies angespannten Gesichtsausdruck preis.

»Was ist passiert?«

Mavies zuckt mit den Schultern und atmet schwer ein und aus. »Wir hatten nie sonderlich viel Geld. Mein Dad und ich versuchten aber, uns, so gut es ging, über die Runden zu bringen. Die Zusage über mein Stipendium bekam ich vor dem Ball.«

»Ich weiß, daran erinnere ich mich. Ich war so froh für dich, dass du diese Unterstützung bekommen hast, denn du hast es dir wirklich verdient. Ich glaube, ohne deine Hilfe in Geschichte hätte ich meinen Highschoolabschluss vergessen können.«

»So ein Blödsinn, du hast eben nur den richtigen Stupser benötigt. Zu Beginn arbeitete ich neben dem Studium in einem kleinen Büro, dort wurde aber eine der Mitarbeiterinnen krank, und so musste ich mehr Stunden arbeiten. Zirka 300 Dollar verdiente ich in diesem Jahr zu viel und man strich mir das Stipendium.«

Fassungslos schüttle ich meinen Kopf. »Das kann man doch nicht einfach so machen!«

»Doch, das kann man«, sagt Mavie mit einem Schulterzucken. »Mein Dad wurde krank und irgendwann konnte er nicht mehr arbeiten. Ich verließ die Uni, suchte mir verschiedene Nebenjobs und versuchte uns über Wasser zu halten. Zum Schluss ging es ihm sehr schlecht, und es tat mir sehr weh, ihn so leiden zu sehen.«

Mavie kämpft mit den Tränen, ich ziehe sie in meine Arme und streichle zärtlich über ihren Rücken. »Das tut mir so leid, Connor war ein toller Mann.«

»Das war er wirklich. Ich habe nur noch diese Kette von ihm«, sagt sie und spielt mit der Kette um ihren Nacken. Ich war so ein Idiot, als ich ihr die Kette nicht gleich gegeben habe, aber wie sollte ich denn wissen, welche Bedeutung sie für Mavie hat.

»Er starb vor drei Monaten und danach hielt mich nichts mehr in unserer Heimat, ich zog nach New York und dann standst du da plötzlich in dieser Bar.«

»Dann war unser Wiedersehen hoffentlich eine gute Wendung?«

»Hoffentlich«, sagt sie und wirkt etwas nachdenklich.

Ich werde es ihr beweisen, dass unser Wiedersehen eine gute Wendung ist, wenn sie mich denn lässt.

Wie aus dem Nichts heraus beginnt es auf einmal zu regnen, doch Mavie reagiert so anders als jede Frau, mit der ich je zusammen war. Sie steht auf und beginnt im Regen zu tanzen. Ich beobachte sie und kann mich kaum an ihrem Anblick sattsehen. Der Regen durchnässt ihr Kleid und formt ihre Wellen zu wunderschönen Locken. Ich spüre in meinem Bauch einen Sturm tobender Schmetterlinge und kann ein Schmunzeln nicht zurückhalten. Von ihrer Lebensfreude lasse ich mich anstecken und genieße für einen Moment das Gefühl dieses reinigenden Regens.

»Du bist der pure Wahnsinn«, sage ich und ziehe Mavie in meine Arme.

Sie lächelt und legt ihren Kopf leicht schief. »Ich bin gerade einfach nur sehr glücklich«, sagt sie und stellt sich auf ihre Zehenspitzen, um einen Kuss auf meine Lippen zu hauchen.

»Ich bin auch sehr glücklich«, sage ich und streiche mit meiner Hand sanft über ihre Wange und berühre ihren Nacken, um sie noch enger an mich zu ziehen.

»Mavie, ich bekomme einfach nicht genug von dir.«

Völlig durchnässt kommen wir im Hotel an und nehmen erst einmal eine warme Dusche.

Heute ist unser letzter Tag auf dieser Insel, und wenn es nach mir geht, dann könnte unsere Fake Ehe noch viel länger bestehen. Die letzten fünf Tage mit Mavie waren Erholung pur. Ich habe jeden einzelnen Tag mit ihr genossen. Wir hatten neben den Terminen mit meinen Geschäftspartnern in spe noch sehr viel Zeit, um die Insel zu erkunden. Wir gingen wandern, waren am Strand und verbrachten viel Zeit zusammen im Bett. Man könnte behaupten, Sex liegt uns. Unsere gepackten Koffer sind schon in der Lobby und wir müssen uns jetzt von diesem Ort hier verabschieden.

»Ich möchte noch gar nicht zurück«, seufzt Mavie, als ich die Tür zu unserem Zimmer zuziehe.

»Wir müssen zwar zurück aus diesem Urlaub, aber wir können in New York da weitermachen, wo wir hier auf Hawaii aufgehört haben. Ich möchte dich nicht mehr in meinem Leben missen«, sage ich und streichle über Mavies Wange.

»Meinst du als deine Assistentin?«, fragt sie neckend.

»Liebend gerne als meine Assistentin, aber ich bitte dich noch viel mehr zu sein als das.«

»Ich würde es gerne probieren«, sagt Mavie nach den längsten drei Sekunden meines Lebens und macht mich damit sehr glücklich.

Hand in Hand gehen wir zum Lift. »Dieser Lift hat für so viel Kribbeln gesorgt«, sagt Mavie und stellt sich auf ihre Zehenspitzen, um einen Kuss auf meine Lippen zu hauchen.

Als unten die Türen aufgehen, traue ich meinen Augen kaum. Vor der Lobby im Empfangsbereich stehen mein Vater und mein Halbbruder William. In mir spannt sich alles an, und ich muss mich beherrschen, um nichts Unüberlegtes zu machen.

»Dieses Schwein, was will er hier?«, frage ich aufgebracht, doch Mavie hält mich zurück.

»Warte, beruhig dich«, ermahnt sie mich und hält mich an meiner Hand fest. »Mach jetzt nichts Dummes, Jason.«

Ich nicke stumm und gehe mit Mavie an die Rezeption, um unsere Zimmerkarte abzugeben und mich nicht von ihm provozieren zu lassen.

»So ein Zufall aber auch, dann stellt sich unser Aufenthalt als kleines Familientreffen heraus«, sagt mein Dad spitz und am liebsten würde ich ihm eine verpassen. Seit Jahren habe ich ihn nicht mehr gesehen, doch er hat sich kein Stück verändert. Seine Statur ist mächtig und dominant, genauso wie früher.

»Ihr seid nicht meine Familie und zum Glück reisen wir jetzt ab«, platzt es aus mir heraus.

»Wie dem auch sei, wir sind hier, um uns das Projekt zu sichern«, sagt er mit einer Arroganz in seiner Stimme, die in mir die pure Wut aufsteigen lässt. Abermals hält mich Mavie zurück und deutet auf die Dame an der Rezeption.

»Lass uns auschecken und zurück nach New York reisen, alles andere wird sich klären.«

Ich nicke und lasse kopfschüttelnd von meinem Dad und William ab. Warum auch immer sie hier sind, es hat nichts Gutes zu bedeuten. Das Projekt schien mir sicher, doch ich kenne meinen Vater. Er geht über

Leichen und sein Auftauchen hat ganz sicher etwas damit zu tun.

»Aus deiner Vergangenheit hast du auch nichts gelernt, was willst du von ihr? Hast du Lust, dass sie dir erneut dein Herz bricht? Du weißt doch: einmal Gosse, immer Gosse.«

»Lass dich nicht provozieren«, sagt Mavie noch, doch ihre Stimme dringt kaum mehr zu mir durch. Ich drehe mich zu meinem Vater um und sehe sein argwöhnisches Grinsen und seinen selbstgefälligen Blick.

»Heulst du jetzt etwa so wie damals, als sie dich abserviert hat?« In mir brennen alle Sicherungen durch und ich sehe rot. Ich stürme auf ihn zu und verpasse ihm einen Schlag in sein Gesicht. Meine Handknöchel brennen, doch mein Dad landet am Boden und reibt sich über seine Wange. William kniet sich treu wie ein Schoßhündchen neben ihn und blickt schockiert zwischen unserem Vater und mir hin und her.

»Bist du komplett irre? Das wirst du bereuen und deine kleine billige Freundin auch!«, ruft mein Vater mir nach.

»Du kannst *mir* drohen, aber lass Mavie da raus!«

VIERUNDZWANZIG

MAVIE

Ich werfe einen letzten Blick auf die Insel, bevor ich ins Flugzeug einsteige. Wir setzen uns auf unsere Plätze, an den Luxus des Privatjets habe ich mich immer noch nicht gewöhnt.

»Das mit deinem Vater tut mir leid«, sage ich und durchbreche die Stille, die uns seit dem Aufeinandertreffen mit seinem Vater umgibt.

»So ist mein Dad eben«, sagt er, während ich meinen Sicherheitsgurt anlege. Prüfend blicke ich danach in sein Gesicht, ich bin mir sicher, er möchte die Sache herunterspielen. Das kann ihn doch nicht so kalt lassen.

»Was sein Besuch wohl bedeutet? Ich dachte der Deal ist beschlossene Sache, warum kreuzt er hier nun auf?«

Jason zuckt mit seinen Schultern und fährt über seinen Bartschatten, so wie er es immer macht, wenn er selbst keine Antwort weiß. »Ich denke, er spielt die letzte Karte aus, um doch noch den Deal an Land zu ziehen. Hier geht es schon längst nicht mehr nur um das Projekt, hier geht es um etwas ganz anderes.«

»Nächste Woche werden Mr Rashid und Mr Abadi zum Essen kommen und ich bin mir sicher, sie werden den Vertrag unterschreiben«, sage ich und versuche Jason Mut zu machen.

Durch die Wucht des Abhebens wird mir schlagartig richtig übel. Ich spüre, wie sich dieses Gefühl von meinem Magen bis an meine Kehle drängt, und ich muss mit aller Macht dagegen ankämpfen, mich nicht gleich hier und jetzt auf meinem Sitzplatz zu übergeben. Was ist denn mit mir los? Zur Vorsicht halte ich meine Hand vor meinen Mund und versuche mich auf meine Atmung zu konzentrieren. Einatmen, Luft anhalten und wieder ausatmen. Die Welle der Übelkeit wird heftiger und ein merkwürdiger Duft, der hier in der Luft liegt, steigert dieses Gefühl nur noch mehr.

»Ist alles in Ordnung?«, fragt Jason besorgt und streichelt über meinen Arm. »Ist dir nicht gut?«

Ich schüttle meinen Kopf und kämpfe weiter gegen den Brechreiz an.

»Mir ist gerade richtig übel«, bringe ich heraus und konzentriere mich gleich wieder auf meine Atmung.

Jason reicht mir ein Wasser und hastig trinke ich einen kleinen Schluck. Ich warte kurz und trinke dann einen weiteren Schluck. Das Wasser beruhigt meinen angeschlagenen Magen und nach ein paar Minuten verringert sich auch die Übelkeit wieder.

»Das ist bestimmt nur wegen des wackeligen Flugs, ich hatte das als Kind auch öfter«, sagt Jason und reicht mir noch einmal das Wasser. »Meine Mum hat alle möglichen Tricks versucht, damit ich mich nicht ständig während des Fliegens übergeben musste. Irgendwann hat es aber dann von alleine aufgehört.«

»Danke, jetzt geht es mir definitiv wieder besser. Du hast recht, bestimmt lag es am Abflug, ich bin das einfach nicht gewohnt.«

Jason legt seinen Arm um mich und schmunzelt: »Daran darfst du dich an meiner Seite definitiv gewöhnen.«

Nach einem ruhigen Flug landen wir in New York. Meinem Magen geht es wieder gut und ich hatte sogar großen Appetit. Ich freue mich schon, Stella morgen zu sehen, aber für heute bin ich einfach nur müde.

»Brauchst du noch ein paar Sachen?«

Ich drehe mich zu Jason hinüber, der sich auf den Verkehr vor uns konzentriert.

»Wofür?«, möchte ich wissen.

»Sag nicht, du möchtest heute lieber in deiner Wohnung schlafen? Ich dachte, wir könnten dort weitermachen, wo wir aufgehört haben.«

Schmunzelnd lege ich meine Hand auf Jasons, während eine Flut Schmetterlinge durch mich saust. »Ich würde sehr gerne dort weitermachen, wo wir auf Hawaii aufgehört haben, das klingt nach einem guten Plan, Mr Neil.«

In Jasons Wohnung werden wir von seiner Haushälterin freundlich begrüßt.

»Wie schön, ihr seid zusammen zurück, das freut mich«, sagt sie und streichelt beim Eintreten freundlich über meinen Arm.

»Ich hoffe, ihr hattet eine schöne Zeit?« In ihren braunen Augen liegt so etwas Mütterliches, das mir sofort ein Gefühl von Geborgenheit schenkt.

»Danke, ja es war wirklich sehr schön. Das Meer war einfach ein Traum«, erzähle ich ihr und stelle meine Tasche im Wohnzimmer ab.

»Wenn ihr mich entschuldigt, ich muss noch kurz etwas am Computer arbeiten. Mavie, mach es dir doch schon einmal gemütlich«, bietet mir Jason an.

»Klar, kein Problem, ich bin hier in der Küche«, sage ich und küsse ihn zum Abschied.

Jason verschwindet in seinem Arbeitszimmer und ich fühle mich von einem auf den anderen Moment fast schon ein bisschen erschlagen von dieser großen Wohnung. Betreten blicke ich mich um und finde nicht so richtig meinen Platz.

»Du siehst ein bisschen blass aus, darf ich dir noch einen Tee oder eine Suppe zubereiten?«, fragt seine Haushälterin lächelnd.

»Ja, sehr gerne, ein Tee wäre toll. Ich fühle mich hier einfach noch ein bisschen fremd«, gestehe ich und setze mich auf einen der Barhocker.

»Das ist ganz normal, du wirst sehen, bald wirst du dich hier ganz zu Hause fühlen. Ihr seid ein wunderbares Paar, ich habe Jason schon lange nicht mehr so glücklich gesehen«, sagt sie und dreht mir den Rücken zu, um einen Tee zu kochen.

»Ich habe mich eigentlich noch nie so richtig vorgestellt«, sagt sie und stellt den Tee vor mir ab. »Ich bin Annabel, aber alle nennen mich Anna.« Sie lächelt freundlich und legt ihre dunklen, welligen Haare hinter ihr Ohr.

»Es freut mich, dass wir uns kennengelernt haben. Ich bin Mavie«, sage ich und reiche ihr meine Hand. Anna blickt für einen Moment in mein Gesicht und schüttelt schließlich meine Hand. Ein eigenartiges, kribbelndes Gefühl jagt auf einmal durch meinen Körper und ich ziehe meine Hand wieder zurück.

»Mavie, ein sehr schöner und seltener Name. Kennst du eigentlich seine Bedeutung?

Ich schüttle meinen Kopf und verneine ihre Frage. Darüber habe ich mir wirklich noch nie Gedanken gemacht.

»Er bedeutet *Singdrossel* und im Französischen auch *mein Leben*.«

»Das klingt sehr schön, weißt du über alle Namen so viel?«

Mit einem Lächeln zuckt sie mit ihren Schultern und dreht sich wieder zur Küche um. »Nur über ganz spezielle Namen.«

Was meint sie wohl damit? Stutzig nippe ich an meinem Tee. Er schmeckt ganz genauso, wie ihn mein Dad immer für mich zubereitet hat. »Der Tee ist sehr lecker, er schmeckt nach Honig und …«

»Einer Prise Zimt«, sagen wir beide im Chor, was uns schmunzeln lässt.

Eine eigenartige Verbindung liegt über Anna und mir, das spüre ich.

»Wie habt Jason und du euch eigentlich kennengelernt?«, möchte sie wissen, während sie die Küchenfläche abwischt.

»Jason und ich, wir kennen uns eigentlich schon sehr lange. Wir waren zusammen auf der Highschool, dann trennten sich unsere Wege.«

»Das klingt aber romantisch. Auf welcher Highschool wart ihr? Hier in New York?« Anna legt den nassen Schwamm in die Küchenspüle. Mit etwas Spülmittel beginnt sie die Teekanne auszuwaschen.

»Nein, nicht in New York. Wir stammen beide aus einer Kleinstadt, ich weiß nicht, ob dir der Name *Carlson* etwas sagt, es ist nicht weit von New York entfernt.«

Plötzlich rutscht Anna die Teekanne aus der Hand und zerbricht im Waschbecken in Hunderte Scherben.

»Oh, oh, nein«, stammelt sie und klingt sehr aufgewühlt.

»Ich bin mir sicher, das macht nichts. Ich werde dir helfen.« Ich hopse vom Barhocker herunter, um Anna beim Einsammeln der Scherben zu helfen.

»Nein, nein, schon gut, ich mache das«, sagt sie, ohne mich anzusehen. Ich bleibe neben ihr stehen und beobachte sie verdutzt, während sie die Scherben durch das Sieb lässt und den Häcksler einschaltet. Das laute Geräusch übertönt die Stille zwischen uns und nur kurze Zeit später sind alle Scherben verschwunden.

Anna scheint mit sich zu ringen und es dauert ein paar Sekunden, bis sie mich wieder ansieht. Irgendetwas hat sich in ihrem Blick verändert. »Und deine Eltern, leben sie noch in Carlson?«

Ich schüttle meinen Kopf und nage an meiner Lippe. Der Schmerz über den Tod meines Dads sitzt immer noch tief. »Ich habe keine Eltern mehr, mein Dad ist vor Kurzem gestorben.«

Anna schluckt schwer und ringt sichtlich mit sich. »Das, das tut mir sehr leid«, sagt sie mit gebrochener Stimme. »Ich muss jetzt nach Hause, es ist fast Mitternacht. Ich wollte nur noch sehen, dass Jason gut nach Hause gekommen ist. Wir sehen uns bestimmt morgen.« Ohne weitere Worte packt sie ihre Tasche und geht hastig aus der Wohnung.

Müde setze ich mich aufs Sofa und decke mich mit einer Decke zu. Wie lange Jason wohl noch brauchen wird? Das Gespräch mit Anna geht mir immer wieder durch meinen Kopf, bis meine Augen müde zufallen und ich einschlafe.

FÜNFUNDZWANZIG

JASON

Ich finde Mavie schlafend im Wohnzimmer vor. An diesen Anblick könnte ich mich gewöhnen, ich habe sie sehr gerne um mich. Vorsichtig hebe ich sie hoch und trage sie ins Schlafzimmer. Mavie hat wirklich einen festen Schlaf, denke ich schmunzelnd und lege sie ins große Doppelbett. Ich decke sie zu und kuschle mich an sie. So viel Frieden habe ich Jahre nicht empfunden, Mavie gibt mir mehr, als ich es je für möglich hielt.

Das Läuten des Weckers reißt mich aus meinem Schlaf, ich möchte Mavie in meine Arme ziehen, doch der Platz neben mir ist leer. Ein dumpfes Gefühl legt sich in meine Magengrube und ich bin sofort hellwach. Ich blicke mich im Schlafzimmer um und erkenne keinen Hinweis, wo Mavie sein könnte. Sie wird doch nicht schon wieder ... Plötzlich höre ich Schritte aus dem Vorraum, die näher kommen und dann steht sie vor mir.

»Guten Morgen«, flüstert sie und lächelt. Mein Herz beginnt sich zu entspannen, sie ist immer noch hier. Sie trägt ihr Businessoutfit, einen schwarzen Rock und eine weiße Bluse. Wann ist sie heute bitte aufgestanden?

»Guten Morgen, ich habe dich gar nicht gehört, ich dachte für einen Moment, du wärst vielleicht verschwunden.«

Mavie schüttelt ihren Kopf und kommt auf mich zu. »Nein, Jason, ich werde nicht einfach so verschwinden, das verspreche ich.« Sie haucht einen Kuss auf meine Lippen und dreht sich dann wieder zum Gehen um.

»Was hast du vor?«, möchte ich wissen. Mein Schwanz zuckt schon in meiner Boxershort und ich weiß genau, was er gerne möchte.

»Na, arbeiten gehen, was sonst? Komm zieh dich an, wir werden bestimmt schon im Büro vermisst.« Grinsend wirft sie mir einen Kuss zu und verschwindet wieder aus dem Schlafzimmer.

Ernüchtert gebe ich mich geschlagen und strecke mich noch einmal, bevor ich aus dem Bett aufstehe. Dann werde ich sie eben zu Mittag oder am Abend vernaschen. Vielleicht auch beides, ich bekomme einfach nicht genug von ihr.

Nach einer Dusche ziehe ich meinen Anzug an und binde meine Krawatte. Aus der Küche ist Musik zu hören und es duftet nach leckeren Pancakes. So könnte jeder Morgen beginnen. Ich kann es kaum erwarten zusammen mit Mavie in der Küche zu frühstücken.

»Lass uns die Sache nicht an die große Glocke hängen«, bittet Mavie, bevor der Lift in unserer Etage ankommt.

»Was, bin ich dir etwa peinlich?«, necke ich sie, worauf Mavie schmunzelnd ihre Augen verdreht.

»So ein Blödsinn«, sagt sie und legt ihre Hand zärtlich auf meine Wange.

»Sie werden dich sowieso heute Mittag stöhnen hören«, sage ich mit einem spitzbübischen Grinsen und lege meine Hände um ihre Taille. »Wollen wir wetten?«, necke ich sie.

Mavie haucht einen Kuss auf meine Lippen, ihr Blick ist voller Verlangen.

Ein ›Ping‹ ist zu hören und die Türen öffnen sich. Mavie rückt sofort von mir ab und bringt Abstand zwischen uns. Ihr Versteckspiel lässt mich noch mehr schmunzeln, das wird ein lustiger Arbeitstag heute.

Mit einem übergroßen Sicherheitsabstand läuft Mavie neben mir her zu unserem Büro. Die Blicke der anderen Angestellten sind ihr trotzdem sicher, nicht nur einmal musste ich miterleben, wie gehässig Frauen untereinander sein können. Mavie löst Neid aus, das ist mir klar, sie genießt als meine Assistentin besondere Privilegien und aus meinem Interesse an ihr, habe ich noch nie gut ein Geheimnis machen können.

Auf meinem Schreibtisch liegen unzählige Dokumente und genauso viele Mailnachrichten sammeln sich in meinem Postfach. Es wird heute den ganzen Tag dauern, bis ich wieder up to date bin. Doch zuerst schreibe ich Mavie eine Nachricht. Sie blickt von ihrem Laptop auf und verdreht schmunzelnd ihre Augen.

Nachricht
von: Jason
an: Mavie
Würde es an sexuelle Nötigung grenzen, wenn ich dich hier auf meinem Schreibtisch hart nehmen würde?

Nachricht
von: Mavie
an: Jason
Nicht, wenn ich einverstanden wäre. Aber ich bin hier, um zu arbeiten. Du bist so unersättlich. Weißt du, mein Boss sieht es nicht gerne, wenn ich mich ablenken lasse.

Nachricht:
an: Mavie
von: Jason
Ich bin mir sicher, dass dein Boss eine Ausnahme

machen wird. Ein bisschen Entspannung ist schließlich gut fürs Arbeitsklima.

Mavie klappt ihren Laptop zu, steht von ihrem Arbeitsplatz auf und setzt sich vor mich auf meinen Schreibtisch. Gespannt warte ich, was sie sich einfallen lässt. Mit einem süffisanten Grinsen lehnt sie sich nahe zu mir vor und fasst mit ihrer Hand an meinen Schwanz. Sofort zuckt er vor Erregung und wird binnen Sekunden steinhart. Mavie fährt mit ihren Fingern über den Stoff meiner Hose und leckt sich über ihre Lippen. Ich lehne mich nach hinten und möchte gerade meine Hose öffnen, als Mavie sich aufrichtet, ihren Hintern von meinem Schreibtisch hebt und aufsteht. Mit einem verführerischen Hüftschwung nähert sie sich der Tür und dreht sich noch einmal zu mir um.

»Wir sehen uns dann später, ich denke du kannst noch ein bisschen warten. Vorfreude ist doch immer die schönste Freude«, sagt sie spottend und wirft mir einen Kuss zu. Sie will es also auf diese Art und Weise, das kann sie gerne haben. Dafür werde ich sie heute noch bestrafen, nehme ich mir vor.

Es klopft an meiner Tür und Hannah, meine Empfangsdame kommt herein.

»Mr Neil, ich habe hier ein Dokument zum Unterschreiben für Sie«, sagt sie mit hoher Stimme. Sie legt es auf meinen Schreibtisch und beugt sich dabei so, dass der Blick auf ihre üppige Oberweite freigelegt wird. Schöne Titten, denke ich, aber sonst weckt ihr Anblick rein gar nichts in mir. Desinteressiert lese ich mir das Schriftstück durch und setze meine Unterschrift, als Mavie mit einem Kaffee wieder ins Büro hereinkommt. Im Türrahmen bleibt sie stehen und scheint die Lage zu inspizieren. Schmunzelnd deute ich ihr, dass sie hereinkommen soll.

»Sir, ich hoffe Sie hatten eine tolle Zeit und ich wollte nur sagen, dass ich mich freue Sie wieder hier in der Firma zu haben«, sagt Hannah und spielt mit einer ihrer roten Haarsträhnen.

Mavie bleibt neben mir stehen und blickt genervt zu Hannah und dann zu mir. »Jason, ich habe ein Anliegen an dich, das ich gerne unter vier Augen besprechen möchte«, sagt sie und räuspert sich. »Ach Hannah, ich kann Ihnen die Dokumente später persönlich bringen, es ist nicht notwendig, dass Sie hier warten.«

»Das ist kein Problem für mich, ich warte gerne, bis Mr Neil alles unterschrieben hat«, entgegnet Hannah und legt ihr Haar zur Seite.

»Wie ich schon sagte, es ist nicht notwendig, dass Sie hier warten. Mr Neil und ich haben wichtige Dinge zu besprechen.« Mavie ist sexy, wenn sie die Krallen ausfährt, denke ich und grinse innerlich.

SECHSUNDZWANZIG

MAVIE

Endlich kehrt sie uns den Rücken und schließt hinter sich die Tür. Wie kann man nur so aufdringlich sein und sich jemandem so anbiedern? Genervt verdrehe ich meine Augen und nehme in meinem Rücken Jasons Schmunzeln wahr.

»Du bist süß, wenn du eifersüchtig bist«, sagt er, als ich mich umdrehe und auf sein selbstgefälliges Grinsen stoße. Er hat seine Hemdärmel nach oben gekrempelt, seine gebräunte Haut kommt zum Vorschein. Seine stahlblauen Augen lassen mich keine Sekunde aus dem Blick, es scheint ihm zu gefallen, wie ich auf Hannah reagiert habe.

»Schon klar, es gefällt dir, wenn du Bestätigung bekommst, wer mag das nicht.«

»Mavie, es liegt nur an dir, du wolltest das, was zwischen uns ist, geheim halten. Sag ein Wort und sie alle werden sich scheuen, auch nur einen falschen Blick in meine Richtung zu werfen.«

»Es ist mir egal, wirklich«, betone ich.

»Da bin ich ganz anderer Meinung«, sagt er mit rauer Stimme und steht von seinem Schreibtisch auf. Er kommt auf mich zu und zieht mich in seine Arme. Seine Lippen treffen auf meine und mein Herz beginnt schneller zu klopfen. Vielleicht bin ich ein bisschen eifersüchtig, aber das würde ich niemals zugeben.

Da Jason einen Termin hat, bin ich allein in seinem Büro. Gerade bin ich mit dem Abtippen einer Besprechung fertig geworden, als mein Telefon läutet.

»Hallo Stella, schön dich zu hören«, sage ich und klemme mir das Handy zwischen meiner Schulter und meinem Ohr ein, um die Dokumente während des Telefonats ablegen zu können.

»Mavie, wie geht es dir? Wie lange willst du mich noch auf die Folter spannen? Du musst mir unbedingt erzählen, wie eure Reise war.« Ihre Stimme platzt beinahe vor Neugierde.

»Hast du heute Abend Zeit? Lass uns mal wieder essen gehen, dann erzähl ich dir alles, ich bin gerade im Büro.«

»Wer soll dich abmahnen? Dein Boss wohl kaum«, witzelt sie, was uns beide kichern lässt.

»Heute um 18 Uhr im Le Bleu?«, schlage ich vor.

»Perfekt, ich freue mich, bis später«, damit legt sie auf und ich widme mich wieder meinen Aufgaben, als nur wenige Minuten später erneut mein Telefon klingelt.

Ohne auf das Display zu schauen, hebe ich ab,

denn ich bin mir sicher Stellas Neugierde ist noch nicht gestillt.

»Stella, wir sprechen später. Keine Sorge, ich werde dir alles erzählen«, sage ich gleich ins Telefon, als sich eine Männerstimme meldet.

»Ich bin zwar nicht Stella, wäre aber an ein paar Informationen über meinen Sohn sehr interessiert.« Mein Herzschlag beschleunigt sich und meine Hände sind zittrig. Was ist hier los?

»Wer sind Sie? Mr Smith?«

»Richtig, kluges Mädchen. Du kannst dich also an mich erinnern, sehr gut.« Seine Stimme klingt rau und kalt, ein Schauer läuft über meinen Körper.

»Was, was wollen sie von mir?«, stottere ich vor Aufregung vor mich hin.

»Ich will dir einen Gefallen erweisen und dich vor meinem Sohn warnen. Du bist sein Spielzeug, liebe Mavie, wenn er dich satt hat, dann wird er dich wegwerfen. Zieh dich aus der Sache zurück, und sei nicht sein Werkzeug, um sich an mir zu rächen.«

Tausende Gedanken schießen durch meinen Kopf und kurz fühle ich mich an den Schmerz von damals erinnert. »Nein, so ist das nicht. Jason und ich, wir mögen uns wirklich und er würde mich nicht mehr enttäuschen«, protestiere ich und verstumme dann wieder.

»Glaub mir, einem Mann wie Jason wirst du niemals ausreichen, er wird immer nach etwas Aufregenderem suchen. Ich kenne deine Hintergründe, und wenn du Geld brauchst, um über die Runden zu kommen, dann wird es dir an nichts fehlen. Du hast jetzt meine Nummer, denk darüber nach und melde dich.«

Ich halte das Handy, nachdem er aufgelegt hat, immer noch an meinem Ohr und lasse seine Worte noch einmal Revue passieren. Der spinnt doch! Jason hat sich verändert, sage ich zu mir selbst. Ich werde ihm nichts von dem Anruf seines Vaters erzählen, um die angespannte Situation zwischen ihnen nicht noch zu verstärken.

Es klopft an der Tür und Hannah kommt herein. Sie bleibt vor mir stehen und mustert mich mit finsterer Miene.

»Wo ist Mr Neil?«, fragt sie genervt und setzt sich auf meinen Schreibtisch. Ihr blumiges Parfum kommt mir jetzt noch dicker aufgetragen vor und lässt meinen Bauch rebellieren.

»Wer will das wissen?«

Hannah verschränkt genervt ihre Arme vor ihrer Brust und räuspert sich. »Sei ein wenig freundlicher, hier in dieser Firma kann es ganz schnell ungemütlich werden. Also sag mir jetzt, wo er ist.«

Hannah beugt sich näher an mich und noch mehr Parfum dringt in meine Nase. Dieser Geruch ist so intensiv, dass ich meinen Brechreiz kaum mehr kontrollieren kann.

»Ich weiß es nicht, er ist bei irgendeiner Besprechung«, bekomme ich gerade so heraus und halte meine Hand vor meinem Mund. Ich konzentriere mich auf meine Atmung, genauso wie beim letzten Mal, doch dieses Mal hilft auch das nichts. Ich merke wie der Drang, mich übergeben zu müssen, immer stärker wird, und ich es kaum mehr stoppen kann.

»Was ist mit dir? Ist dir übel? Du bist doch nicht etwa schwanger?«

Hastig stürme ich an ihr vorbei und eile zur Toilette. Mit einem Schwung schlage ich die Tür hinter mir zu und dann kann ich den Brechreiz nicht mehr unterdrücken und übergebe mich in die Toilette. Was ist nur los mit meinem Körper? Heute morgen hat der Geruch von Kaffee schon für Übelkeit gesorgt, und jetzt konnte ich es nicht mehr verhindern und musste mich übergeben. Ich kann doch nicht schwanger sein? Ich verhüte doch und das sollte genau das verhindern. Ich kann kein Baby bekommen, das würde alles kompliziert machen. Das zwischen Jason und mir ist so neu, denke ich verzweifelt.

Ich spritze eine Ladung Wasser in mein Gesicht und mache mich wieder frisch. Meine Haut wirkt nicht mehr so blass wie davor und rein optisch sieht man mir nichts an. In mir drin braut sich gerade aber eine dunkle Gewitterwolke zusammen, und die Angst wirklich schwanger zu sein, wird immer größer.

Ich gehe wieder zurück in Jasons Büro und komme dabei an Hannah vorbei.

»Na, wieder alles fit? Der Boss wird sicher nicht erfreut sein, dass seine neue Assistentin gleich zu Beginn schwanger ist und bald ausfallen wird.«

Am liebsten würde ich ihr sagen, dass genau er der Vater wäre, doch stattdessen schüttle ich nur stumm meinen Kopf. Auf solche Spielchen habe ich keine Lust.

Vor dem Le Bleu wartet Stella bereits auf mich und schließt mich zur Begrüßung in ihre Arme. Eine Woche haben wir uns jetzt nicht gesehen, was eine wirklich lange Zeit ist. Jason ließ es sich nicht nehmen und hat mich in die Stadt gefahren, er möchte mich auch unbedingt später wieder abholen.

»Na, wie war es? Du musst mir alles erzählen«, bittet Stella und hängt sich bei mir ein. Zusammen gehen wir in das Lokal und bekommen einen schönen Tisch zugewiesen.

»Es war sehr schön und es fühlt sich richtig an mit ihm. Ich habe mich lange nicht mehr so glücklich gefühlt wie mit Jason.«

Stella seufzt und lächelt. »Dann freue ich mich für dich, es freut mich, wenn du glücklich bist, du hast es verdient.«

»Danke, Stella. Es war wirklich toll, und ich sag dir eins, der Sex mit ihm ist der Wahnsinn. Ich habe Dinge mit ihm gefühlt, die ich nie für möglich gehalten habe.« Eine beste Freundin ist der Mensch, dem du wirklich alles erzählen kannst – sogar die schmutzigen Details.

»Das klingt nach einer heißen Woche«, sagt Stella, was uns beide schmunzeln lässt.

»Du siehst so aus, als hättest du noch etwas auf dem Herzen«, meint Stella nach einer Weile ernster.

»Du kennst mich so gut«, sage ich bedrückt und zucke mit meinen Schultern. »Ich weiß auch nicht, vielleicht täusche ich mich auch, aber alle Anzeichen sprechen dafür …«

»Wofür?«, möchte Stella neugierig wissen.

»Stella, ich glaube ich bin schwanger von Jason.«

Stella blickt mich mit großen Augen an und bekommt erst einmal kein Wort heraus. »Okay, schwanger. Mhm. Hast du schon einen Test gemacht?«

Ich schüttle meinen Kopf und verneine ihre Frage. »Nein, ich hatte noch keine Gelegenheit und irgendwie habe ich Angst vor diesem Schritt. Es fühlt sich so dann so real an.«

Stella schmunzelt und streichelt über meine Hand. »Na ja, wenn du wirklich schwanger bist, ist es tatsächlich ganz schön real. Weißt du was? Ich würde mich freuen, wenn ich Tante werde.«

Dankbar umarme ich Stella und drücke einen Kuss auf ihre Wange. Sie ist einfach die beste Freundin, die man sich vorstellen kann und ich weiß, egal was passieren wird, sie ist immer für mich da.

»Ich werde einen Test kaufen und ihn die nächsten Tage machen, ich halte diese Ungewissheit selbst nicht mehr aus.«

»Das ist bestimmt eine gute Idee. Wie steht Jason denn generell zum Thema Kinder?«

»Gute Frage, ich habe keine Ahnung. Er hat eine schwierige Beziehung zu seinem Vater, wenn man das denn überhaupt Beziehung nennen kann.

»Was genau meinst du?«, möchte Stella wissen.

»Das ist etwas kompliziert, ich kann dir nichts darüber erzählen, aber möglicherweise mache ich mir auch umsonst Sorgen wegen des Schwangerschaftstests. Vielleicht wird er negativ sein und die ganzen Gedanken sind umsonst.«

»Mach morgen den Test, dann weißt du es.«

Stella und ich plaudern noch etwas, bis es spät ist und mich Jason abholt. Vor dem Le Bleu lehnt Jason lässig an seinem Sportwagen. Er sieht zum Anbeißen aus in seinen Sportsachen und mit den leicht verschwitzen Haaren. Männerschweiß und Sport sind ja so eine Sache, die ich verdammt attraktiv finde – besonders bei Jason.

Jason hatte angeboten, dass er Stella nach Hause fahren könnte, doch sie wollte unbedingt die Metro nehmen.

»Melde dich bald, Süße«, sage ich und drücke Stella einen Kuss auf ihre Wange.

»Das mache ich, bis bald.«

»Hattet ihr einen schönen Abend?«, möchte Jason wissen, als ich zu ihm ins Auto eingestiegen bin.

»Danke ja, er war wirklich schön. Stella ist eine tolle Freundin, du musst sie unbedingt näher kennenlernen.«

»Das würde ich sehr gerne«, sagt Jason und reiht sich in den New Yorker Nachtverkehr ein.

SIEBENUNDZWANZIG

JASON

Mavie liegt in meinen Armen eingekuschelt. Ich liebe es, wenn ich sie dazu bringe, meinen Namen zu stöhnen und das hat sie jetzt gerade mehrere Male hintereinander.

Mavie kommt mir heute Abend aber angespannter vor als die letzten Tage, sie wirkt nachdenklicher, und ich frage mich, was sie beschäftigt.

»Jason, darf ich dich etwas fragen?«

»Ja natürlich, alles was du möchtest«, sage ich und kraule über ihren Rücken. Mit gefühlvollen Berührungen streichle ich über ihren Körper. Eine Gänsehaut legt sich auf ihren Rücken und ein zartes Stöhnen entkommt ihr.

»Möchtest du eigentlich irgendwann eigene Kinder?« Ich stoppe meine Berührungen und erstarre für einen Moment. Wie kommt sie jetzt auf diese Frage? Ich habe mich selbst lange mit dem Thema Kinder beschäftigt, und bin zu dem Entschluss gekommen, dass ich kein Kind möchte. Ich möchte nicht so ein widerlicher Dad werden wie mein eigener Vater und gute Vorbilder hatte ich nicht.

»Ein Kind«, sage ich und räuspere mich, damit meine Stimme kräftiger wirkt. Mit ihrer Frage hat sie voll ins Schwarze getroffen.

»Kannst du dir das irgendwann vorstellen?«, wiederholt sie ihre Frage abwartend.

»Mavie, ich möchte dich nicht enttäuschen, aber ich möchte kein Kind. Ich weiß, was das für eine Verantwortung ist, und wenn etwas schiefläuft, sind die Kinder am Ende die Leidtragenden. Mein Vater war kein gutes Vorbild und ich möchte keinem Kind so ein Vater werden«, erkläre ich ihr. Mavie erwidert quälend lange Sekunden nichts und ich habe schon Angst, sie mit meiner Ehrlichkeit verscheucht zu haben.

»Okay, verstehe, es muss nicht jeder Kinder wollen«, sagt sie schließlich und fügt flüsternd »Gute Nacht« hinzu.

Ich schmiege mich an sie und lasse meine Gedanken langsam zur Ruhe kommen. Mavies gleichmäßige Atmung neben mir entspannt meinen Geist und sorgt dafür, dass ich binnen weniger Minuten einschlafe. Im Traum holt mich eine Erinnerung aus meiner Kindheit ein:

»Steh gerade und zeig ein bisschen Stolz«, weist mich mein Vater an und fordert Gehorsam von mir. Ich versuche stramm zu stehen und seinen Ansprüchen gerecht zu werden. Ich will mir die Liebe meines Dads erarbeiten und endlich von ihm gesehen werden.

»Jason, streng dich mehr an, aus dir wird nie etwas!«

Traurig blicke ich zu meiner Mum, die mir zuversichtlich zulächelt und über meinen Kopf streichelt.

Mein Dad ist mein größtes Vorbild, er ist der Chef und alle bewundern ihn. Meine Mum liebt ihn über alles und ich will mich anstrengen, damit ich ihn nicht enttäusche.

Heute ist sein großer Tag. Seit Wochen gibt es zu Hause kein anderes Thema mehr: Mein Dad übernimmt ein anderes Unternehmen und wird zum größten Bauunternehmer von ganz New York.

Ich versuche, so gut ich kann, die Stufen auf die Bühne hinter meinem Dad hinaufzugehen. Meine Anzughose spannt und meine glänzenden Schuhe machen mir das Gehen schwer. Stolz lächle ich und kann schon die Leute im Saal applaudieren hören. Mein Dad ist ein Held, denke ich, als ich die letzte Stufe übersehe und auf dem Boden lande. Mum bückt sich und reicht mir ihre Hand, doch der Ausdruck meines Vaters hinter ihr ist bitterlich enttäuscht.

»Du bist eine Blamage, Jason!«

Am liebsten würde ich weinen, aber ich will kein Mädchen sein, so wie mein Dad mich immer nennt, wenn ich zu weinen anfange.

»Es tut mir leid«, flüstere ich und rapple mich vom Boden auf und trete mit meinen Eltern vor das versammelte Publikum.

Warum kann ich denn nichts richtig machen?

ACHTUNDZWANZIG

MAVIE

Die letzten zwei Tage waren wir mit den Vorbereitungen für den heutigen Abend, wenn Jasons Geschäftspartner kommen, beschäftigt. Meine Übelkeit wurde auch noch nicht besser und dazu hat sich jetzt auch noch ein unangenehmes Brustspannen bemerkbar gemacht. Ich hatte immer noch nicht den Mut, den Schwangerschaftstest zu machen. Er liegt noch verpackt in meiner Handtasche. Jason hat mir sehr klar zu verstehen gegeben, dass er keine Kinder möchte. Er wird bestimmt keine Luftsprünge machen, sollte der Test tatsächlich positiv ausfallen. Die Vorbereitungen der letzten Tage und die Arbeit in Jasons Firma haben mich gut abgelenkt, aber irgendwann werde ich mich dieser Frage stellen müssen.

Der Truthahn ist gekauft und ist bereit, in den Ofen geschoben zu werden. Die fehlenden Gewürze habe ich heute morgen gleich noch besorgt, sodass alles fertig ist, wenn unsere Gäste heute Abend kommen werden. Anna, meine gute Fee, hilft mir bei der Zubereitung des Truthahns. Mit ihr verstehe ich mich sehr gut, es ist schon fast ein familiäres Verhältnis zwischen uns, und ich freue mich jedes Mal, wenn ich sie sehe. Die ganze Woche über habe ich nun schon bei Jason geschlafen. Jeden Abend, wenn ich vorschlug, wieder einmal in meiner Wohnung zu schlafen, fand er einen guten Grund dies nicht zu machen. Eigentlich könnte alles so schön sein, wäre da nicht dieser blöde Test in meiner Handtasche, den ich unbedingt machen muss.

»Mavie, meine Liebe, hast du die Gewürze besorgt?«, möchte Anna wissen, während ich gerade die Kartoffeln schäle.

»Ja, die sind in meiner Handtasche«, sage ich und bitte Anna, sie aus meiner Tasche zu holen.

Gerade als ich in ihre Richtung blicke, rutscht neben den zwei Kräuterpackungen auch mein Schwangerschaftstest auf den Tisch.

»Oh«, entkommt es Anna und sie blickt zwischen dem Test und mir hin und her.

Jegliche Leugnung wäre zwecklos, und darum gebe ich ehrlich zu, dass es mein Test ist.

»Oh Mavie, bist du schwanger?«

Auf einmal bildet sich ein großer Kloß in meinem Hals, der mir die Stimme abschneidet. Ich kann meine Tränen nicht stoppen und beginne zu schluchzen. Anna kommt um den Tisch herum und nimmt mich in ihre Arme. Beruhigend streichelt sie über meinen Rücken. Ihre Nähe tut mir gut, doch sie kann das Chaos in meinem Kopf auch nicht lösen. Ich muss diesen blöden Test machen, um endlich Gewissheit zu haben.

»Ich weiß nicht, ob ich schwanger bin, ich trage

diesen Test jetzt schon seit mehreren Tagen mit mir herum, aber ich finde nicht den Mut ihn zu machen«, schluchze ich noch immer in ihren Armen. Sie streichelt weiter beruhigend meinen Rücken auf und ab.

»Ich mache den Test mit dir, Mavie. Als ich jung war, war ich in einer ähnlichen Situation wie du und ich kann mir vorstellen, wie du dich fühlst«, sagt sie und trocknet meine Tränen.

»Erzählst du mir deine Geschichte?«, möchte ich wissen und versuche mich zu fangen.

»Das mache ich sehr gerne. Weißt du was? Während wir auf das Ergebnis des Tests warten, werde ich dir etwas aus meinem Leben erzählen.«

Dankbar nickend nehme ich ihre Hilfe an. Wir gehen samt dem Test zum Badezimmer, wo Anna vor der Tür auf mich wartet. Ich lese die Packungsbeilage durch und mache alles so, wie es vorgeschrieben ist.

Ich öffne die Tür des Badezimmers und gehe zusammen mit Anna ins Schlafzimmer, um dort auf das Ergebnis zu warten. Zusammen setzen wir uns auf das Bett und legen den Test umgedreht neben uns.

Anna nimmt meine Hand behutsam in ihre und streichelt über meine Wange. »Du wirst sehen, alles wird gut.«

»Jason will nur keine Kinder, ich weiß nicht, wie er darauf reagieren wird, wenn der Test positiv ausfallen wird«, sage ich und kämpfe erneut gegen die Tränen an.

»Alles wird gut werden«, beruhigt mich Anna ein weiteres Mal.

»Erzählst du mir deine Geschichte?«, bitte ich

Anna und versuche Ruhe in meinen angespannten Körper zu bringen.

»Ich habe eine Tochter, aber ich habe sie nicht mehr gesehen, seit sie ein Baby war«, beginnt sie zu erzählen und räuspert sich. Überrascht drehe ich meinen Kopf zu Anna, sie versucht tapfer zu lächeln und erzählt weiter. »Ich musste sie damals zurücklassen und durfte sie nicht mehr wiedersehen. Damals mit 16 Jahren war ich noch so jung und meine Eltern waren streng gläubig. Sie zwangen mich, mein Mädchen abzugeben, und schickten mich auf ein Internat. Mein Freund nahm unser Baby nach der Geburt bei sich auf und war bestimmt ein toller Vater. Ich habe jeden Tag an mein Baby gedacht, es gab keinen Abend, an dem ich mir nicht vorstellte, wie es ihr gerade ging.«

»Hast du je nach deinem Kind gesucht?«, möchte ich wissen.

»Ich wollte meine Tochter suchen, aber meine Eltern gaben mir lange Zeit keine Möglichkeit dazu. Irgendwann war es mir so unangenehm und ich fühlte mich wie eine Versagerin. Ich hatte Angst, meine Tochter würde mich hassen, weil ich nicht Teil ihres Lebens gewesen bin«, erzählt sie schluchzend und räuspert sich.

»Was ist dann passiert? Hast du sie gefunden und hat deine Geschichte ein Happy End?«

Anna nickt und wischt sich eine Träne aus dem Augenwinkel. »Ich habe sie gefunden, ohne dass ich nach ihr gesucht habe, und ich bin sehr glücklich, welch wunderbare Person aus ihr geworden ist.«

»Sie ist bestimmt auch sehr glücklich, dass sie weiß,

dass ihre Mum sie die ganze Zeit über geliebt hat«, sage ich und spüre dabei eine Sehnsucht nach meiner eigenen Mutter. Wo sie nur steckt und was sie macht? Ob sie mich vermisst und all die Zeit genauso liebt wie Anna ihre Tochter?

»Sie weiß noch nicht, dass ich ihre Mum bin, mir fehlt der Mut es ihr zu sagen«, sagt Anna und möchte mir gerade noch etwas sagen, als der Wecker läutet.

»Der Test«, sage ich und spüre, wie mein Herz noch schneller zu schlagen beginnt. Eine Adrenalinwelle durchströmt meinen Körper.

Vorsichtig drehe ich den Test um und dann sehe ich es ganz eindeutig: Zwei Striche – ich bin schwanger!

»Er ist positiv, ich bin schwanger.« Meine Stimme überschlägt sich fast vor Aufregung. Zittrig nehme ich den Test in meine Hand und blicke auf die beiden Striche darauf. Meine größte Angst ist wahr geworden, ich bin wirklich schwanger ... Ich habe solche Angst, dass Jason das Baby nicht möchte. Das Baby, zum ersten Mal realisiere ich wirklich, dass ich ein Kind bekomme. Ich werde eine Mum sein, egal was kommen wird, ich werde mich so gut ich kann darum kümmern. Besser als meine Mutter, und ich werde mein Kind nie verlassen, das nehme ich mir ganz fest vor.

Anna nimmt mich in den Arm und drückt mich an sich. »Komm her«, flüstert sie und streichelt über meinen Rücken.

»Du wirst sehen, Jason ist ein toller Mann. Er wird sich freuen, da bin ich mir ganz sicher. Er hat einfach sehr viele negative Erfahrungen mit seinem Vater gemacht. Lass ihm Zeit und er wird ein großartiger Dad werden.«

Von draußen höre ich Jasons Stimme. Hastig wische ich meine Tränen aus meinen Augen und verstecke den Test in einem Schrank im Schlafzimmer. Ich werde ihm morgen Früh alles erzählen und den heutigen Abend meinen Schwangerschaftstest noch geheim halten.

»Mavie, vielleicht finden wir in den nächsten Tagen noch Zeit über ein paar Dinge zu sprechen, ich würde dir gerne noch etwas erzählen«, sagt Anna, als wir das Schlafzimmer zu zweit verlassen.

»Ja natürlich, sehr gerne und danke, Anna, für deine Hilfe.«

In wenigen Minuten werden Jasons Geschäftspartner hier auftauchen und ich bin nicht nur wegen ihres Besuchs aufgeregt. Meine News werde ich für mich behalten und habe beschlossen, die Bombe erst morgen Früh platzen zu lassen. Da ich nicht weiß, wie Jason darauf reagieren wird, halte ich das für eine gute Entscheidung. Anna machte mir Mut und ich hoffe, sie behält recht. Sie meinte, wenn er erst einmal davon erfahren hat, wird er sich nach einem ersten Schock bestimmt freuen.

»Ich hoffe sie werden den Truthahn mögen«, sage ich zu Jason und öffne den Ofen, um die Temperatur zu kontrollieren.

»Ich bin mir sicher, dass er ihnen schmecken

wird«, versichert Jason und umfasst mich von hinten und berührt zärtlich meinen Bauch. Sofort schießen meine Gedanken zu dem Baby und meiner Schwangerschaft. Er lässt seine Hände über meinen Körper wandern und legt meine Haare zur Seite. »Du bist so sexy mit dieser Kochschürze«, haucht er in mein Ohr und knabbert an meinem Hals. Ich spüre seinen harten Schwanz an meinem Becken und wünschte, wir hätten noch genug Zeit für eine schnelle Nummer. Sobald er mir so nahe ist, vergesse ich für einen Moment alle Ängste und Zweifel.

Ich schließe den Ofen wieder und drehe mich um zu Jason.

»Bist du bereit, Mrs Neil?«, fragt er mit einem spitzbübischen Grinsen auf seinen Lippen. Seine stahlblauen Augen funkeln und sorgen für Herzklopfen bei mir. Wann werde ich mich nur an seine Nähe gewöhnen?

»Ich kann es kaum erwarten«, sage ich schmunzelnd und küsse ihn innig. Jason legt seine Hände um meine Taille und zieht mich so noch näher an ihn.

»Mavie, du machst mich so scharf.«

Das Läuten an der Tür lässt uns wieder zurück in die Realität kommen. Das sind bestimmt Mr Abadi und Mr Rashid. Ein Blick auf die Uhr bestätigt meine Vermutung.

Anna öffnet ihnen die Tür und lässt uns somit noch etwas Zeit unseren Kuss zu Ende zu bringen.

»Warte noch«, meint Jason mit einem schiefen Grinsen und deutet auf meine Kochschürze.

Er löst den Knoten der Schürze von hinten und

legt sie auf die Küchenanrichte. »Vielleicht brauchen wir die ja noch für später, ich hätte da ein paar Fantasien …«

Verspielt boxe ich ihm gegen seinen Arm, bin aber ein paar Rollenspielchen überhaupt nicht abgeneigt.

Hand in Hand gehen wir zum Eingangsbereich und begrüßen die Geschäftsmänner und ihre Frauen. Die Stimmung ist ausgelassen und ihr Auftauchen deutet daraufhin, dass sie noch immer am Deal interessiert sind und Jasons Vater sie nicht von sich überzeugen konnte.

»Wie schön, dass Sie den Weg in unser Zuhause gefunden haben«, sagt Jason und deutet auf den großen Essbereich.

»Nehmen Sie doch bitte Platz, wir freuen uns sehr über den hohen Besuch.«

NEUNUNDZWANZIG

JASON

Mavie unterhält sich ausgelassen mit Naila und Aleena, während ich mit Mr Rashid und Mr Abadi spreche. Mein Vater konnte sie zum Glück nicht überzeugen und so wird der Auftrag in wenigen Minuten an mich gehen. Ein Millionenprojekt, das ich an mich gezogen habe. Ein gewisser Stolz überkommt mich, wenn ich daran denke, welchen Gesichtsausdruck mein Vater machen wird, wenn er erfährt, dass ich den Zuschlag bekommen habe.

Anna kümmert sich um die Fertigstellung des Truthahns und sollte bald mit dem Essen fertig sein. Als Einstimmung auf den Abend gibt es einen alkoholfreien Aperitif. Nachdem wir angestoßen haben, möchte ich die Unterschrift nun endlich auf dem Papier haben.

»Liebling, wir besprechen noch schnell alle Feinheiten und unterschreiben den Vertrag in meinem Büro«, sage ich zu Mavie und küsse sie auf ihre Stirn. Zusammen mit den beiden Geschäftsmännern gehe ich ins Arbeitszimmer, um alles niet- und nagelfest zu machen.

»Ihre Frau ist bezaubernd, und ich habe das Gefühl, unsere Frauen verstehen sich sehr gut«, sagt Mr Abadi und klopft mir auf meine Schulter, während wir in mein Büro gehen. Ich bin stolz auf Mavie, sie macht sich prächtig als meine Ehefrau.

»Ihre Frau ist schwanger, nicht wahr? Ich gratuliere Ihnen von Herzen«, sagt Mr Rashid mit einem begeisterten Lächeln und lässt mich schlucken. Mavie ist ganz sicher nicht schwanger. Wie kommt er nur darauf? Eine Schwangerschaft ist das Letzte, was ich mir für Mavie und mich wünschen würde.

»Oh nein, da müssen Sie etwas falsch verstanden haben. Meine Frau ist nicht schwanger, noch nicht«, sage ich und versuche den kurzen Anflug von Panik herunterzuspielen. Die Vorstellung Mavie wäre schwanger, jagt mir tatsächlich Angst ein.

»Dann muss ich mich entschuldigen, wissen Sie, meine Frau war bereits fünf Mal schwanger und ich dachte ich erkenne die Anzeichen«, sagt er und klopft erneut auf meine Schulter.

»Lassen Sie uns die Verträge unterzeichnen«, schlage ich vor und deute auf die vorbereiteten Verträge, die nur mehr auf eine Unterschrift warten.

Beide Männer nicken sich zu und setzen endlich die ersehnte Unterschrift auf das Papier, unsere Zusammenarbeit ist nun besiegelt, und ich kann es kaum erwarten, das Gesicht meines Vaters zu sehen.

Wir setzen uns wieder zu unseren Frauen an den

Tisch und Anna serviert zusammen mit Mavie das Essen für unsere Gäste.

»Es war ausgezeichnet«, sagt Mr Rashid und gratuliert Mavie zum köstlichen Essen, nachdem alle fertig gegessen haben.

»Vielen Dank, das Kompliment muss ich mit Anna teilen, sie ist eine Perle und hilft uns hier, wo sie nur kann«, sagt sie und lobt Anna in vollen Zügen.

»Wir sind ganz neugierig auf die Wohnung«, sagt Naila und bittet um eine Führung. Zum Glück sind wir vorbereitet und die Wohnung lässt keinen Zweifel daran, dass Mavie und ich hier zusammenwohnen. Irgendwie machen wir das auch, Mavie ist seit sieben Tagen bei mir und ich kann mir gar nicht vorstellen, je eine Nacht wieder von ihr getrennt zu sein.

Um 21 Uhr verlassen unsere Gäste und Anna meine Wohnung. Für sie geht es morgen zurück nach Dubai, um eine Hochzeit zu feiern und ich kann meinem Team morgen das finale Go für das Projekt geben.

Ich schlinge meine Arme um Mavie und küsse sie auf ihren Hals. »Du warst toll«, flüstere ich und bedecke ihren Nacken mit Küssen. Ich liebe es die zarte Haut an ihrem Hals zu küssen. Jedes Mal, wenn ich das mache, läuft eine feine Gänsehaut über ihren Körper und ich weiß, dass es sie erregt. Genauso wie in diesem Moment, sobald ich an ihrem Nacken knabbere, erschaudert sie.

»Wir wollten ja dort weitermachen, wo wir vorhin

gestört worden sind. Die Schürze liegt schon im Schlafzimmer bereit.«

»Sehr gerne«, sagt Mavie mit belegter Stimme. »Jason, ich muss dir noch etwas sagen.«

»Kann das noch bis morgen warten? Ich kann mich nämlich nicht länger beherrschen«, sage ich und küsse erneut ihren Nacken.

Mavie nickt stumm und dreht sich langsam zu mir um. Ihre Pupillen sind geweitet und ihr Blick ist voller Verlangen. »Gut, in zehn Minuten im Schlafzimmer, Mr Neil.«

Ich kann es kaum erwarten Mavie in der Schürze zu sehen und ich hoffe sie trägt darunter einen Hauch von Nichts, so mag ich es am liebsten an ihr.

Unerwartet läutet es an der Tür und ich blicke auf die Uhr. Wer sollte so spät abends hier noch aufkreuzen?

Ich stehe vom Sofa auf, um die Tür zu öffnen. Wer auch immer hier ist, dem gebe ich nicht lange, ich will Mavie nicht warten lassen. Ich korrigiere mich, ich will meinen Schwanz nicht warten lassen, denn der zuckt schon gewaltig in meiner Hose.

Ich öffne die Tür und überraschend steht Catherine vor meiner Tür. Wir haben uns jetzt über zwei Monate nicht gesehen. Seit ich ihr klar und deutlich zu verstehen gegeben habe, dass unsere Nummer für mich eine einmalige Sache war, ist sie aus meinem Leben verschwunden. Am Rande habe ich mitbekommen, dass sie einen Geschäftsmann kennengelernt hat und mit ihm glücklich ist. Mir soll es recht sein, denn Catherine war all die Jahre nur eine gute Freundin für mich. In der Highschool wurden wir Freunde und später, als ich meine Firma gründete, stand sie an meiner Seite.

»Jason, ich wusste nicht, wo ich hinsollte«, sagt sie mit gebrochener Stimme und schluchzt. Ihre grünen Augen beginnen sich mit Tränen zu füllen. Sie legt sich ihr schwarzes Haar hinters Ohr und seufzt: »Ich brauche dich, Jason.«

»Komm rein«, biete ich ihr an und lege meinen Arm um ihre Schulter. »Du kannst jederzeit vorbeikommen, wir sind Freunde, ich hoffe, das weißt du.«

Catherine nickt und schluchzt erneut. »Es ist aus zwischen mir und Henry. Jason, ich bin so einsam, ich habe das Gefühl, niemand liebt mich«, sagt sie und bricht in Tränen aus.

»Catherine, Männer kommen und gehen, und ich bin mir sicher, du bist deinem Traummann nur noch nicht begegnet«, sage ich und streichle aufmunternd über ihren Rücken.

Plötzlich wendet sie ihren Blick ab und deutet auf Mavies Schuhe und ihre Tasche. »Hast du etwa Besuch von einer Frau? Hier in deiner Wohnung?«

Sie kennt mich und sie weiß um meine eiserne Regel. Sogar die einmalige Nummer mit Catherine verbrachte ich in einem Hotelzimmer, anstatt in meiner Wohnung.

»Wer ist es?«, will sie wissen und wischt sich ihre Tränen aus dem Gesicht.

»Es tut hier nichts zur Sache, aber ja, du kennst sie.

Mavie ist hier bei mir.«

Catherine entgleiten beinahe alle Gesichtszüge. Ungläubig schüttelt sie ihren Kopf und schnieft erneut. »So ist das also, seid ihr wieder zusammen?« Ihre Stimme klingt aufgekratzt und piepsig.

»Ja, es sieht ganz danach aus. Hör mal, Catherine, es tut mir leid wegen deinem Freund und ich hoffe, es kommt alles wieder in Ordnung, wir können auch gerne in den nächsten Tagen einmal essen gehen und über alles sprechen, aber jetzt sollte ich zurück zu Mavie.«

»Klar, das verstehe ich, ich würde auch keine Zeit mit mir selbst verbringen wollen«, klagt sie und bricht erneut in Tränen aus. »Nimmst du mich einmal in den Arm?«, bittet sie und wirkt so verloren wie ein kleines Kind.

Ich nicke stumm und umarme sie, in der Hoffnung, dass sie sich dadurch wieder fängt und meiner heißen Nacht mit Mavie nichts im Weg steht.

»Danke, Jason«, flüstert Catherine nahe an mein Ohr und legt ihre Hand um meinen Nacken.

»Ich tröste dich jetzt gerade als guter Freund, ich hoffe, das weißt du.«

»Natürlich weiß ich das«, flüstert sie noch näher an mein Ohr. »Und dafür bin ich sehr dankbar«, setzt sie nach und atmet schwer ein und wieder aus.

»Jason, darf ich heute Nacht hier schlafen? Ich verspreche dir, ich werde mich ruhig verhalten und du wirst gar nicht mitbekommen, dass ich im Gästezimmer bin, aber in meiner Wohnung fühle ich mich gerade so einsam.«

DREISSIG

MAVIE

Ein Geräusch an der Tür lässt mich aufmerksam werden und da Jason nicht zu mir ins Schlafzimmer kommt, ziehe ich mir einen seiner Bademäntel an, um nachzusehen, wo er bleibt. Barfuß tapse ich ins Wohnzimmer und erstarre dann beinahe. In Jasons Armen liegt eine andere Frau. Reglos bleibe ich zwischen Vorraum und Wohnzimmer stehen. Mein Herz zerbricht in endlos viele Splitter und ich bete, dass ich die Situation völlig falsch interpretiere. Plötzlich wendet die Unbekannte ihr Gesicht und blickt mir genau in meine Augen. Mit voller Wucht holt mich meine Vergangenheit ein, vor mir steht niemand geringerer als Catherine.

Catherine, meine Erzfeindin. Die Frau, die mir das Leben auf der Highschool zur Hölle machte. Sie war es auch, die mir all die Nachrichten schickte und mir die Beweise lieferte, dass Jason mich nur für die Wette benutzt hatte. Ich erinnere mich noch an ihr schadenfrohes Grinsen, als ich sie damals vor seiner Tür sah, nachdem ich nach der Prom Nacht verschwunden bin. Ich konnte Jasons Anblick damals einfach nicht mehr ertragen und ich wollte nicht noch mehr von ihm belogen und ausgenutzt werden. Ich bin mir sicher, sie amüsierte sich danach köstlich mit ihm. Ich verabscheue diese Frau aus ganzem Herzen.

Sie grinst siegessicher und legt ihre Hand um Jasons Nacken. Sie beugt sich näher zu ihm und es sieht so aus, als würde sie ihn küssen. Ich will mir das Schauspiel nicht länger ansehen und verschwinde in Jasons Schlafzimmer. Mein Körper bebt vor Wut und am liebsten würde ich von hier verschwinden, doch diese Blöße will ich mir vor Catherine jetzt nicht geben. Tränen laufen unweigerlich über meine Wange und ich wische sie eilig aus meinem Gesicht. Was soll ich nur machen? Schwanger mit Jasons Baby ... und er hat Catherine im Arm und bestimmt schon an seinen Lippen hängen.

Wie lange können die beiden noch miteinander reden – oder doch rummachen? Am liebsten würde ich nachsehen und danach die Wohnung so schnell es geht verlassen. Doch das wäre albern, ich würde mich völlig zum Idioten machen. Als Jason nach zwanzig Minuten immer noch nicht zurück im Zimmer ist, ist meine Wut auf dem Höhepunkt. Ich versuche mich zu beruhigen, und mir einzureden, dass alles ein großes Missverständnis sein könnte. In meinem Kopf bin ich die letzte Stunde alle Szenarien durchgegangen. Entweder er ist ein Arschloch und betrügt mich mit Catherine oder aber, die Sache ist harmlos und es gibt eine gute Erklärung. Ich habe mir geschworen, nicht mehr wegzulaufen, diesen Fehler habe ich einmal gemacht, aber dieses Mal werde ich mir seinen Teil der Geschichte anhören. Ich bekomme sein Baby und das bin ich mir und ihm schuldig. Mein Herz wünscht sich nichts sehnlicher, als dass alles gut ist, mein Verstand aber warnt mich vor Jason und Catherine. Irgendwann lege ich mich müde ins Bett und schrecke noch einmal hoch, als ich Schritte an der Tür höre.

»Mavie, bist du noch wach?«, höre ich Jasons Stimme.

Ich setze mich im Bett auf und schalte das kleine Nachtlicht an. »Wo warst du?«, will ich wissen. Jason setzt sich zu mir aufs Bett und legt seine Stirn in Falten.

»Weißt du, Catherine ist hier, sie braucht mich. Erinnerst du dich noch an sie?«

Oh, und wie ich mich an sie erinnere. Diese Bitch geht über Leichen.

»Ja, ich erinnere mich an sie«, sage ich stattdessen und versuche, meine Stimme nicht so genervt klingen zu lassen, wie ich es eigentlich bin.

»Es tut mir wirklich leid, Mavie, und glaub mir, ich hätte mir auch einen anderen Ausklang des Abends gewünscht. Catherine braucht mich heute als Freund und ich hoffe, es ist in Ordnung für dich, wenn ich noch ein bisschen für sie da bin. Ich komme danach gleich zu dir ins Bett«, versichert er und hat scheinbar nicht den geringsten Schimmer, wie sehr mich die Situation gerade aufregt.

Ich könnte es ihm einfach sagen, sagt eine vernünftige Stimme in mir, doch ich entscheide mich dagegen. Wenn er es ernst meint mit mir, dann wird er morgen Früh neben mir liegen und mir die Sache erklären, und wenn nicht, dann weiß ich wenigstens, woran ich bei ihm bin.

»Gut, ich werde hier auf dich warten«, sage ich und drehe mich zur Seite.

Im Bett strecke ich mich und erinnere mich an gestern Abend. Kurz hoffe ich, dass alles ein Albtraum war, doch ich muss feststellen, dass Jasons Bettseite leer ist. Ich krabble nervös aus dem Bett. Wo steckt er nur? Auch das Badezimmer ist leer und es gibt keine Spur von Jason. Ich gehe ins Wohnzimmer und falle dort fast aus allen Wolken. Catherine sitzt halb angezogen auf einem der Barhocker und trinkt genüsslich einen Kaffee.

»Du bist noch hier?«, sage ich wenig freundlich, innerlich bebe ich vor Eifersucht.

»Oh Mavie, ja natürlich. Ich bin jetzt wieder zurück«, sagt sie mit einem spitzen Grinsen und nippt an ihrem Kaffee.

»Zurück wovon?«, möchte ich wissen. Catherine dreht sich langsam in meine Richtung und verdreht amüsiert ihre Augen.

»Mavie, du Dummerchen. Ich war kurz auf Abwegen, darum hat sich Jason auch Ersatz für mich gesucht, aber jetzt weiß er wieder, wo sein Platz ist.«

»Und wo wäre sein Platz deiner Meinung nach?«

Wieder lacht sie verächtlich und nippt an ihrem Kaffee.

»Ganz sicher nicht an deiner Seite, meine liebe kleine Mavie. Jason wollte es dir gestern Abend schon sagen, aber ich habe ihm gesagt, dass ich das heute für ihn erledige.«

Anna kommt mit einem Putzeimer in die Küche und blickt zwischen Catherine und mir hin und her.

»Was erledigen? Was meinst du, Catherine?«

Schadenfroh grinst sie und zuckt mit ihren Schultern. »Na, du kannst hier verschwinden. Jason braucht dich nicht mehr, die Sache ist unterschrieben und jetzt bin ich wieder hier. Pack deine Sachen, er will dich nicht mehr sehen. Er ist gerade unterwegs, und du sollst verschwunden sein, bis er zurück ist.«

Mein Herz bleibt einen Moment stehen und heftiger Schmerz jagt durch mich hindurch. Das kann alles nicht wahr sein. Was ist hier los?

»Nein, nein, das kann nicht sein«, schluchze ich.

»Mavie, er hat damals schon mit dir gespielt und er tut es heute wieder. Einmal Mauerblümchen, immer Mauerblümchen. Hast du wirklich gedacht, dass er dich liebt? Mach dich nicht lächerlich, du warst nie mehr als eine Wette!«

»Das glaube ich nicht, Jason liebt mich«, protestiere ich, doch meine Stimme ist längst gebrochen.

»Irgendwie tust du mir mit deiner Naivität sogar leid. Für Jason warst du ein Spielball. Er hat mir gestern alles erzählt, und ich weiß, wie wenig ihm an dir liegt.«

Ich schaffe es nicht mehr ihr zu antworten und laufe so schnell ich kann ins Schlafzimmer, um die wichtigsten Sachen zu packen. Ich will hier weg! Wie es scheint, hat Jason mich tatsächlich erneut benutzt, und der Schmerz ist genauso schlimm wie damals, nur dass ich heute auch noch von ihm schwanger bin. Schwanger von einem Mann, der mich gar nicht will. Ich nehme meinen Ring ab und lege ihn auf das Nachtkästchen. Den brauche ich jetzt auch nicht mehr, ich will alles loswerden, was mich an ihn erinnert. Mit meiner Tasche gehe ich an Catherine vorbei, um aus dieser Wohnung zu verschwinden.

»Ach, Mavie«, sagt sie und ich stoppe noch einmal. Sie stolziert mit einem Zettel in ihrer Hand an mich heran und hält ihn triumphierend in die Höhe. »Euren Vertrag kannst du gerne mitnehmen, mit der Unterschrift der Araber ist er wohl ausgelaufen.«

Wie kommt sie nur an den Vertrag? Wie sehr hat mich Jason hintergangen? Ich schlucke den Schmerz hinunter, um nicht vor ihr komplett in Tränen auszubrechen.

»Mach damit, was du willst, ich brauche den Vertrag nicht«, entgegne ich ihr gekränkt und verschwinde aus dieser Wohnung.

Unten vor dem Eingang warte ich auf ein Taxi, das mich mit all meinen Sachen zurück in meine Wohnung bringen soll.

»Mavie, warte«, höre ich plötzlich Annas Rufen. Sie ist nur wenige Schritte von mir entfernt und nimmt mich gleich in den Arm.

»Komm her«, sagt sie mit einer beruhigenden

Stimme und trocknet meine Tränen. »Sprich mit Jason, ich bin mir sicher, das, was diese Catherine sagt, ist erstunken und erlogen. Er ist einer von den Guten, da bin ich mir ganz sicher und dieser Frau, der darfst du nicht vertrauen«

»Nein, ich möchte einfach nur nach Hause. Ich habe gestern genug gesehen und sie hat den Vertrag, es stimmt also, was sie erzählt hat«, schluchze ich.

»Von welchem Vertrag sprichst du?«

»Das ist jetzt nicht mehr wichtig, ich will einfach nur von Jason und Catherine weg.«

Ich pfeife nach einem Taxi, aber in meiner Pechsträhne brausen sie alle an mir vorbei.

»Ich weiß, dass du jetzt allein sein möchtest, und bestimmt ist gerade der falsche Zeitpunkt, aber ich muss wirklich dringend mit dir sprechen.«

Überrascht sehe ich sie an und nicke schließlich. Natürlich möchte ich jetzt allein sein und all die Tränen herauslassen, die sich aufgestaut haben, aber auf der anderen Seite tut mir Annas Nähe auf eine ganz eigenartige Weise gut, die ich gerade auch nicht missen möchte.

Anna deutet auf einen Park vor uns und bittet mich mit ihr eine Runde spazieren zu gehen.

»Setzen wir uns doch auf diese Bank«, schlägt Anna nach einer Weile vor.

Ich setze mich neben sie und bin gespannt, was sie mir erzählen möchte.

»Mavie, ich weiß einfach nicht, wie ich es dir sagen soll«, beginnt sie und macht eine Pause. »Du weißt, dass ich eine Tochter habe, die ich seit ihrer Geburt nicht mehr gesehen habe?«

Ich nicke stumm und versuche ihrer Erzählung zu folgen.

»Mavie, dein Vater Connor war mein Freund und du, du bist meine Tochter.«

Für einen Moment überschlagen sich ihre Worte, ich habe das Gefühl, dass mir der Boden unter meinen Füßen weggezogen wird und alles beginnt sich vor meinem Kopf zu drehen. Haltsuchend klammere ich mich an irgendetwas fest und erkenne erst Sekunden später, dass es Anna ist.

»Mavie, ganz ruhig. Atme tief ein und wieder aus«, dringen ihre Worte langsam an mich heran und ich versuche genau das zu machen.

Ich atme tief ein und langsam wieder aus, ehe sich das Karussell in meinem Kopf stoppt.

»Du, du bist meine Mum«, stammle ich völlig verdattert und blicke in ihr Gesicht.

Anna nickt und versucht zu lächeln. »Mavie, nachdem ich dich gesehen habe, setzte sich ein Puzzlestück ins nächste und auf einmal ergab es ein Bild. Ich weiß, es ist bestimmt ein Riesenschock für dich, aber eins musst du mir glauben, ich habe dich all die Jahre geliebt.«

Völlig sprachlos falle ich ihr um den Hals und kann es kaum glauben. Ist es wirklich möglich, dass das Schicksal meine Mum und mich zusammenführte?

»Ich weiß gar nicht was ich sagen soll«, sage ich und wische mir Tränen aus meinem Gesicht.

»Das ist völlig in Ordnung. Mavie, wenn du das

willst, dann wäre ich sehr gerne ein Teil deines Lebens, und ich verspreche dir, du kannst dich jederzeit auf mich verlassen. Ich werde immer für dich und das Baby da sein!«

Weitere Tränen bahnen sich ihren Weg. »Ich hätte dich sehr gerne in meinem Leben und ich bin so dankbar, dass du hier bei mir bist.«

»Du sagtest, mein Name habe eine besondere Bedeutung für dich ...«

Anna nickt und streichelt über meine Wange, um meine Tränen zu trocknen. »Das hat er. Mavie kommt von ma – vie, das stammt aus dem Französischen und heißt ›mein Leben‹. Ich liebte die französische Sprache damals sehr und ich hätte mir keinen schöneren Namen für dich vorstellen können. Außerdem hat dein Name eine zweite Bedeutung, er steht auch für die Singdrossel, wie ich dir schon damals erklärt habe. In meiner Schwangerschaft mit dir habe ich sie jeden Morgen gehört, und nachdem ich dich deinem Dad übergab, hat mich der Gesang der Singdrossel immer an dich erinnert.«

Ich falle Anna um den Hals und schmiege mich an sie, so etwas Schönes hat noch niemand zu mir gesagt, und obwohl ich so verletzt bin wegen Jason, empfinde ich gerade so viel Liebe für meine Mutter.

EINUNDDREISSIG

JASON

»Mum, alles ist gut, ich bin hier bei dir«, beruhige ich meine Mutter und setze mich zu ihr an den Tisch. Heute morgen haben mich die Pfleger angerufen, dass sie verängstigt in ihrem Zimmer herumläuft und sehr durcheinander wirkt.

Ich bin gleich nachdem ich den Anruf gesehen habe, um halb sieben frühmorgens losgefahren. Mavie schlief zu dieser Zeit noch und ich wollte sie nicht aufwecken. Sie wirkte gestern wenig begeistert von Catherines Auftauchen und ich kann sie gut verstehen, immerhin hatten wir noch Pläne für den Abend. Das werden wir aber ganz bestimmt heute Abend nachholen und ich kann es kaum erwarten, sie nach meinem Besuch bei meiner Mum zu sehen. Der restliche Samstag gehört definitiv uns beiden.

Catherine war heute Morgen, als ich mich auf den Weg zu meiner Mum machte, bereits auf und versprach mir, Mavie Bescheid zu sagen, dass ich später kommen werde. Danach sollte sie die Wohnung wieder verlassen. Wir haben gestern noch lange gesprochen, ich wollte für sie da sein, und weil sie so verzweifelt klang, konnte ich sie nicht alleinlassen. Heute Morgen wirkte sie gefestigter und stabiler als gestern, und ich bin froh, dass ich ihr helfen konnte. Catherine war damals nach Mavies Verschwinden eine gute Freundin, die mich aufgefangen hat, und darum war es mir wichtig in diesem Moment auch für sie da zu sein. Catherine hat sich sehr gefreut, dass ich mit Mavie so glücklich bin. Ich habe ihr auch erzählt, wie es überhaupt zu unserer Beziehung gekommen ist, und dass alles aus einem Vertrag heraus entstanden ist. Schmunzelnd denke ich an Mavies und meine Verhandlungen zurück, wer hätte gedacht, dass sich so etwas Schönes daraus entwickeln wird …

»Wann kommt dein Dad und holt mich hier ab?«, fragt meine Mum verzweifelt. Besorgt legt sie ihre Stirn in Falten und Tränen füllen ihre Augen. Sie wirkt so verloren, dass es mir tief in meiner Brust einen Stich versetzt.

»Mum, Dad wird nicht kommen. Ich bin hier bei dir und werde den Vormittag mit dir verbringen.« Ich stehe auf und hocke mich vor meine Mutter, um sie in den Arm zu nehmen. Sie wirkt so gebrechlich, und ich frage mich, ob sie überhaupt genug isst und sich die Pfleger in dieser Einrichtung gut genug um sie kümmern. Immerhin zahle ich fast 10.000 Dollar im Monat, damit meine Mum gut betreut wird.

»Kannst du mich nicht mit nach Hause nehmen, Jason? Warum muss ich denn hier sein? Ich möchte doch nur nach Hause.« Wieder füllen sich ihre Augen mit Tränen und ein paar davon laufen über ihre Wange.

»Mum, es tut mir leid, aber ich kann dich nicht mitnehmen. Ich verspreche dir, dich öfter zu besuchen, und wir überlegen uns eine Möglichkeit, damit du vielleicht tageweise in meiner Wohnung sein kannst.« Vielleicht kann Anna uns helfen und auf meine Mum achten, sodass sie wenigsten einen Tag pro Woche bei mir verbringen kann. Anna würde ich blind vertrauen und ich weiß, sie würde gut auf meine Mum aufpassen.

»So, wir haben hier etwas Tee«, sagt eine der Pflegerinnen und stellt eine Teekanne und zwei Gläser auf dem Tisch vor uns ab.

Nickend bedanke ich mich und setze mich wieder an den Tisch. Die Pflegerin schenkt uns beiden ein Glas Tee ein und lässt uns dann wieder allein.

»Wenn Sie mich brauchen, ich bin hier«, sagt sie und deutet auf ein kleines Krankenzimmer, das neben dem Wohnzimmer der Einrichtung liegt.

»Ich muss schnell Mavie anrufen und ihr sagen, dass ich etwas später nach Hause komme«, sage ich mehr zu mir selbst als zu meiner Mum.

»Mavie«, wiederholt sie und ein Lächeln legt sich auf ihr trauriges Gesicht. »Oh, Mavie ist deine Frau?«, fragt sie und wirkt auf einmal viel weniger traurig als noch vor einem Moment.

»Erinnerst du dich an sie?« Ungläubig schüttle ich meinen Kopf. Ist es wirklich möglich, dass sie sich an Mavie erinnert?

»Natürlich erinnere ich mich an Mavie. Das Mädchen mit den hübschen Rehaugen. Ach, ich wusste immer, dass sie eines Tages deine Frau wird. Warum hast du sie nicht mitgebracht?«

Ich habe darüber gelesen, dass besonders emotionale Momente oder tiefe Beziehungen im Kopf von Demenzpatienten hängen bleiben, doch ich hätte nie gedacht, dass der Name Mavie so etwas in ihr auslöst.

»Wo ist Mavie?«, fragt sie erneut. Ihre Mimik ist voller Lebendigkeit und die Sorgenfalten lichten sich auf ihrer Stirn.

»Sie, sie ist zu Hause« stottere ich, ich bin komplett geplättet.

»Na los, mein Junge, lass sie nicht warten, ruf sie an«, fordert sie mich auf und nickt mir zu.

Mit dem Smartphone wähle ich ihre Nummer, aber Mavie geht nicht ans Telefon. Eigenartig, so lange schläft sie bestimmt nicht. Es ist nach halb 10 und ich habe sie schon drei Mal versucht zu erreichen. Ein mulmiges Gefühl macht sich in mir breit und ich beschließe nach Hause zu fahren. Meiner Mum geht es besser und beim nächsten Besuch werde ich Mavie mitbringen. Wenn schon ihr Name für so viel Begeisterung sorgt, bin ich gespannt, wie sie auf ihren Besuch reagieren wird.

Zum Abschied küsse ich meine Mum auf ihre Stirn und verspreche ihr bald wieder vorbeizukommen. Der Gedanke, Mavie würde mich dabei begleiten, macht mir die Vorstellung viel leichter.

Auf dem Weg nach Hause versuche ich Mavie noch weitere Male zu erreichen, doch irgendwann geht nur mehr ihre Mailbox dran. Jede Meile, die ich fahre, lässt meine Nervosität wachsen. Was kann nur passiert sein?

Ich parke meinen Sportwagen in meine Garage und fahre mit dem Lift nach oben. Mein Herz schlägt schnell in meiner Brust und ich spüre das Gefühl der Anspannung in meinem ganzen Körper. Mit dem Schlüssel sperre ich die Tür auf und gehe ins Wohnzimmer, doch keine Spur von Mavie. Dafür ist Catherine immer noch da und blickt von ihrem Smartphone lächelnd in meine Richtung.

»Wo ist Mavie?«, will ich wissen und blicke mich in meiner Wohnung um. Ihre Sachen sind weg. Keine Schuhe mehr im Vorraum und auch keine Tasche.

Catherine steckt ihr Handy weg und zuckt mit den Schultern.

»Jason, es tut mir leid. Mavie ist heute Früh einfach verschwunden. Sie sagt, ich solle dir ausrichten, dass sie dich nicht mehr sehen will. Sie sprach irgendetwas von ihrer Vergangenheit und …«

»Warum hast du mich nicht angerufen?«, will ich wissen und unterbreche sie.

»Weil ich dachte, dass du beschäftigt bist, und ich konnte es dir nicht einfach so sagen. Es tut mir leid, dass sie abermals einfach aus deinem Leben verschwunden ist.«

»Mavie kann doch nicht einfach so verschwinden, gestern war doch noch alles gut«, sage ich und versuche mich zu fangen. Was ist nur passiert?

»Das klingt vielleicht hart, aber du kennst sie. Sie ist damals auch von einem Moment auf den anderen weg gewesen. Komm, setz dich erst einmal zu mir«, bietet Catherine an und deutet auf den Platz neben ihr.

»Mir ist jetzt nicht danach, mich hinzusetzen, ich muss zu Mavie fahren und sie zur Rede stellen.« Catherine seufzt und steht auf, um mich in den Arm zu nehmen. Nähe möchte ich gerade ganz und gar nicht, darum schiebe ich sie vorsichtig von mir.

Catherine schüttelt ihren Kopf und macht eine abfällige Bewegung. »Ich an deiner Stelle würde nicht zu ihr fahren und mir diese Blöße ersparen. Sie hält dich wohl für eine Witzfigur und denkt sie kann mit dir spielen. Willst du ihr tatsächlich nachlaufen wie ein kleiner Schoßhund?«

Das will ich ganz bestimmt nicht, denke ich und schüttle meinen Kopf. »Ich laufe niemanden hinterher!«

»Jason, das weiß ich. Du bist ein mächtiger Mann, der es nicht nötig hat, jemandem nachzulaufen, der sich schon zum zweiten Mal aus dem Staub gemacht hat.«

Catherines Worte lösen noch mehr Wut und Unverständnis in mir aus. Mein Herz möchte Mavie anrufen, sie sehen und mit ihr reden, mein Verstand aber warnt mich, genau das zu machen.

»Ich werde für dich da sein, genauso wie du für mich da warst. Ich kann dich gerne trösten, und ich wüsste da auch ein paar Dinge, die dich bestimmt auf andere Gedanken bringen werden«, sagt sie und legt ihre Hand um meinen Nacken.

Kopfschüttelnd schiebe ich ihre Hand erneut beiseite und bringe Distanz zwischen uns. Ich will Catherine nicht, das wollte ich noch nie.

»Und wo ist meine Haushälterin?« Irgendetwas stimmt hier nicht. Zuerst ist Mavie weg und dann auch noch Anna. Vielleicht weiß sie was hier passiert ist. Mavie würde mich doch nicht ein zweites Mal ohne Vorwarnung verlassen und unsere Beziehung hinwerfen? Oder etwa doch?

Catherine verdreht abwertend ihre Augen und zuckt mit ihren Schultern. »Die ist nach Hause gefahren, ich würde mich an deiner Stelle um besseres Personal bemühen.«

Frustriert setze ich mich nun doch aufs Sofa und atme gedehnt aus. Catherine versteht das wohl als Einladung und setzt sich neben mich, um nur Sekunden später erneut die Distanz zu mir zu verringern.

»Catherine, ich möchte gerne allein sein, ich bitte dich zu gehen«, sage ich deshalb strenger und schiebe ihre Hand von meiner Schulter.

»Oh, okay, natürlich. Rufst du mich an? Du weißt, ich bin immer für dich da«, sagt sie und zwinkert mir zweideutig zu.

»Catherine«, brumme ich genervt.

»Ich kann dir zur Aufmunterung auch gerne deinen Schwanz lutschen«, sagt sie mit einem lasziven Grinsen und leckt sich über ihre Lippe. Noch bevor ich etwas erwidern kann, kniet sie sich vor mich.

»Lass das, Catherine«, ermahne ich sie streng. Wie

kann sie nur denken, dass ein bisschen Oralsex alle meine Probleme lösen könnte?

Diese Frau hat absolut gar nichts dazu gelernt, ich bin nicht an ihr interessiert.

»Catherine, ich glaube es ist besser, wenn wir uns nicht mehr sehen. Ich will dich weder jetzt noch in Zukunft und ich möchte, dass du jetzt gehst«, sage ich und deute zur Tür.

»Du wirst es bereuen«, zischt sie und möchte gerade ausholen, um mir eine Ohrfeige zu verpassen, als ich sie noch davor stoppe.

»Du wirst betteln, damit ich dich wiedersehe!« Sie stampft wütend an mir vorbei und verschwindet aus meiner Tür.

Das werde ich ganz sicher nicht, denke ich kopfschüttelnd und schließe die Tür hinter ihr.

ZWEIUNDDREISSIG

MAVIE

Ich kuschle mich in meine Decke und Anna, meine Mum, reicht mir eine Tasse Kakao. Neben mit sitzt Stella und legt ihren Arm um mich.

»Wir sind immer für dich da«, flüstert Stella.

Es tut gut, die beiden hier bei mir zu haben. Sie wollen nicht von meiner Seite weichen und bemuttern mich. Zum ersten Mal in meinem Leben weiß ich, wie es sich anfühlt eine Mum zu haben. Der armen Stella versetzte ich heute gleich mehrmals einen Schock: Einmal, als ich ihr erzählte, dass Anna meine Mum ist und dann, als ich ihr erzählte, was Jason getan hat, und dann noch, als ich ihr vom positiven Test erzählte. Sie konnte es erst gar nicht glauben, dass Jason mich nur benutzt hat. Als ich ihr aber vom Vertrag und von Catherine erzählte, konnte sie eins und eins zusammen zählen.

»Catherine ist eine fiese Schlange«, sage ich und ziehe meine Füße an mich heran.

»Das ist sie, aber wir finden eine Lösung. Du hast

jetzt zwei Menschen, die dich mit dem Baby unterstützen werden«, sagt Anna und setzt sich zu uns aufs Sofa.

»Ich werde jetzt noch einmal zu Jason fahren und mit ihm sprechen, vielleicht kann ich alles aufklären«, meint Anna und streichelt bevor sie geht, noch einmal zärtlich über meine Wange.

»Anna, danke, aber mach das nicht. Ich möchte nicht, dass du in die Sache hineingezogen wirst. Ich werde das selbst mit ihm klären.«

»Bist du sicher?«

»Ja, das bin ich. Du hast mir doch erzählt, du musst heute pünktlich weg, damit du nicht zu spät zu deinem Zweitjob kommst«, mahne ich sie. Anna nickt wissend mit ihrem Kopf und seufzt. »Okay, aber wenn du mich brauchst, kannst du dich jederzeit melden. Jetzt bin ich die Mum, die ich dir hätte all die Jahre sein sollen. Du kannst dich immer auf mich verlassen.«

»Und wir beide werden einen schnulzigen Film schauen und uns Pizza bestellen«, schlägt Stella vor, nachdem Anna gegangen ist.

»Okay, du hast mich schon überredet. Pizza und ein romantischer Film klingen nach einem guten Plan.«

Stella reicht mir eine Tüte Popcorn und schaltet den Fernseher ein. Es erinnert mich ein bisschen an damals, als sie tagelang bei mir schlief und wir uns die romantischsten und lustigsten Filme ansahen, die das

Fernsehen zu bieten hatte. Hauptsache auf andere Gedanken kommen und so ist es auch heute.

»Danke, Stella«, hauche ich und lehne mich an sie.

Gerade als Stella den Film einschaltet, läutet es an meiner Tür.

»Ist das Jason?«, fragt Stella.

»Ich hoffe nicht, kannst du mal nachsehen, wer da ist?«

Stella nickt und geht zur Tür. Ich höre sie mit jemanden sprechen. Einem Mann, doch es ist nicht Jasons Stimme, die ich höre.

»Mavie, kannst du mal eben kurz kommen, hier ist jemand, der gerne mit dir sprechen möchte.«

Ich wische meine Tränen aus meinem Gesicht und richte meine Haare mit meinen Fingern, um nicht komplett verheult auszusehen. Vor meinem Wohnungseingang steht William, Jasons Halbbruder. Seine Gesichtszüge sind freundlicher und weicher als noch vor ein paar Tagen im Hotel.

»Ich komme gleich zur Sache«, sagt er nach einer kurzen Begrüßung, reicht mir ein Dokument.

»Was ist das?«, möchte ich stirnrunzelnd wissen und nehme es entgegen.

»Ein Vertrag. Wenn du möchtest, kannst du ab Montag in der Firma meines Dads arbeiten, du bekommst das gleiche Gehalt plus einer Sonderzahlung und ich werde keine Fragen stellen«, sagt er und lächelt professionell.

»Warum?« Meine Stimme klingt belegt und ich versuche mich zu fassen.

»Weil ich meinen Bruder kenne und mir eine

Quelle zugeflüstert hat, dass er dich wie all die anderen abserviert hat. Das macht Jason gerne mit seinen Assistentinnen. Zuerst macht er sie gefügig, nimmt sich, was er will, und lässt sie dann links liegen.«

Verdutzt sehe ich zwischen Stella und William hin und her. Doch auch Stella scheint sich keinen Rat darauf zu wissen.

»Was hat das für einen Haken für mich?« Ich kenne seinen Bruder, er würde nie etwas machen, ohne davon zu profitieren, so viel habe ich bereits über ihn gelernt.

Kurz lacht er auf und schüttelt dann seinen Kopf. »Liebe Mavie, sei nicht so pessimistisch, nicht alles im Leben hat einen Haken, nennen wir es lieber ein kleines Entgegenkommen von dir.«

»Was willst du dann von mir?«, meine Stimme klingt stärker und ich finde meine Kämpfernatur wieder.

»Schön, dass du fragst. Du musst nur hier unterschreiben und damit bestätigen, dass eure Beziehung auf einem Betrug basierte.«

»Was bringt dir und deinem Vater diese Unterschrift?«, will ich wissen. Wieder grinst er gefährlich und fährt sich durch seine kurzen Haare.

»Jason verliert die Zusammenarbeit mit den Arabern. Ich will meinen großen Bruder bluten sehen und du kannst mir dabei helfen.« Sein süffisantes Lächeln macht mir in diesem Moment gerade wirklich Angst, aber ich habe kaum eine andere Wahl, wenn ich nicht obdachlos werden will. Den Job in Jasons Firma kann ich wohl vergessen und ich brauche dringend ein Einkommen.

»Ich muss mir das Angebot durch den Kopf gehen lassen und werde mich melden«, versichere ich.

William steckt seine Hände in die Taschen seiner Anzughose und legt den Kopf leicht schief. »Überleg es dir nicht zu lange, Zeit ist Geld. Wenn du bis heute Abend keine Entscheidung getroffen hast, ziehe ich meinen Vertrag zurück. Also, Mavie, *tick tack.*«

Ich schließe hinter ihm die Tür. Tausende Gedanken schießen durch meinen Kopf. Kann ich Jason verraten, nur um meinen eigenen Kopf zu retten? Das ist gar nicht meine Art, und da sitze ich lieber auf der Straße, als jemanden so ans Messer zu liefern. Auf der anderen Seite muss ich an das Baby denken, ich brauche das Geld und eine Wohnung, wenn ich unser Überleben sichern will.

»Sein Bruder ist ein Widerling«, sagt Stella und schüttelt abwertend ihren Kopf.

»Stella, was soll ich denn jetzt nur machen?«

DREIUNDDREISSIG

JASON

Wieso muss sie nur verschwinden, anstatt mit mir zu reden? Ich hasse dieses ignorante Verhalten. Sie läuft einfach weg, genauso hat sie sich auch damals verhalten. Im Schlafzimmer sehe ich nach ihren Sachen und stelle schockiert fest, dass sie alles mitgenommen hat. Plötzlich fällt mir der Ring ins Auge, den sie auf dem Nachtkästchen liegen gelassen hat. Ich bin mir sicher, sie hat ihn nicht grundlos hiergelassen. Verletzt stecke ich ihn in meine Hosentasche und gehe in mein Arbeitszimmer.

Genervt und auch ziemlich verletzt, setze ich mich an meinen Schreibtisch. Vorhin hatte ich noch Angst, es sei ihr etwas passiert, doch nachdem ich jetzt den Ring gefunden habe und sie meine Anrufe absichtlich wegdrückt, bin ich einfach nur sauer. Ich schalte meinen Laptop ein und bringe so wie jedes Mal zuerst meinen Schreibtisch in Ordnung. Struktur und Ordnung sind wichtig, damit ich mich auf meine Arbeit konzentrieren kann. Es tut gut, sich abzulenken, anstatt die ganze Zeit an Mavie zu denken. Den Vertrag mit den Arabern scanne ich gleich ein und sende ihn an mein Büro. Auch an einem Samstagnachmittag sind genug meiner Mitarbeiter anwesend, die sich um die Weiterverarbeitung des Vertrages kümmern. Vielleicht kann Hannah gleich mit dem Projektteam Kontakt aufnehmen und einen Termin für nächste Woche arrangieren. Draußen geht langsam die Sonne unter, als ich einen Anruf aus dem Büro bekomme. Mein erster Gedanke beim Läuten des Telefons fiel an Mavie, doch als ich auf den Bildschirm blickte, kam die Ernüchterung.

»Guten Abend Mr Neil, hier gibt es ein kleines Problem«, höre ich Hannah nervös sagen.

»Was für ein Problem? Komm gleich zur Sache«, sage ich energisch. Probleme mag ich überhaupt nicht und schon gar nicht heute.

»Es sieht so aus, als wäre der Deal mit Mr Rashid und Mr Abadi geplatzt.«

Kurze Stille am Telefon und ich lasse ihre Worte noch einmal Revue passieren.

»Wie kann das sein? Ich habe ihre Unterschrift hier auf dem Vertrag!« Wütend trete ich gegen einen Abfalleimer in meinem Büro.

»Es tut mir leid Sir, wie es aussieht, ist der Vertrag aufgrund falscher Tatsachen rückgängig gemacht worden. Ich habe gerade die Nachricht hereinbekommen und wollte Sie deswegen anrufen.«

»Haben sie gesagt, was passiert ist?« Meine Stimme bebt vor Wut.

»Na ja, es geht wohl um eine Ehefrau und darum, dass sie getäuscht wurden. Sie haben den Deal an ...«, sagt sie und lässt den Satz ausklingen, bevor sie ihn vollendet hat.

»Was haben sie?«

»An ihren Vater übergeben.«

Wutentbrannt schmeiße ich das Telefon auf den Boden und schlage mit meiner Handfläche wütend gegen meinen Schreibtisch. Ein brennender Schmerz zuckt durch meine Hand, doch er ist nicht genug, um den Schmerz in meinem Inneren zu löschen.

Wie können sie nur von der Sache mit Mavie und mir wissen? Ich beschließe meinen Vater zu besuchen und ihn zur Rede zu stellen. Im Auto versuche ich noch einmal Mavie zu erreichen. Wieder schmeißt sie mich aus der Leitung. Diese Frau hat wirklich ein Talent, mich wahnsinnig zu machen.

Ich war Jahre nicht mehr hier. Dieses Anwesen kaufte mein Vater kurz vor der Trennung von meiner Mum. Es ist ein altes Haus in Backsteinoptik, das eine gewisse Arroganz ausstrahlt. Perfekt für meinen Vater. Vor dem Eingang stehen zwei große Vasen, die seinen Reichtum wohl noch mehr präsentieren sollen.

Ich mache das, was ich mir immer geschworen habe, nicht zu tun: Ich läute an seiner Tür.

Mein Vater öffnet die Tür und verschränkt selbstgefällig seine Arme vor seiner Brust.

»So eine Überraschung, ich bin erstaunt, dass du noch weißt, wo ich wohne«, sagt er mit einem höhnischen Grinsen, um seiner Botschaft Nachdruck zu verleihen.

»Lassen wir die netten Floskeln und kommen wir gleich zur Sache«, sage ich kühl.

»So wenig Zeit für nette Plaudereien mit deinem Vater?« Wieder grinst er mit diesem selbstgefälligen Blick, bei dem ich ihm am liebsten eine verpassen würde.

»Was hast du mit dem Deal angestellt?«

»Tja, deine kleine Freundin hat sich entschlossen lieber an unserer Seite zu sein als an deiner. Ich sagte dir doch mein Junge, du wirst jedem irgendwann lästig und sie alle haben dich satt. Mavie war so klug und hat das früh genug erkannt, dank ihrer Unterschrift wirst du nie wieder einen Deal mit den Arabern abschließen.«

»Du verdammter Lügner!«

»Diese Bezeichnung steht dir doch viel besser, mein Sohn. Ich sehe, ich war dir ein guter Lehrmeister.« Sein dreckiges Lachen lässt mich vor Wut schnauben. Ich balle meine Hand zur Faust, bremse mich aber im letzten Moment ein. »Du bist es nicht wert!«

Ich steige in mein Auto und brause davon.

»Mavie, mach die Tür auf«, rufe ich und klopfe gegen ihre Wohnungstür.

Immer wieder rufe ich ihren Namen, ehe sie die Tür öffnet. In einem Pyjama und mit geflochtenen Haaren steht sie vor mir. Unschuldig wie eh und je, und doch bin ich so wütend auf sie. Wie konnte sie mich nur so hintergehen und den Pakt mit meinem Vater unterzeichnen?

Mavie blickt zu Boden und schließlich in mein Gesicht. »Was, was willst du hier?«, fragt sie und kaut an ihrer Unterlippe. Ihre Augen wirken verquollen. Hat sie geweint?

»Du hast mir etwas zu erklären«, dränge ich sie und schiebe sie in die Wohnung hinein.

Ihre großen rehbraunen Augen mustern mich undurchdringlich.

»Was soll ich dir erklären?«, fragt sie mit belegter Stimme und schluckt schwer.

»Denk einmal gut nach.« Mavie schüttelt ihren Kopf und ihre Augen beginnen sich mit Tränen zu füllen.

»Weißt du von ...«

»Vom Deal mit meinem Vater und meinem Bruder? Natürlich! Was soll das, wie kannst du mich nur so hintergehen?«

Mavie schüttelt schockiert ihren Kopf und blickt wütend in mein Gesicht. »Wie ich dich so hintergehen kann? Ist das dein Ernst? Verschwinde sofort aus meiner Wohnung oder ich brülle so laut, dass Stella oder sonst wer hier auftaucht!«

»Erst wenn du mir erklärst, warum du einfach verschwunden bist und weshalb du den Vertrag unterschrieben hast!«

»Vergiss es! Frag doch deine Freundin Catherine, ich bin mir sicher, sie wartet schon auf dich!« Mavies Augen funkeln vor Wut. Sie geht zur Tür und öffnet sie. »Verschwinde jetzt von hier!«

»Du schuldest mir eine Erklärung!«, protestiere ich und bleibe vor der Tür stehen.

»Ich schulde dir überhaupt nichts und jetzt lass mich in Ruhe!«, entgegnet Mavie wütend.

Ich ziehe das Kuvert mit dem Geld, das ich Mavie eigentlich überweisen wollte, aus meiner Hosentasche. Immerhin halte ich mich an unsere Spielregeln, und lasse mir später nicht nachsagen, ich hätte sie nicht für den Deal bezahlt.

»Was soll das sein?«

»Dein Geld, weil du meine Fake Ehefrau gespielt hast«, lasse ich sie wissen und halte es ihr vor die Nase.

»Vergiss es, behalte dein Geld und verschwinde von hier!«, funkelt sie mich wütend an und knallt die Tür ohne Vorwarnung vor mir zu. Gut, dann eben nicht.

Am nächsten Morgen ist die Wut immer noch nicht verflogen. Gestern Abend konnte ich lange nicht einschlafen. Ich bin immer wieder die verschiedenen Optionen durchgegangen und kam auf keinen Nenner, warum Mavie mich so hintergangen hat.

Gut, dass ich heute nicht in meine Firma fahren muss. Gerade könnte ich alles kurz und klein schlagen. Ich muss mich dringend abreagieren und beschließe, gleich eine Runde laufen zu gehen. Aus meinem Kleiderschrank hole ich meine Sportsachen heraus und ziehe sie an. Die Laufschuhe lagere ich ganz oben im Schrank und ich hole sie herunter. Ich setzte mich auf das Bett und ziehe meine Laufschuhe an, als ich auf das weiß-blaue Stäbchen aufmerksam werde, das auf dem Boden neben dem Bett liegt. Ich hebe es auf und sehe darauf zwei Streifen. Was hat das zu bedeuten? Ist das etwa ein Schwangerschaftstest? Wie kommt der in mein Schlafzimmer und warum liegt er so achtlos auf dem Boden? Es sieht fast so aus, als hätte ihn jemand hier verloren. Ist Mavie schwanger? Schockiert drehe ich den Test in meiner Hand hin und her. Eindeutig zwei Striche. Das habe ich doch schon öfter gehört, zwei Striche bedeuten schwanger, oder?

Mit dem Test in meiner Hand gehe ich ins Wohnzimmer und treffe dort auf Anna, die gerade die Küche putzt.

»Oh, du weißt also Bescheid«, sagt sie und deutet auf den Test in meiner Hand. Ich sehe zwischen dem Test und Anna hin und her und schüttle meinen Kopf

»Was ist hier los?«, möchte ich wissen und lege den Test auf die Küchenanrichte.

»Jason, ich muss dringend mit dir sprechen«, sagt Anna und deutet auf das Sofa.

»Wenn du mehr als ich weißt, dann bitte ich dich, es mir zu erzählen. Ist Mavie etwa schwanger?«

Ich setze mich, doch Anna läuft aufgeregt vor mir auf und ab. »Catherine hat Mavie erzählt, dass du sie nicht mehr sehen willst, und sie hat ihr irgendeinen Vertrag gezeigt. Catherine hat die arme Mavie so verunsichert, und jetzt denkt sie, du liebst sie nicht.«

»Was?« Ich schüttle meinen Kopf, das kann doch nicht wahr sein. »Catherine hat Mavie erzählt, dass ich sie nicht mehr sehen möchte?«

»Ja, ich konnte es selbst nicht glauben und Mavie ist danach von hier verschwunden.«

»Und der Test? Ist Mavie schwanger?«

Anna setzt sich zu mir und legt ihre Hand um meine. »Mavie ist schwanger, sie wollte es dir erzählen, doch dann ist Catherine hier aufgetaucht, und Mavie konnte es dir nicht sagen.«

»Ich werde Vater?« Ich brauche einen Moment, um die Information zu verdauen und fahre nervös über meinen Bartschatten.

Anna nickt und nimmt mich in den Arm. »Fahr zu Mavie und klär das mit ihr, sie mag dich wirklich.«

Bevor ich Mavies Wohnung erreiche, rufe ich vom Auto aus noch Catherine an, um sie zur Rede zu stellen.

»Jason, wie schön von dir zu hören. Ich wusste, es wird nicht lange dauern und du wirst betteln, dass ich wieder Teil deines Lebens werde.«

»Catherine, aus diesem Grund rufe ich dich ganz bestimmt nicht an. Im Gegenteil, was hast du Mavie für einen Blödsinn erzählt? Gönnst du mir mein Glück so wenig, dass du Mavie und mich mit aller Gewalt auseinanderbringen willst?«

Ein verächtliches Schnauben ist am Telefon zu hören. »Jason, stell dich nicht so an. Du kannst mir dankbar sein, ich habe dir einen Gefallen mit Mavie getan. So eine Frau willst du doch nicht in deinem Leben, wenn du mich haben kannst.«

Ihre Selbstüberschätzung lässt mich verwundert meinen Kopf schütteln.

»Catherine, ich warne dich jetzt zum letzten Mal:

Lass Mavie und mich in Ruhe. Ich rate dir, mach einen Bogen um uns und trete mir nie wieder unter meine Augen!«

Ich höre Catherines Schluchzen durch die Freisprecheinrichtung, doch ihre Tränen lassen mich kalt. Sie wird nie wieder Teil meines Lebens sein.

»Jason, ich bitte dich …«

»Catherine, merk dir meine Worte, und wenn du klug bist, suchst du dir die Hilfe, die du benötigst.« Damit lege ich auf und biege in die Straße ein, in der Mavies Wohnung ist. Ich suche eine freie Parklücke und hoffe Mavie gleich zu Hause anzutreffen. Ich war so ein Idiot, doch jetzt bin ich hier und ich hoffe, sie gibt mir noch eine Chance nach unserem Streit.

VIERUNDDREISSIG

MAVIE

Ich war mir doch sicher, dass ich jemanden an meiner Tür gehört habe, denke ich und sehe mich im Treppenhaus um. Niemand ist zu sehen, weder vor dem Lift noch im Treppenhaus. Ich möchte gerade die Tür zumachen, als mir ein kleines Paket auf meiner Fußmatte auffällt. Ein weißes Päckchen, mit einer Schleife liegt davor. Neugierig hebe ich es hoch und drehe es in meiner Hand hin und her. Kein Absender zu erkennen. Ich nehme das Paket mit in meine Wohnung und setze mich damit an meinen Tisch. Vorsichtig löse ich die Schleife und reiße das Papier vom Geschenk. Ein kleiner Teddybär und ein kleiner Schnuller kommen darin zum Vorschein, auf dem Bauch des Bären steht eine Botschaft geschrieben: Verzeihst du mir? Nun höre ich es an der Tür klopfen und ich kann mir gut vorstellen, wer davorsteht. Mein Herz rast schneller in meiner Brust und Tausende Schmetterlinge flattern in meinem Bauch, als Jason vor mir steht.

Mit einem verschmitzten Lächeln lehnt er an der Tür. Mein Herz macht einen Purzelbaum und schlägt danach noch einen Takt schneller.

»Jason«, bringe ich gerade so vor Aufregung über meine Lippen.

Er fährt sich durch seine kurzen Haare und räuspert sich. So verlegen habe ich ihn noch nie gesehen, beinahe wirkt er sogar schüchtern.

»Ich gehe davon aus, dass du mein Geschenk schon geöffnet hast?«

»Ja, das habe ich und dein Timing ist mehr als perfekt. Woher wusstest du, dass ich es gleich öffnen werde?«

Jason schmunzelt und fährt über seinen Bartschatten. »Ich weiß eben, dass du sehr neugierig bist.«

»Punkt für dich«, sage ich und deute in meine Wohnung. »Möchtest du hereinkommen?«

Nervös kaue ich auf meiner Lippe, die Stimmung zwischen uns fühlt sich angespannt an. So viele Fragen liegen zwischen uns.

»Willst du dich setzen? Ich glaube, wir haben einiges zu besprechen«

Nickend bestätigt er meine Frage und setzt sich aufs Sofa. Mit ein bisschen Abstand setze ich mich zu ihm und atme angespannt aus. »Der Teddybär und der Schnuller«, sage ich und mache eine kleine Pause. »Es scheint, als wüsstest du von meiner Schwangerschaft?«

»Ich habe den Test gefunden«, sagt er und macht ebenfalls eine kleine Pause, in der er mich unentschlossen mustert. »Mavie, warum hast du mir nichts davon erzählt? Ich werde immer für dich und unser Baby da sein!«

»Das wollte ich, aber dann kam Catherine und, ach, du weißt selbst, was dann zwischen euch passiert ist.«

»Das, was Catherine dir erzählt hat, das stimmt nicht. Ich wollte sie nur trösten, als Freund, das ist alles. Anna hat mir erzählt, was sie zu dir gesagt hat. Das war alles erlogen, ich hatte nie die Absicht, dich zu verlassen. Ich war bei meiner Mum, weil es ihr nicht gut ging und als ich zurückkam, warst du verschwunden.«

»Du wolltest mich nicht verlassen?«, frage ich ihn erneut, worauf Jason seinen Kopf schüttelt.

»Nein, das wollte ich nie. Ich liebe dich, Mavie«, sagt er und seine Augen füllen sich mit Tränen.

»Wirklich?«, meine Stimme klingt gebrochen.

»Natürlich, ich liebe dich schon mein ganzes Leben«, haucht er und berührt zärtlich meine Wange.

»Ich liebe dich auch, sehr sogar. Es tut mir leid, dass ich einfach gegangen bin, anstatt mit dir zu reden. Ich verspreche dir, dass ich nicht mehr aus deinem Leben verschwinde«, sage ich. Jason legt seinen Zeigefinger auf meine Lippen und lächelt sanft. »Ab jetzt wird alles besser«, haucht er und beugt sich näher an mich. Hingebungsvoll begegnen sich unsere Lippen zu einem verschmelzenden Kuss, der alle Wogen glättet. Ich spüre, wie sich mein Herz zu flicken beginnt, Jason ist hier und er liebt mich. Für einen Moment vergesse ich alles um mich herum, bis ich mich wieder von ihm löse.

»Jason, ich muss dir noch etwas erklären.« Ich atme

einmal ein und aus, es fällt mir nicht leicht, ihm die Wahrheit zu sagen. »Dein Bruder war hier, er hat mir einen Job angeboten und ich dachte, ich würde auf der Straße sitzen, wenn ich ihn nicht annehme …« Meine Stimme bricht und Tränen beginnen zu fließen.

»Ich weiß, es ist in Ordnung. Ich brauche diesen Auftrag nicht, der ganze Groll mit meinem Vater und William zerfrisst mich. Alles, was ich in meinem Leben will, sind du und unser Baby«, sagt er und legt seine Hand vorsichtig auf meinen Bauch.

Noch mehr Schmetterlinge gesellen sich dazu, die Art wie er liebevoll über meinen Bauch streichelt und dabei lächelt, sorgt für einen Hormonrausch der Extraklasse. Natürlich ist noch kein Babybauch zu sehen, ich bin ganz am Anfang der Schwangerschaft, aber es macht mich so glücklich, wie sehr Jason bereit ist für unser Baby. Durch unser letztes Gespräch war ich verunsichert und hatte Angst, er würde mich verlassen, wenn er erfährt, dass ich schwanger bin, aber Anna behielt recht. Sie sagte mir voraus, dass er sich bestimmt freuen wird, sobald er davon erfährt, und zum Glück ist das auch so.

»Mavie ich verspreche dir, dass du dich immer auf mich verlassen kannst, ich werde immer für dich und das Baby da sein, und lauf nicht mehr weg, egal was sich uns in den Weg stellen mag, wir können über alles sprechen und eine Lösung finden.«

»Ich werde nicht mehr weglaufen, das verspreche ich dir. Jason, ich habe dich so sehr vermisst.«

Jason zieht mich auf seinen Schoß und legt seine Hände um meine Taille. Ich spüre seinen harten

Schwanz und bedecke seine Lippen mit meinen. Ein heißer Kuss liefert das Vorspiel. Zärtlich neckend begegnen sich unsere Lippen zu einem leidenschaftlichen Kuss. Ich dränge mein Becken an ihn und spüre das Feuer zwischen meinen Beinen. Nur wenige Augenblicke später, liege ich nackt unter Jason. Sein heißer Körper über mir und sein Glied am Eingang meiner sensibelsten Stelle. Sein Ausdruck ist voller Lust und er lässt mich dabei keine Sekunde aus seinen Augen. Langsam dringt er in mich ein und verharrt tief in mir. In diesem Augenblick sind wir eins und mein Körper bebt vor Lust. Es fühlt sich so an, als würde rund um uns die Welt stehen bleiben, und es existierten nur Jason und ich. Mit gleichmäßigen Stößen beginnt er sich in mir zu bewegen und beschleunigt sein Tempo. Immer wieder und wieder dringt er in mich ein und heizt dieses feurige Spiel aus Geben und Nehmen noch weiter an. Kurz bevor ich komme, dringt er noch tiefer in mich ein und verharrt für ein paar Herzschläge. Wir sehen uns tief in die Augen, und es fühlt sich so an, als würde ich mich in seinen stahlblauen Augen verlieren.

»Ich komme«, hauche ich und keuche vor Lust.

Jason knurrt laut meinen Namen und stößt ein kehliges Stöhnen aus, das meinen Körper zittern lässt. Sein Orgasmus heizt meinen eigenen nur noch weiter an, und es scheint, als würde ich gar nicht mehr aufhören zu kommen. Vor meinem inneren Auge zerspringt alles vor Lust und Befriedigung.

Keiner von uns beiden macht sich die Mühe sich wieder anzuziehen. Es ist Sonntag und nichts drängt uns nach draußen. Ich kuschle mich an Jason und genieße dieses Gefühl mit ihm. Es fühlt sich so verdammt richtig an, und egal was auch kommen mag, ich werde nicht mehr weglaufen. Vor gar nichts. Ich schaue dem Leben in die Augen und mache aus jedem Moment das Beste, das nehme ich mir fest vor.

»Was ist damals nach dem Ball passiert?«, möchte Jason wissen.

»Ich habe von deiner Wette erfahren und, dass du mich nur benutzt hast. Catherine hat mir Nachrichten weitergeleitet, in denen deine Freunde damit prahlten, dass du mich, das Mauerblümchen, zum Ball begleiten wirst.«

Jason setzt sich im Bett auf und legt mir eine Strähne hinter mein Ohr.

»Mavie, die Wette hat an Bedeutung verloren, als ich dich kennenlernte. Den dämlichen Wetteinsatz überließ ich Brexton und Luke damals gerne, du warst mir viel wichtiger als irgendeine Wette.«

»Catherine ließ mich im Glauben, du hättest mich nur benutzt. Wenn ich das gewusst hätte, dann wäre ich nie einfach so verschwunden. Ich war damals so enttäuscht und sauer, ich wollte dich nie wieder sehen.«

Jason küsst meine Stirn und lächelt schief. »Damals ist so einiges schiefgegangen, aber jetzt können wir alles richtig machen. Uns steht alles offen und ich möchte mein Leben mit dir teilen.«

Innig bedeckt er meine Lippen mit seinen und beinahe fühlt es sich an wie in einem dieser kitschigen Liebesfilme.

Ich kuschle mich wieder an Jason und schicke ein ›Danke‹ ans Universum. Mein Leben hat sich um 180 Grad verändert, seit ich ihn in dieser Bar sah und ich bin so glücklich über diese Wendung. Jason war wohl immer schon für mich bestimmt und ich spüre so viel Glück, dass er an meiner Seite ist. Ich kann mir nichts Schöneres vorstellen, als jeden Tag mit ihm zu verbringen, und in einigen Monaten werden wir schon zu dritt sein. Wer hätte das je gedacht, dass wir wieder zusammen finden würden und sogar ein Baby bekommen?

FÜNFUNDDREISSIG

JASON

Vor einer Woche noch dachte ich, ich hätte Mavie für immer verloren und heute stehe ich hier und warte, dass sie mein Büro betritt. Da Mavie mein Geld nicht angenommen hat, und mit der Miete in Schwierigkeiten gewesen ist, haben wir beschlossen gleich zusammenzuziehen und jetzt fehlt nur noch die Krönung für unsere Liebe. Ich habe sie gerade rausgeschickt und ihr eine kleine Notlüge erzählt, um genügend Zeit zu haben, damit ich alles vorbereiten kann. Ich weiß, wir sind erst seit ein paar Wochen zusammen, wenn man aber unsere gesamte Laufzeit rechnet, verbindet unsere Liebe schon viele Jahre, und da ich sowieso ein Mann der Tat bin, werde ich heute einen großen Schritt wagen. Ich wiege mich zwar in Sicherheit und denke, sie wird nicht ›Nein‹ sagen, aber dennoch ist mein Puls beschleunigt.

Im Büro habe ich überall Kerzen aufgestellt und den Boden mit Rosenblättern bedeckt. Ich hätte für die Frage der Fragen auch mit Mavie nach Paris fliegen können, aber ich habe bewusst diesen Ort hier ausgewählt. Hier wuchs unsere zweite Chance und gerne erinnere ich mich an das Katz und Maus Spiel zu Beginn.

Im Hintergrund spielt unser Lied, zu dem wir schon auf dem Highschool Ball zusammen tanzten. Schritte kommen näher und mein Herzschlag beschleunigt sich noch einmal. Ich knie mich auf den Boden und dann steht sie vor mir. Mavie, meine Traumfrau. Ihre dunklen Augen blicken überrascht und ihre Mundwinkel zucken zu einem Lächeln. Mavie kommt einen Schritt näher auf mich zu und bleibt dicht vor mir stehen.

»Mavie, seit unserer ersten Begegnung vor so vielen Jahren beherrscht du meine Gedanken und mein Herz, ich kann mir ein Leben ohne dir nicht mehr vorstellen. Du bist *mein Gestern, mein Heute und mein Morgen*. Möchtest du mich heiraten?«

»Ja, ja ich würde dich sehr gerne heiraten«, haucht sie mit Tränen in den Augen.

Ich ziehe eine kleine Schachtel aus meiner Anzugjacke und öffne sie. Vorsichtig stecke ich Mavie den Ring an den Finger. Der Ring, der von Anfang an zu ihr gehört hat.

»Ich liebe dich«, haucht sie und zieht mich an meinen Händen zu sich hoch, um einen Kuss auf meine Lippen zu setzen.

Im Hintergrund höre ich das Jubeln meiner Mitarbeiter, die natürlich eingeweiht waren. Meine Freunde gratulieren uns und zur Feier des Tages gibt es eine

Runde Champagner für alle – alle außer Mavie, die alkoholfreien Champagner bekommt.

Ich reiche ihr das Glas und proste meiner zukünftigen Frau zu.

»Du denkst wirklich an alles Mr Neil«, sagt sie mit einem Augenzwinkern.

Zum ersten Mal fällt es mir leichter, meine Mutter zu besuchen. Mavie legt ihre Hand auf meine, als ich das Auto auf dem Parkplatz vor der Residenz meiner Mutter parke.

»Ich freue mich, dass du dabei bist, das bedeutet mir sehr viel«, sage ich zu Mavie und hauche einen Kuss auf ihre Fingerknöchel.

Zu wissen, dass sie mich begleitet, lässt mich sogar ein bisschen auf meinen Besuch bei meiner Mum freuen. Beim letzten Treffen hat der Name Mavie schon für so viel Begeisterung bei ihr gesorgt, dass ich jetzt schon sehr gespannt bin, wie sie auf sie reagieren wird. Ob sie sich an Mavie erinnert, wenn sie vor ihr steht?

»Ich freue mich schon sehr sie zu sehen, ich mochte sie damals sehr, und es macht keinen Unterschied für mich, ob sie dement ist oder nicht, sie ist und bleibt deine Mum.«

Mavie hat recht, sie ist und bleibt die einzige Familie, die ich habe und ich muss lernen mich mit dieser Krankheit abzufinden und das Beste daraus zu machen. Ich möchte lernen die Zeit mit meiner Mutter zu genießen und ich bin mir sicher, Mavie ist mir dabei mit ihrer lockeren und positiven Einstellung eine große Hilfe.

Zusammen gehen wir Hand in Hand zur Tür und ich läute an. Die Tür geht auf und die Pflegerin führt uns zu meiner Mum, die wie gewohnt auf der Terrasse des Anwesens sitzt.

»Mum, hallo.« Sie dreht sich um und lächelt zwischen Mavie und mir hin und her.

»So eine Überraschung, mein Junge, und das ist ja, gibt es das wirklich ... Mavie?«

Baff blicke ich zu meiner Mum, die sich tatsächlich nach Jahren noch an Mavie erinnern kann.

»Es freut mich sehr, dass ich dich heute wiedersehe«, sagt Mavie und reicht meiner Mutter die Hand.

Plötzlich beginnt sie zu schmunzeln und deutet auf den Ring an Mavies Finger.

»Wie schön, ein Verlobungsring«, stellt sie fest und deutet neben sich, damit wir uns zu ihr setzen.

So klar erlebte ich sie seit Monaten nicht mehr.

»Mavie und ich wir werden heiraten. Es wird noch ein bisschen dauern, bis wir alles geplant haben, aber es gibt noch eine Überraschung«, verkünde ich.

Mavie deutet auf ihren Bauch und meine Mum schüttelt schmunzelnd ihren Kopf

»Du wirst Grandma«, erzähle ich, was ihr Freudentränen entlockt.

»Grandma?«, wiederholt sie strahlend und schließt uns beide vorsichtig in ihre Arme. Es ist so schön, sie so glücklich zu sehen. Und das Gute an ihrer Demenz ist, dass ich sie mit dieser Nachricht jetzt bei jedem Besuch aufs Neue glücklich machen darf. Eine Sache kann ich ganz bestimmt von ihr lernen: Im Moment leben und das Hier und Jetzt genießen. Auf diesem Gebiet ist meine Mum meine größte Lehrmeisterin. Es ist eben nicht immer alles schwarz oder weiß, manchmal ist es bunt – man muss nur genau hinsehen.

Plötzlich läutet mein Handy in meiner Hosentasche. Ich ziehe es heraus und bin erstaunt, als ich den Namen des Anrufers lese. Mr Abadi. Was kann er jetzt, nachdem der Deal geplatzt ist, nur von mir wollen?

»Einen Moment, ich komme gleich wieder«, entschuldige ich mich bei den zwei wichtigsten Menschen in meinem Leben und gehe ein paar Schritte Richtung Garten, um das Gespräch entgegenzunehmen.

»Mr Abadi, guten Tag. Was kann ich für Sie tun?«, frage ich in den Hörer.

»Mr Neil, ich wünsche Ihnen auch einen schönen Tag und hoffe es geht Ihnen gut?«

»Vielen Dank, ich kann mich nicht beklagen. Ich hoffe Ihnen und Ihrer Familie geht es auch gut? Ich bin mir aber sicher, das ist nicht der Grund ihres Anrufs, nicht wahr?« Ich höre Mr Abadi am Telefon schmunzeln, ehe er sich räuspert.

»Sie haben recht, um gleich zum Grund meines Anrufs zu kommen, ich habe eine Bitte an Sie«, sagt er und macht eine kleine Pause.

»Wie kann ich Ihnen helfen? Sie wissen, die ganze Sache tut mir immer noch sehr leid«, sage ich und entschuldige mich bereits zum zweiten Mal.

»Das kann ich mir vorstellen, Mr Neil. Wir mussten leider unseren Auftrag von Mr Smith zurückziehen, da sich herausstellte, dass er in kriminelle Machenschaften verwickelt ist und es zu einer Anklage gegen ihn kommen wird.«

Verblüfft lasse ich die Worte in meinem Kopf noch einmal Revue passieren. Mein Vater ist in kriminelle Angelegenheiten verstrickt. Spannende Wendung. Das geschieht ihm recht, endlich wird er für all seine Fehler büßen, denke ich zufrieden.

»Wie kann ich Ihnen nun helfen?«, möchte ich wissen und hoffe inständig den Auftrag doch noch an Land ziehen zu können.

»Nun, wir würden Ihnen gerne den Auftrag anvertrauen. Ihre Arbeit hat uns gefallen, und wenn man die Angelegenheit mit Ihrer Assistentin außer Acht lässt, sind Sie ein vertrauensvoller Mann.«

»Ihre Worte schmeicheln mir und ich würde sehr gerne das Projekt mit Ihnen gestalten. Mr Abadi, um es gleich vorneweg zu nehmen«, sage ich und mache eine kleine Pause. »Meine Assistentin, Mavie, sie ist nun tatsächlich meine Verlobte und wir bekommen ein Baby. Sie und Mr Rashid lagen also mit ihrer Vermutung ganz richtig.«

»Das freut mich umso mehr. Wie auch immer es dazu gekommen ist, ich freue mich sehr für Sie, Mr Neil.«

»Vielen Dank, ich lasse Ihnen von meinem Team ein paar Terminvorschläge zum Unterzeichnen des Vertrages senden und freue mich auf unsere Zusammenarbeit«, sage ich und lege nach den üblichen Verabschiedungsfloskeln auf.

Ich liebe es, wenn alles glatt läuft.

»Alles in Ordnung?«, fragt Mavie, als ich mich wieder zu ihnen setze.

Lächelnd nicke ich und küsse sie auf ihre Wange. »Alles bestens, es könnte nicht besser laufen. Es gibt gute Neuigkeiten.«

Mavie blickt neugierig und versucht aus meinem Gesicht die Antworten auf ihre Fragen zu lesen. »Jason, ich bin so gespannt, verrate es mir endlich«, bittet sie und boxt leicht gegen meinen Arm.

»Mr Abadi hat mich gerade angerufen, ich habe den Deal. Wie es aussieht, ist mein ... der andere Geschäftspartner in kriminelle Machenschaften verwickelt und es wird wohl zu einer Anklage kommen.«

»Tatsächlich? Ich will niemanden etwas Schlechtes wünschen, aber ihm geschieht es recht«, sagt sie und zuckt mit ihren Schultern.

»Das bedeutet, wir werden noch öfter Zeit auf Hawaii verbringen«, sage ich und streichle über Mavies Hand.

»Das klingt nach einer wundervollen Idee«, sagt sie und beugt sich zu mir, um mich zu küssen.

Mavie blickt zu mir und sieht mir tief in meine Augen. Ich liebe diese Frau so sehr. Das Leben könnte nicht schöner sein, und ich freue mich auf jeden Moment, der noch kommen wird.

EPILOG

MAVIE

Weiße Spitze fällt über meine Hüfte und lässt mich beinahe wie eine Prinzessin aussehen. Mein wahr gewordener Mädchentraum. Wenn mein Dad jetzt hier sein könnte, dann würde er bestimmt eine Träne verdrücken. Ich vermisse ihn, gerade in Momenten wie diesem wünschte ich, er wäre hier. Irgendwie wird er auch immer ein Teil davon sein. Durch mich und schließlich durch mein Baby, wird auch mein Dad weiterleben. Ich umfasse meine Kette und schicke ganz viel Liebe zu ihm. Wo auch immer er gerade ist, ich weiß, er passt auf mich auf.

Vor dem Spiegel drehe ich mich hin und her und spüre ein Flattern in meinem Bauch. Mein Herz platzt beinahe vor Glück und Liebe.

Meine Mum streichelt über meine Schulter und lächelt. »Du siehst so wunderschön aus, ich bin so stolz auf dich«, sagt sie und wischt eine Freudenträne aus ihren Augen.

Ich nehme sie in den Arm und küsse sie liebevoll

auf ihre Wange, nachdem ich mich wieder von ihr gelöst habe.

»Jetzt fange ich auch gleich zu heulen an«, sage ich und schmunzle dabei.

»Ich bin so glücklich, dass sich alles zum Guten gewendet hat und dass ich dich habe, meine Mavie«, sagt sie und drückt mich noch einmal an sich. »So, und jetzt müssen wir dich fertig machen, dein wunderbarer Mann wartet bestimmt schon auf dich.«

Sie nimmt den Schleier in ihre Hände und steckt ihn vorsichtig in meine Haare. Meine Locken fallen über meinen Rücken und mein Schleier liegt vornehm darüber. Genauso habe ich es mir als Kind immer erträumt.

Ich hänge mich bei meiner Mum ein und zusammen gehen wir Richtung Kirchentür. Als die Musik im Inneren der Kirche zu spielen beginnt, wird die Tür für uns geöffnet. Vorne am Altar steht Jason. Er sieht toll aus in seinem Anzug und ist der schönste Bräutigam, den ich mir wünschen könnte. In meinem Bauch spüre ich unser Baby, das sanft tritt und wohl grade genauso aufgeregt ist wie dessen Mummy.

Stella ist meine Brautjungfer und lächelt begeistert, als sie mich sieht. Zusammen mit meiner Mum ziehe ich den Weg zum Altar entlang und werde von ihr an Jason übergeben.

»Ich weiß, dass du sie sehr glücklich machen wirst«, sagt sie und setzt sich neben Jasons Mum, die mir freudig zuwinkt.

Jasons Augen sind mit Tränen gefüllt. Er wirkt

sichtlich gerührt und lächelt liebevoll, als er meine Hände in seine legt.

»Du siehst wunderschön aus«, flüstert er.

Der Pastor beginnt zu sprechen und trägt ein schönes Gedicht über die Liebe vor. Die ganze Zeit über blickt Jason verliebt in meine Augen und sorgt für ein Dauerflattern an Schmetterlingen in meinem Bauch.

Nun sind wir an der Reihe und müssen unsere Ehegelübde sprechen.

»Jason, ich bitte Sie, zuerst ihr Ehegelübde vorzutragen.«

Mein Traummann nickt und räuspert sich. »Mavie, ich verspreche dir, ich werde dich jeden Tag lieben und dir ein guter Ehemann sein. An Tagen, an denen die Sonne scheint, aber auch an Tagen, an denen es regnet und sich alles schwer anfühlt. Ich werde dein Fels in der Brandung sein und dein Anker im Meer. Ich danke Gott jeden Tag dafür, dass du erneut in mein Leben kamst. Du hast mir gezeigt, wie es ist, zu lieben und an das Gute zu glauben. Ich liebe dich und nehme dich zu meiner Frau.« Vorsichtig steckt er mir den Ring auf meinen Finger, vor Rührung habe ich mit den Tränen zu kämpfen.

»Nun bitte ich Sie, Mavie.«

Mit meinem Handrücken wische ich mir ein paar Tränen aus den Augen und atme tief ein und wieder aus. »Jason, du warst damals schon mein Märchen und so viele Jahre später ist es wahr geworden. Ich werde immer an deiner Seite sein, und ich verspreche dir, dass ich immer da sein werde, wann immer du mich brauchst. Ich verspreche dir, dass ich sprechen werde, anstatt zu schweigen und, dass wir immer das Gespräch suchen werden. Ich nehme dich zu meinem Mann, in guten und in schlechten Zeiten«, hauche ich am Ende schon mehr, als ich spreche. Mit zitternden Fingern stecke ich Jason den Ring auf seinen Finger.

»Sie dürfen die Braut jetzt küssen«, sind die Worte, auf die wir beide schon so lange gewartet haben. Als wir uns zu küssen beginnen, stimmt im Hintergrund ein Chor *I won't let you go* von James Morrison zu singen an. Der erste Kuss als Mann und Frau. Der Beginn einer Reise mit meinem Mann, meiner Jugendliebe Jason.

NOCH EIN EPILOG

JASON

Mavie ist fantastisch und ich bin mir sicher, ein Mann könnte nicht leisten, was eine Frau schafft. Seit drei Stunden liegt sie in den Wehen und ist dabei die Ruhe selbst. Mit einem nassen Lappen befeuchte ich ihre Stirn und fühle mich ein bisschen hilflos. Während sie die ganze Arbeit hat, kann ich nur zusehen und versuchen, ihr dabei eine Stütze zu sein.

Ich sehe es ihr an, eine neue Kontraktion macht sich bereit und Mavie versucht diese, genauso wie die unzähligen davor auch, gut zu veratmen.

»Du machst das toll«, sage ich stolz zu ihr und streichle über ihren Arm.

Mavie atmet mit der Wehe mit und entspannt sich wieder, als die Wehe sich verabschiedet hat. Die Abstände der Kontraktionen werden kürzer, ich habe in der Schwangerschaft so ziemlich jedes Buch zum Thema Geburt und das erste Lebensjahr gelesen, beinahe könnte ich unserem Baby helfen zur Welt zu kommen. Wenn ich es mir recht überlege, überlasse ich das dann doch lieber unserer Hebamme.

»So, Sie dürfen jetzt gut mitschieben. Das Baby ist im Geburtskanal und es kann nicht mehr lange dauern, bis es das Licht der Welt erblickt«, sagt unsere Hebamme zu Mavie und bereitet alles vor, um unser Baby in Empfang nehmen zu können.

»In Ordnung, ich spüre, dass sich eine neue Wehe anschleicht«, sagt Mavie und beginnt nur Sekunden später mitzuschieben und zu pressen.

»Sehr gut, das haben Sie ausgezeichnet gemacht«, sagt sie zu Mavie und streichelt über ihren Fuß. »Ein paar Mal noch gut mitpressen und dann haben Sie ihr Baby.«

Mavie nickt und beginnt erneut zu pressen. Fast sieht es so aus, als würde man das Köpfchen schon sehen können. Dieser Anblick überwältigt mich komplett.

»Wissen Sie schon, was es wird?«, fragt die Hebamme in einer kleinen Wehenpause.

»Wir lassen uns überraschen«, sagt Mavie schwer atmend und beginnt erneut zu pressen.

»Ja, jetzt ist es gleich da. Genau so. Ja, genau so«, feuert sie Mavie an und dann höre ich das erlösende Schreien unseres Babys.

Vorsichtig reicht die Hebamme Mavie unser Baby und legt es in ihre Arme. Große Kulleraugen betrachten Mavie und mich. Vor Rührung verdrücke ich eine Träne. Ich kann mein Glück kaum fassen. Ein wunderbares kleines Wesen liegt da auf Mavie. Ein Teil von uns beiden. Unser Baby.

»Ich darf Ihnen ganz herzlich zu einem Jungen gratulieren«, sagt die Hebamme und klopft mir auf meine Schulter.

Vorsichtig streichle ich über das zarte Köpfchen unseres Kindes. »Ich bin so stolz auf dich«, sage ich zu Mavie und küsse sie zärtlich.

»Welchen Namen darf ich in die Geburtsurkunde schreiben?«

Mavie und ich sehen einander an und sagen fast synchron: »Nalu Connor.«

Der Name Nalu passt perfekt zu unserem Sohn. Er stammt aus Hawaii und bedeutet die Welle. Der kleine Mann bedient sich gleich und trinkt kräftig an Mavies Brust. An diesem Anblick kann ich mich gar nicht sattsehen.

»Hier, nimm du ihn einmal«, sagt Mavie, als er fertig getrunken hat.

Vorsichtig nehme ich ihn entgegen und halte ihn wie das kostbarste Gut in meinen Händen.

»Hallo, mein kleiner Sohn«, flüstere ich und setze einen Kuss auf seine Stirn.

Warum auch immer Mavies Stäbchen nicht gewirkt hat, es ist der schönste Zufall unseres Lebens.

Ende

EXTRA EPILOG

NALU

Die Sonne scheint und ich bin sofort hellwach. Ein neuer Tag bedeutet ein neues Abenteuer und davon bekommt man mit vier Jahren nicht genug. Ich schlüpfe in mein Piratenkostüm und öffne die Tür des Zimmers meiner Mum und meines Dads mit einem lauten: »Hurra!«

»Nalu, du bist heute aber früh auf«, sagt meine Mum und lächelt.

Mit meinem Schwert wirble ich im Zimmer herum und klettere in das Bett meiner Eltern. Ich hüpfe hoch und lande auf Dads Füßen.

»Nalu, langsam, Daddy ist noch müde«, sagt mein Dad und streckt sich.

Ich hüpfe noch einmal hoch in die Luft und lande wieder auf meinem Dad. Das macht Spaß, das Bett ist mein Schiff und ich verteidige es vor Seeungeheuern.

»Na, du kleiner Pirat, willst du nicht noch ein bisschen spielen, bis Mum und Dad aufstehen?«, fragt mein Dad und drückt meiner Mum einen Kuss auf ihren Mund. Ihhhh, küssen wie ekelig, davon bekommt man doch Babys. Ich schneide Grimassen und denke gar nicht daran mit meinem Spiel aufzuhören.

Mum flüstert Dad etwas ins Ohr und beide müssen leise lachen. Erwachsene sind komisch, die wollen immer im Bett bleiben. Mein Freund Mica hat darum jetzt eine kleine Schwester.

»Schätzchen, was hältst du denn davon, wenn du noch ein bisschen fernsehen darfst, bis wir aufstehen?«

»Oh ja, ich mag meine Kinderserie schauen!«

Meine Mum hat die besten Ideen, ich liebe es, wenn ich fernsehen darf. Meist darf ich das nur, wenn ich sie aufwecke und sie noch schlafen wollen. Wie kann man so gerne schlafen? Ich darf dann sogar richtig laut fernsehen, das macht so viel Spaß.

»Na, dann komm, mein Großer«, sagt mein Dad und nimmt mich auf seinem Rücken huckepack.

Wir flitzen durch die Wohnung und Dad landet mit mir vor unserem Fernseher.

»Mum und Dad kommen gleich«, sagt er noch, doch ich höre ihn schon gar nicht mehr. Ich bin jetzt ein Pirat der sich mutig jedem Abenteuer stellt. Die Melodie meiner Serie fängt an zu .spielen und ein großes Schiff zieht über das Wasser.

»Pirat Nalu ist bereit für Abenteuer!«

So und jetzt ist wirklich Ende, meine Mum und mein Dad spielen gleich mit mir!

Ende

DANKE

Ich möchte mich herzlich bei meinen Testlesern und Vorablesern bedanken. Ihr gebt mir immer wieder Mut, glaubt an mich und meine Geschichte. Durch euch wird meine Geschichte erst das, was sie jetzt ist. Ihr sorgt für große Gefühle und für ein knisterndes Prickeln, aber vor allem sorgt ihr für eine dankbare Autorin.

Ganz besonders möchte ich hier meine beste Freundin und größte Kritikerin hervorheben, dank deiner ehrlichen Meinung und deiner Geduld mit mir und meinen Protagonisten, sind sie erst das, was sie heute sind. Du hörst dir immer wieder meine Ideen an und hast dabei hoffentlich genauso viel Spaß wie ich. Ich danke dir von ganzem Herzen.

Ein großes Dankeschön geht an meine geliebten Testleser, die das Buch schon während des Entstehens immer wieder testgelesen haben und mich damit auf dieser Reise unterstützt haben. Ihr seid so wunderbare Menschen und ich bin so dankbar, euch an meiner Seite zu wissen. Liebe Lara Helena von helenasworldofbooks, liebe Lisa von meine_buecherwelten, liebe Finja von ebooks.ava, liebe Marie von maryloo.ohne.-schuh, liebe Alicia und liebe Lena von lenale89_booklove ihr seid ein Traum – mein Traumteam!

Ich möchte mich auch von ganzem Herzen bei meiner Buchbetreuerin Eva bedanken. Du hast so viel aus dieser Geschichte rausgeholt, und mir geholfen, dass die Geschichte wachsen konnte und ihren Feinschliff bekam. Deine Ideen sind Gold wert, ich liebe sie!

Und dann möchte ich mich noch bei meinen Federherzen bedanken! Ihr habt mich so herzlich aufgenommen und dank euch ist dieses Buch überhaupt entstanden. Liebes Federherz-Team, mein Herz schlägt für euch!

Ich möchte mich aber auch bei dir, liebe Leserin, bedanken und hoffe Mavie und Jason konnten dein Herz auf eine schöne Reise mitnehmen und bleiben dir noch lange im Gedächtnis!

Patricia Christina

Umzug in eine neue Weltmetropole. Märchenhafter Luxus aus 1001 Nacht. Ein Rockstar und ein dunkles Geheimnis.

Als die junge Modejournalistin Sherry New York den Rücken kehrt, hat sie so viele Pläne wie Träume. Sie will einen Neustart wagen und alles hinter sich lassen, ein für alle Mal. Doch als sie auf Rockstar J trifft, gerät ihre Welt schneller aus den Fugen, als ihr lieb ist. Johnny Taylor ist nämlich nicht nur Leadsänger der gerade angesagtesten Rockband, er ist auch ihre alte Jugendliebe. Eine Liebe aus einem Leben, das sie vor langer Zeit hinter sich lassen musste.
Die Gefühle flammen wieder auf, und für Sherry beginnt ein riskantes Spiel mit dem Feuer, denn sie gefährdet nicht nur ihre neue Identität, sondern weckt auch einen alten Feind. Ehe sie realisiert, wie ihr geschieht, ist sie aufgeflogen und ahnt nicht, dass sich der Killer bereits in unmittelbarer Nähe befindet …

Er ist heiß. Check.
Er ist sportlich. Check.
Er ist Single. Check.
Er ist der perfekte Kandidat.

Cayce fällt aus allen Wolken, als sie ihren Verlobten mit einer anderen Frau erwischt. Ihr Lebenstraum von einer glücklichen Familie zerbricht in wenigen Sekunden in tausend Scherben. Alles war bis ins kleinste Detail geplant, vom Hochzeitstermin bis zu der Anzahl der zukünftigen Kinder. Nun steht sie vor den Trümmern ihrer Zukunft.
Doch einen Wunsch will Cayce nicht aufgeben: Sie möchte ein Baby, und wer sagt, dass man dazu einen Ehemann braucht?

Bei Steel McNamara ist nicht nur der Name Programm.
Der Quarterback der Chicago Wolves ist ein Mann aus Stahl: muskelbepackt, ein echter Womanizer und höllisch attraktiv.
Als die beiden sich begegnen, kommt eins zum anderen und sie verbringen eine heiße Nacht miteinander.
Doch was geschieht, wenn Steel herausfindet, dass die gemeinsame Nacht voller Leidenschaft keineswegs so zufällig war und auch noch ungeahnte Folgen hatte?

Kennst du schon ...

die Savanna Springs-Reihe
aus der Feder von Marla Grey?

All The Broken Pieces And You
All The Ugly Lies And Me
All The Broken Dreams And You

Ashley hat aufgegeben. Sich selbst, ihre Träume, das Leben – seit dem Tod ihrer besten Freundin hat alles an Bedeutung verloren. Erst eine geheimnisvolle Botschaft reißt sie aus ihrer Resignation. Sie macht sich auf den Weg nach Kalifornien, doch dort angekommen läuft nichts wie geplant. Entmutigt und verletzt trifft sie auf Jake, der plötzlich zu ihrem einzigen Lichtblick wird. Doch ist seine Hilfe wirklich so selbstlos, wie sie glaubt, oder steht sie am Ende womöglich vor einem weitaus größeren Scherbenhaufen?

Sammle Herzpunkte und sichere dir

kostenlose Wunschbücher

Du hast Lust, Feedback zu den Verlagstiteln des Federherz Verlages zu geben? Du möchtest dabei Punkte sammeln, von denen du dir in regelmäßigen Abständen Wunschbücher aussuchen kannst?

Dann mach mit beim Herzlesen. Alles, was du dafür brauchst, ist ein Konto auf unserer Federherz-Homepage. Sobald du dieses hast, kannst du direkt damit loslegen, Herzpunkte zu sammeln.

Wir freuen uns, bald mehr von dir zu lesen!

Dein Federherz Verlag